AF286660

Jacqueline Pröll, 2000 geboren, arbeitete nach ihrem Maturaabschluss 2019 erst als Notariatsassistentin, bevor sie sich dazu entschied, ihr Germanistikstudium in Salzburg zu beginnen. Sie hat es schon immer geliebt, Charaktere zum Leben zu erwecken und ihre Gedanken in Worte zu fassen. Neben ihrer größten Leidenschaft, dem Schreiben, liebt sie es, zu reisen und mit der Kamera festzuhalten, was die Welt ihr zu bieten hat.

JACQUELINE PRÖLL

Just a LOVE LETTER

Hinweis: Damit du dich auf mögliche belastende Inhalte vorbereiten kannst, findest du auf Seite 325 eine Triggerwarnung (enthält Spoiler für das gesamte Buch).

Bibliografische Information der Deutschen Nationalbibliothek: Die Deutsche Nationalbibliothek verzeichnet diese Publikation in der Deutschen Nationalbibliografie; detaillierte bibliografische Daten sind im Internet über dnb.dnb.de abrufbar.

Die automatisierte Analyse des Werkes, um daraus Informationen insbesondere über Muster, Trends und Korrelationen gemäß §44b UrhG („Text und Data Mining") zu gewinnen, ist untersagt.

Lektorat: Lara Wieser
Umschlag: Canva.com

Verlag: BoD · Books on Demand GmbH, In de Tarpen 42, 22848 Norderstedt, bod@bod.de
Druck: Libri Plureos GmbH, Friedensallee 273, 22763 Hamburg

ISBN: 978-3-7693-1380-2

Für alle,
die sich manchmal nicht gut genug fühlen.

PROLOG

Manchmal wollen wir etwas sagen und können nicht – aus Angst. Angst vor der Reaktion, Angst davor zu stottern, Angst, nicht die richtigen Worte zu finden. Worte, die dem gerecht werden sollen, was wir wirklich fühlen.

So ging es auch dem Jungen im leeren Schulflur. Deshalb schrieb er einen Brief, dessen Umschlag er nun mit klammen Fingern langsam zerknittert, während er abwägt, ob er nicht doch noch einen Rückzieher machen soll.

Vor ihm prangt der pinke Spind, den er gesucht hat. Jetzt steht er bestimmt schon zwei Minuten davor und starrt die metallene Tür an, liest die Nummer zum hundertsten Mal. 321. Ja, es ist ihr Spind, denkt er sich abermals.

Es klingelt plötzlich. Die Unterrichtsstunde ist um. Panik überkommt ihn. Schnell quetscht er den kleinen Umschlag in den Schlitz und entfernt sich von den Spinden.

Was der Junge nicht weiß und nicht ahnen kann, ist, dass sein Brief nie bei dem Mädchen ankommt, deren pinker Spind die Nummer 321 trägt.

Denn das Mädchen ist in Eile. Als sie ihre Sporttasche aus dem Spind zwängt, fällt der Brief zu Boden, ohne dass sie es bemerkt.

Der Brief ist außen unbedruckt, hat kein Adressat und liegt unscheinbar auf dem grau gefliesten Flurboden. Viele stolpern darüber, doch keiner kümmert sich um das kleine Stück Papier.

7

Es wird von Schuhen beschmutzt, beinahe zerrissen, bekommt ein Eselsohr und am Ende des Tages liegt der Brief in einer Ecke der Garderoben.

Doch bevor die Lichter der Schule ausgemacht werden, wird der Brief aufgehoben ...

KAPITEL 1

Nur Schmetterlinge im Bauch

Drei Stunden Schlaf. Ich wusste doch gestern ganz genau, auf was ich mich einlasse – und doch konnte ich nicht widerstehen.

Gähnend und mit tränenden Augen versuche ich, gegen die fiese Windböe anzukämpfen. Meine dunklen Lockensträhnen fliegen mir dabei immer wieder ins Gesicht. Der April ist nicht unbedingt mein liebster Monat im Jahr – na gut, die Blütezeit ist ganz nett. Aber ansonsten bevorzuge ich die Sommermonate. Denn ich hasse Regen. Ich hasse Schnee. Überhaupt hasse ich dieses ganze nasskalte Depriwetter. Wer mag sowas schon?

Als ich die Schule betrete, drehe ich die Musik etwas lauter, die aus meinen Kopfhörern dröhnt. Doch wacher oder bessergelaunt werde ich deswegen auch nicht. Da kann Olivia Rodrigo noch so laut singen.

»Oh nein, wie siehst du denn aus, Phina?«, lacht Emma, als ich in die Klasse stolpere und die Kopfhörer abnehme.

»Sag nichts«, grummele ich und lasse mich auf meinen Platz neben ihr nieder. Au. Mit verzogenem Gesicht greife ich mir an den pochenden Hinterkopf. Mein ganzer Körper schreit förmlich nach Schlaf.

»Du hast dir wirklich diese Serie reingezogen, stimmt's?«

Ich nicke schwach.

»Konntest du nicht bis morgen warten?«

9

Mir entkommt ein entrüsteter Laut. »Bis morgen? Aber da werde ich ja hundert Mal gespoilert.«

Emma verdreht grinsend die Augen. »Ach komm. Wer soll dich denn schon spoilern? Na ja, vielleicht Kai – aber sonst fällt mir niemand ein, der seine ganze Nacht für eine dumme Serie opfert.«

Mein Bauch zieht sich bei ihren Worten zusammen, gleichzeitig spüre ich klitzekleine Schmetterlinge, als ich *seinen* Namen höre.

Am liebsten würde ich diese ausspucken.

»Ich rede ja auch von Instagram und TikTok. Außerdem ist das keine *dumme* Serie.« Ich gähne und spreche das letzte Wort nicht mehr richtig aus. »Das ist *Dragons Heart*. Du kannst es dir vorstellen wie *Game of Thrones* nur mit mehr Drachen.«

Emma zuckt mit den Schultern. »Nie gesehen.«

Meine Augen werden groß. »Verdammt, du bist wirklich...« Ich breche mitten im Satz ab, als mich erneut ein Gähnen überkommt.

»So, steh auf«, seufzt Emma und zerrt mich hoch. Ich quengle. »Wir holen dir jetzt Kaffee.« Sie sieht mich mit ihrem süßen Hamsterbackengesicht an und holt tief Luft. »Viel Kaffee.«

Wir gehen aus der Klasse und spazieren den Gang entlang. Das Kamiko-Iwai-Gymnasium wurde vor etwa zehn Jahren neu gebaut und sieht mit den hohen Glasfronten ziemlich modern aus. Statt normalen Zimmerpflanzen zieren Bonsaibäume und Bambuswände die Schulflure und Pausenecken. Wenn man es nicht besser weiß, könnte man meinen, man wäre direkt nach Japan gereist. Aber wir sind nicht in Japan, sondern in einer niedersächsischen Kleinstadt nahe Göttingen – gegründet vor etwa hundert Jahren (ich bin ziemlich schlecht im Merken von Jahreszahlen, aber ich denke, es war 1922) von

10

dem Japaner Sora Yoshida. Deshalb wird unsere Kleinstadt auch gerne mal die kleine Japanstadt oder das Kirschblütendorf genannt – aber das mögen wir nicht so. Wir bevorzugen den richtigen Namen *Sakura*.

Draußen sehe ich die noch kargen bis knospentragenden Laub- und Kirschblütenbäume, die sich biegen und die Blätter, wie sie im Wind tanzen. Kleine Tropfen klatschen gegen die Fensterscheibe. Na toll. Jetzt regnet's auch noch.

»Was möchtest du?«, fragt mich Emma, während ich mit vor Übermüdung zittrigen Fingern versuche, etwas Kleingeld aus meiner Geldtasche zu fischen.

»Haselnuss. So wie immer«, murmle ich, hole schließlich die nötigen Münzen heraus und stecke sie in den Schlitz. Plötzlich deutet Emma auf meinen Mundwinkel. »Phina, du hast da noch Zahnpasta.«

Seufzend wische ich mir über die Stelle. »Ich hatte heute nicht so viel Zeit. Hab meinen Wecker überhört. Und Lola hat dann auch noch rumgestresst. Ich hasse es einfach, dass ich sie auf meinem Roller mitnehmen muss. Das Biest soll doch einfach den Bus nehmen.«

Emma kauft sich ebenfalls einen Haselnusskaffee. »Sei froh, dass du eine Schwester hast. Ich habe zwei kleine Brüder.«

»Zwei ziemlich nervige kleine Brüder«, sage ich und verbrenne mir fast die Zunge, als ich den Kaffee koste.

Emma kichert. »Sie sind ein bisschen verknallt in dich, deshalb sind sie immer so zu dir.«

Ich lache trocken auf. »Klar. Johannes wollte mir mit seiner Bastelschere meine Haare abschneiden. Das nenne ich Liebe.« Der nächste Schluck Kaffee ist nicht mehr ganz so heiß. »Was haben wir jetzt eigentlich?«

»Religion«, antwortet eine zarte Stimme hinter uns. Ich drehe mich um und lächle Viola an.

Sie ist Kai wie aus dem Gesicht geschnitten – aber das ist ja auch kein Wunder, immerhin sind sie eineiige Zwillinge. Beide haben diese aufgeweckten blauen Augen und das ungewöhnliche schwarze Haar. Nur ist Viola nicht ganz so blass wie Kai – und sie trägt eine Brille.

Ich stupse Emma und sehe Viola vielsagend an. »Wenn's nur Religion ist, könnten wir uns ja in eine Pausenecke verziehen und ein kleines Nickerchen halten.«

»Nein!«, widerspricht Emma empört.

»Denkst du wirklich, Herr Günther gibt dir für *eine* Fehlstunde 'ne Zwei ins Zeugnis?«, frage ich und unterdrücke ein Augenrollen. Emmas Ehrgeiz in der Schule ist fast genauso schlimm wie meine Seriensucht.

»Ja, wenn Phina sogar für fünf unentschuldigte Stunden eine Eins bekommt?«, gibt Viola einen drauf und drückt die Kakaotaste.

Emma verschränkt die Arme und macht eine ausladende Geste. »Bitte. Macht doch blau. Ich bin jedenfalls nicht dabei.«

»Spaßbremse«, murmele ich und mache Viola Platz, damit sie sich den Kakaobecher nehmen kann.

»Wo ist denn Kai?«, frage ich beiläufig – zumindest tue ich nur so. Es interessiert mich nämlich eigentlich brennend.

Bei dem Gedanken beiße ich mir auf die Zunge. *Argh, nein! Böse Phina! Wir haben doch ausgemacht, dass wir aufhören, uns über ihn Gedanken zu machen ...*

»Er hat sich gestern diese blöde Serie reingezogen und will noch etwas schlafen«, erzählt Viola. »Warum müssen die auch gleich drei Folgen auf einmal reinstellen?«

12

»Diese Serie ist nicht blöd«, knurre ich, doch Viola ignoriert mich und redet weiter, als hätte ich nichts gesagt. »Spätestens zu Mathe kommt er, hat er gemeint.«

Ich kann ein wütendes Schnauben nicht unterdrücken, gleichzeitig freue ich mich, ihn zu sehen. Mann, ich hasse das. Ich hasse dieses Gefühl, das ich immer bei ihm habe.

»Na, da bin ich gespannt. In Mathe kann er sich keine Fehlstunden erlauben«, sagt Emma und wir schlendern in Richtung Klasse zurück.

Erst jetzt realisiere ich, was die beiden da sagen. Ach ja. Heute haben wir ja Mathe! Seit diesem Jahr das absolute Horrorfach für mich – obwohl ich ziemlich gut in Mathe bin. Das ist mir aber zum Verhängnis geworden. Denn Kai begreift Mathe so gar nicht. Und Frau Polli hatte dazu die brillante Idee, mich und Emma (ihre beiden besten Schülerinnen) zu jeweils Kai und Noah zu setzen (den Problemfällen).

Gott sei Dank machen das nicht alle Lehrer so. Denn ironischerweise sind die Fächer, die mir schwerfallen, genau die, in denen Kai gute Noten schreibt.

Für Emma kam es natürlich ganz gelegen. Sie ist ja in Noah verknallt, seit ich denken kann. Sie ist eben anfällig für Badboys. Und diesen verkörpert Noah in jeder Hinsicht.

Und auch für mich sollte es gelegen kommen. Zumindest habe ich mich letztes Jahr noch jedes Mal auf den Matheunterricht gefreut. Ich mochte Kai. Sehr sogar. Doch seit diesem Jahr ist er einfach nur ein Arsch. Und ich kann mir nicht erklären, wieso.

»Sagen da eure Großeltern gar nichts, wenn er die eine Stunde einfach daheim bleibt?«, fragt Emma.

»Er hat ihnen eingeredet, dass Religion nur so eine Art Wahlfach ist, wo man nicht hingehen muss«, erzählt Viola.

Ja, wäre toll, wenn meine Eltern auch so gutgläubig wären.

13

Religion ist langweilig. Und Herr Günther hat heute schlechte Laune, daher kann ich kein Nickerchen halten.

Doch meine Müdigkeit vergeht auf einen Schlag, als es läutet, Herr Günther die Klasse verlässt, und eine andere Gestalt den Raum betritt. Ein nervöses Kribbeln breitet sich in meinem gesamten Körper aus und ich hoffe nur, es merkt mir niemand an.

Kai sieht aus, als wäre er gerade aufgestanden. Sein dunkles Haar ist wirr und durcheinander – nicht so gut gestylt wie sonst. Ringe zeichnen sich unter seinen Augen ab (na gut, die sind eigentlich immer da) und er wirkt blass – blasser als sonst. Trotzdem kann ich meine Augen einfach nicht von ihm lassen. Er ist sogar jetzt noch heiß. Das ist so unfair. Wie macht er das?

Meine Augen folgen ihm bis zu seinem Platz neben Noah. Trotz seiner augenscheinlichen Übermüdung begrüßt er Noah und Elias in seiner gewohnt lässigen Art und auch zu Rachel und Tiana am Nebentisch sagt er etwas, das die beiden zum Lachen bringt. Mein Herz zieht sich zusammen. In dem Augenblick schaut er in meine Richtung. Immer wenn wir Blickkontakt haben, vergesse ich zu atmen und es fühlt sich an, als würde die Zeit stillstehen. Seine gerade noch so strahlenden blauen Augen werden kühl. Das tun sie seit diesem Jahr immer, wenn er mich ansieht ...

»Was glotzt du so blöd?«, fragt Kai abweisend. Tiana und Rachel kichern leise.

Meine Fingernägel bohren sich in meine Handflächen. Ich hasse solche Momente. Warum kann ich diesen Idioten nicht einfach ignorieren? Es soll mir egal sein, was er über mich denkt oder zu mir sagt. Doch genau das ist mein Problem: Es

14

ist mir *nicht* egal, was Kai Nox von mir hält. *Er* ist mir nicht egal.

Ich bin in ihn verknallt, seit er im Herbst auf diese Schule gewechselt ist. Und dafür hasse ich mich mehr, als ich ihn jemals hassen könnte.

»Weil du heute so unglaublich scheiße aussiehst«, kontere ich schließlich und wende meinen Blick ab. Emma unterhält sich mit Viola eine Reihe hinter mir und hat davon nichts mitbekommen. Gut so. Sie würde nur wieder die Streitschlichterin spielen.

»Sagt die, die noch Zahnpasta im Gesicht hat«, lacht Kai trocken.

Spätestens jetzt muss ich aussehen wie eine Tomate. Schnell fahre ich mir über die Wange und höre Tiana und Rachel gackern.

Ich schlage meinen Kopf auf die Tischplatte. Ich hasse mein Leben. Zum Glück weiß niemand von meinen Gefühlen für Kai. Ich habe es nur Emma letztes Jahr anvertraut, als Kai noch nett zu mir war und wir uns fast als Freunde bezeichnen konnten. Doch seitdem er so ein Arsch zu mir ist, sage ich immer nur, dass ich ihn zutiefst verabscheue. Ich könnte ihn fragen, was sein Problem ist, und warum er sich innerhalb der Winterferien dazu entschlossen hat, mich zu hassen. Aber dafür bin ich zu stolz. Das würde so klingen, als würde ich um seine Freundschaft betteln. Pah. So einen zwiegespaltenen Freund brauche ich beim besten Willen nicht. Und doch kann ich dieses Verliebtsein für ihn nicht abschalten – egal wie sehr ich mich bemühe. Vielleicht bin ich die Zwiegespaltene von uns beiden ...

Der Matheunterricht rückt erschreckend schnell näher. Als Emma ihre Bücher nimmt, um sich einen Tisch weiter zu Noah

15

zu setzen, halte ich sie zurück.»Tu mir das nicht an. Bitte. Heute nicht.«

Emma sieht mich mitleidig an.»Es ist doch nicht für so lange.«

»Fünfzig qualvolle Minuten«, zische ich, während ich den leeren Kaffeebecher zerdrücke.

Emma lässt sich nicht von mir aufhalten und setzt sich zu Badboy Noah, der die ganze Klasse mit seinem grässlichen Zigarettengestank verpestet. Wie kann so eine engelsgleiche Person wie Emma nur auf so einen Loser wie ihn abfahren? Ich kann nicht einmal sagen, ob Noah zurzeit vergeben ist oder nicht. Das ändert sich wöchentlich.

Meine Gedanken werden von Kai unterbrochen, der sich neben mir niederlässt, das Handy quergelegt in der Hand, und irgendein Spiel zockt. Kai riecht im Gegensatz zu Noah ziemlich angenehm. So nach... Wärme und etwas Fruchtigem ... echt schwer zu beschreiben. Jedenfalls unglaublich gut. Ich könnte mich glatt darin verlieren. Ob das ein Parfum ist? Oder riecht er von Natur aus so gut?

»Was ist?«, fragt Kai plötzlich. Ich fahre hoch. Mein Kopf wird heiß, als ich bemerke, dass ich ihn offenbar die ganze Zeit angestarrt habe. Schon wieder.

»Ich hab getestet, ob das mit dem Todesblick funktioniert«, sage ich, ohne mit der Wimper zu zucken.»Aber offensichtlich nicht.«

Er lacht trocken auf, den Blick nach vorn zu Frau Polli gerichtet, die gerade herein stöckelt. Sie ist vergleichsweise noch sehr jung, etwa Anfang dreißig, blond und hat eine lange spitze Nase.

»Du bist echt verrückt, Phinchen«, flüstert er unbeeindruckt und widmet sich wieder seinem Spiel.

16

Argh! Phinchen! Niemand nennt mich so. Es ist ein bescheuerter Kosename, wahrscheinlich eine Anspielung darauf, dass ich so klein bin. Ha. Ha. Er ist ja so witzig. Obwohl ich mit meinen eins fünfundfünfzig ja wirklich zu den kleinsten 17-Jährigen gehöre ... aber es ist trotzdem gemein!

»Herr Nox«, donnert Frau Polli plötzlich, wirft ihre schwere Tasche auf das Pult und zieht eine ihrer Kreiden raus. »Seite achtunddreißig, Beispiel fünf an der Tafel.«

»Viel Spaß«, singe ich leise und kassiere von Kai ein genervtes Schnauben.

Er kramt in seinem Rucksack herum und seufzt dann schwer auf. Ich gluckse leise. »Schon wieder dein Buch vergessen?«

Kai ignoriert mich. Statt sich mein Buch auszuborgen, das ich ihm schon rübergeschoben hätte, geht er zu Elias (einer seiner besten Freunde) und nimmt sich seines. Fein. Wenn er meint.

Frau Polli wird bei Kais Versuchen, die Gleichung zu lösen, ungeduldig und bittet schließlich mich, ihm zu helfen.

Ich verdrehe die Augen und trotte nach vor. Plötzlich klingelt ein Handy.

»Ach«, seufzt Frau Polli und kramt in ihrer Tasche herum. »Bin sofort wieder da«, murmelt sie und verlässt das Klassenzimmer. »Ja?«, hört man sie noch sagen, bevor sie die Tür hinter sich schließt.

»Ha, schöne Sache«, sagt Kai triumphierend und drückt mir die Kreide in die Hand. »Viel Spaß«, imitiert er mich.

»Ja genau, du hast wohl 'nen Knall«, sage ich halb lachend, halb streng. »Ich soll dir *helfen*.«

»Ja, dann mach doch«, erwidert Kai, der schon wieder auf seinem Platz sitzt.

17

»Kai, sei nicht so ein Idiot«, sagt Emma und einige stimmen ihr zu.

Einer meiner größten Vorteile ist, Emma als beste Freundin zu haben. Sie wird jedes Jahr zur Klassensprecherin gewählt und hat damit irgendwie eine unsichtbare Macht über die Jahre entwickelt, in der ihr immer mindestens die Hälfte der Klasse zustimmt, wenn sie irgendetwas sagt oder vorschlägt.

Kai rollt mit den Augen, schlendert aber brav nach vorn und lehnt sich mit verschränkten Armen an das Lehrerpult.

Ich sehe mir seine Ansätze an und versuche, ihm die Fehler zu erklären. Doch Kai sieht mich nur schief an.

Ich werde unsicher.

»Aber so schwierig ist das jetzt wirklich nicht«, sage ich und meine es eigentlich gar nicht beleidigend. Doch Kai verdreht die Augen. »Ja, ich bin ein hoffnungsloser Fall, klar, Miss Perfect.«

»Das nicht, aber-«

»Es ist niemand so intelligent wie Frau Silva, ja wir haben's alle gecheckt.«

Ich fahre mit der Kreide, mit der ich gerade seinen zweiten Fehler ausbügeln wollte, schief nach oben und drücke absichtlich fest zu, um meine Wut zu unterdrücken. Ein hässliches Quietschen ist zu hören. Ein paar beschweren sich über den Lärm.

»Egal, vergiss es«, murmele ich trotzig und hole tief Luft. »Ich zeig dir einfach, wie ich es gemacht hätte.«

Als ich fertig bin, drehe ich mich um und sehe mich unsicher nach Kai um, der die ganze Zeit geschwiegen hat. Statt der Tafel sieht er allerdings mich an. Ich muss schlucken.

»Ähm, also, verstanden?«

18

»Lehrerin solltest du mal nicht werden«, sagt Kai und wendet den Blick ab.

»Hab ich auch nicht vor«, knurre ich beleidigt. Eigentlich schon. Zumindest habe ich mit dem Gedanken letztes Jahr einmal gespielt. Seine Worte treffen mich mehr, als sie sollten. Ich hasse es. Ignorieren, ignorieren, ignorieren.

»Achso, ja, richtig«, lacht Kai trocken. »Du wirst ja mal so eine verschrobene Alte mit Stock im Arsch, so wie deine Mutter.«

Ich habe seine Worte gar nicht fertig verarbeitet. Aber mir ist sofort bewusst: *Das* geht zu weit.

Mein Körper tut einfach etwas, ohne es mit meinem Kopf abzusprechen. Meine flache Hand landet mit einem lauten Klatschen auf Kais Wange. Die Klasse eskaliert. Und ich? Ich spüre pure Zufriedenheit. Vor allem, nachdem sich Kai die rote Stelle mit schmerzverzerrtem Gesicht reibt. Ha! Voll erwischt.

Leider ist in der Zwischenzeit die Tür aufgegangen und Frau Polli steht vor uns. Zuerst holt sie erschrocken Luft, dann richtet sie ihre dicke Brille und als Nächstes spitzt sie die schmalen rotbemalten Lippen. Sie sieht zum Fürchten aus.

»Tut mir leid, Frau Polli«, murmle ich verlegen und lege die Kreide vorsichtig ab, als würde das irgendetwas ändern.

»Sie enttäuschen mich, Frau Silva«, sagt sie nach einer längeren Pause. »Eine Stunde nachsitzen. Heute nach der letzten Stunde treffe ich Sie vor dem Lehrerzimmer. Seien Sie pünktlich.«

»Von mir aus«, sage ich trotzig.

»Kai hat sie aber provoziert!«, ruft Emma, die es offenbar nur gut meint.

»Dann eben beide nachsitzen, ihr zwei Streithähne! Mir reicht es mit euch. Immer dieses Affentheater.«

19

Kai seufzt auf. »Großartig.«

Ein Gelächter geht durch unser Klassenzimmer. Ich hingegen laufe rot an. Ach, Emma. Allein nachsitzen, wäre viel angenehmer gewesen …

KAPITEL 2

Nur eine Nachsitzstunde

Der Tag zieht sich in die Länge. Es ist zum Glück Freitag und wir haben nur bis zwei Uhr Unterricht. Außerdem sind meine Eltern mindestens bis fünf in der Arbeit, die das kleine Malheur also nicht mitbekommen werden. In ihren Augen bin ich schließlich ein Engel und das soll auch bitte so bleiben. Als die anderen nach der letzten Stunde die Schule verlassen und ins Wochenende starten, gehen Kai und ich (mit genügend Sicherheitsabstand) in den zweiten Stock und warten vor dem Lehrerzimmer auf Frau Polli.

»Sorry, übrigens«, entkommt es mir, sehe aber weiterhin auf meine Schuhe. »Hätte dich nicht schlagen dürfen.«

Im Laufe des restlichen Tages hat mich dann doch das schlechte Gewissen ereilt. Verdient hin oder her – wenn ich an Kais erschrockenes Gesicht mit der knallroten Wange zurückdenke, krampft sich mir erneut ein Knoten im Magen zusammen.

»Hm«, sagt er nur und es kehrt diese unangenehme Stille zurück. Zumindest für fünf Sekunden. »Was denkst du, wird sie uns für die Stunde aufgeben? Zwanzig Mal denselben Text abschreiben?«

Ich sehe überrascht auf. Kai sieht wieder auf sein Handy.

»Was weiß ich. Vielleicht«, murmele ich.

»Hm, dachte, du wärst Expertin darin.«

21

Ich rolle mit den Augen. Er will mich offenbar provozieren. Schon wieder.

»Ergötzt du dich an meinen Wutausbrüchen oder findest du es einfach nur witzig, mich zu ärgern?«

Kais Blick wandert zu mir und ich bekomme eine Gänsehaut. Es schaudert mir, aber nicht im negativen Sinne.

»Jemand muss dich hin und wieder von deinem hohen Ross runterholen. Zweiteres stimmt bis zu einem gewissen Grad. Ist echt amüsant, wenn du wegen Kleinigkeiten am liebsten die Luft zerreißen würdest.«

Hohem Ross? Was?

Ich kann nichts mehr erwidern, da geht die Tür auf und Frau Polli steht vor uns.

Sie führt uns überraschenderweise in unseren großen Turnsaal. Dort ahne ich, was uns blüht, und seufze enttäuscht auf.

»Die Fünftklässler hatten heute ein ausgiebiges Gerätetraining. Und wie ihr seht, haben sie danach noch einige Ballspiele gespielt. Sie waren heute unglaublich dankbar, nachdem ich ihnen versprochen habe, dass ihr alles wieder abbauen und wegräumen werdet.«

»Originell«, murmelt Kai und wirkt nicht so enttäuscht wie ich. Wenn ich ehrlich bin, hätte ich mich über irgendeine schwierige Matheaufgabe gefreut, die wir lösen müssen, um gehen zu dürfen. Aber natürlich wäre das nicht ganz fair gewesen.

»Wenn ihr fertig seid, dürft ihr gehen. Schönes Wochenende dann«, verabschiedet sie sich. Und schwups, sind wir allein. Nur Kai, ich und dieser Turnsaal voller Arbeit.

»Und wo sollen wir anfangen?«, murre ich und betrachte die zwei Reckstangen links von mir. Nicht einmal den Magnesiumbehälter hat jemand weggeräumt.

22

Kai zuckt mit den Schultern und geht auf die langen Bänke zu.

Ich tue es ihm gleich und suche mir schweigend die bunten Quadermatten aus, um sie auf den Mattenwagen zu stapeln.

»Was meintest du denn eben eigentlich damit?«, frage ich nach einer Weile in den Raum und kann seine Reaktion nur erahnen, weil wir Rücken an Rücken stehen.

»Dass du arrogant bist?«, sagt er ungerührt. Ich höre das Schrauben an der Reckstange.

Hitze schießt in meine Wangen. »Was?« Gleichzeitig wirble ich herum. Kai hält die Stange lässig in der Hand und unsere Blicke treffen sich erneut.

»Willst du das abstreiten?«, fragt er verwundert.

Ich öffne den Mund und schließe ihn sogleich wieder. Noch nie habe ich mir darüber Gedanken gemacht, ob ich womöglich arrogant wirken könnte.

»Ich… ich bin keinesfalls arrogant«, verteidige ich mich schnell. »Wenn sich jemand herablassend verhält, dann ja wohl du. D-das ist nicht nett. Du bist das Problem, nicht ich.«

»Wenn du meinst«, sagt er ungerührt und trägt die Stange in den Geräteraum.

»*Wenn du meinst*«, spotte ich verärgert. »Du bist ja so cool.«

»Wärst du wohl auch gern.«

Wir setzen unsere Strafe schweigend fort. Die Wut in meinem Bauch vergeht nicht. Arrogant. Das ist ja das Höchste. Mag er mich deshalb nicht mehr? Aber ist das ein Grund, mich so zu behandeln?

Es wird langsam Zeit, ihn aus meinem Kopf zu verbannen. Das tut mir alles nur schrecklich weh. Und man sieht doch überdeutlich, dass meine dummen heimlichen Gefühle für ihn nicht erwidert werden.

23

Während ich in den Geräteraum gehe, und den zweiten vollen Mattenwagen hineinschieben möchte, spüre ich, wie mich etwas zurückzieht und meinen Hals kurz abschnürt. Der Anhänger meiner Kette, der kleine Amethyststein, fliegt auf den Boden.

»Verfluchte Kette«, murmle ich und bücke mich unter die an der Wand aufgehängten Reckstangen. »Nein!«

Die silberne Legierung hat den Stein nicht mehr gehalten. Verzweifelt suche ich nach dem kleinen violetten Stein. Als ich ihn schließlich finde, ertönt zeitgleich ein grässliches knarzendes Geräusch.

»Weg da!«, ruft Kai, ganz nahe bei mir. Es geht mir alles zu schnell. Plötzlich packt er mich und zerrt mich nach hinten. Vor meine Füße knallen nacheinander die vier Reckstangen. Ich spüre meinen Herzschlag rasen. Meine Haut fängt an zu kribbeln, dort wo sein Arm mich berührt. Ich bin ihm so nahe. Zu nahe.

»Was zum …«, bringe ich hervor und sehe neben mich.

Ich brauche eine Weile, bis ich die Situation verarbeiten kann. Dann beginne ich zu zittern. Krass. Hat er mich gerade gerettet?

»Alles okay?«, fragt er und sieht mich so an, wie er mich noch nie angesehen hat. Mein Herzklopfen verdreifacht sich. Mindestens. Ich sehe in diese eisblauen Augen, in die ich mich als Erstes verliebt habe. Und diesmal sind sie gar nicht so kühl, wie sie es sonst immer waren.

»Ja, ich glaub schon«, hauche ich und lasse mir von ihm aufhelfen. Wir halten uns an den Händen und sehen uns immer noch an. Es ist, als wäre eine unsichtbare Schnur zwischen uns entstanden. Ich will ihn nicht loslassen. Und ich denke, er mich auch nicht.

24

»Die Halterung ist, glaub ich, nicht mehr die Neueste«, murmelt er, ohne mich aus den Augen zu lassen. Dann senkt er allerdings den Blick und hebt meinen Arm. »Ich hab dich ziemlich hart gepackt, tut dir was weh?«

Meine Knie werden weich und im Moment kann ich gar nicht sagen, ob mir etwas wehtut. Ich spüre nur seine warmen Hände und das flatternde Gefühl in meiner Brust.

»Alles okay«, sage ich und meine Stimme klingt höher als sonst. Er lächelt leicht.

Das hier gibt mir plötzlich so viel Kraft und Hoffnung. Was ist das zwischen uns? Fühlt er das auch?

»Danke, Kai«, sage ich scheu.

Plötzlich lässt er mich los und blinzelt ein paar Mal. »Kein Problem. Hättest vielleicht ein oder zwei Beulen bekommen.« Er greift sich etwas hilflos in den Nacken und senkt den Blick. Aller Hauch von Wärme und Herzlichkeit ist weg.

Schnell zerschneide ich die unsichtbare Schnur zwischen uns. Ich schäme mich plötzlich für mein Verhalten und drehe mich um, gehe in den Turnsaal zurück.

Was war das zwischen uns? Ein Moment der Schwäche? Kann es sein… kann es sein, dass er eigentlich das Gleiche für mich empfindet?

***

»Phina?«, kommt es vom Wohnzimmer. »Bist du das?«

»Nein, Lola, hier ist Tante Bianca«, ahme ich unsere Tante mit der hohen schrillen Stimme nach, die meine kleine Schwester nicht leiden kann.

»Nicht witzig«, grummelt Lola und kommt langsam in den Flur geschlurft. In den Händen hält sie ihren Taschenrechner. »Statt hier doofe Witze zu reißen, könntest du mir helfen.

25

Außerdem, warum kommst du so spät? Habt ihr nicht sonst immer um zwei Schluss?«

Ich seufze auf und schlüpfe aus meinen Sneakers. »Musste noch an einem Projekt arbeiten.«

Lola bemerkt meine Lüge nicht.

»Na gut. Was lernt man denn nochmal in der siebten Klasse?«, frage ich und folge ihr in unser Wohnzimmer. Unser Haus ist ein Altbau und wurde neu saniert. Deshalb sind die Decken höher und die Fenster haben diese alte Bogenstruktur. Ansonsten sieht alles relativ modern und frisch aus. Ich persönlich finde ja, dass mein Vater bei seiner Pflanzensammlung ruhig etwas sparsamer hätte sein können, doch wir bekommen immer viel Lob für das ganze Gewächs in Flur und Wohnraum.

Als wir uns an das Holztischchen vor der Couch setzen, auf dem Lolas Sachen ausgebreitet sind, muss ich lachen. »Du lernst nie in deinem Zimmer, oder?«

Sie schüttelt den Kopf und ihre blonden Engelslocken, die sie zu einem schlampigen Zopf gebunden trägt, wirbeln herum. »Kann mich hier besser konzentrieren.«

»Na ja, mich wundert es nicht, dass du die Aufgaben nicht lösen kannst. Wenn mir die Haare so ins Gesicht hängen würden, könnte ich auch nicht richtig arbeiten«, sage ich, entknote ihren Zopf und binde ihn neu. Ich liebe es, mit Lolas langen Haaren zu experimentieren. Meine Locken sind dafür zu kurz – schon einige Male habe ich überlegt, sie wachsen zu lassen, aber länger als bis kurz unter die Schultern halte ich es nicht aus.

»Wie war die Schule?«, fragt Lola währenddessen.

»Ich bin froh, dass die Woche endlich vorbei ist«, murmele ich ausweichend.

26

»Hat *er* dich schon wieder geärgert?«, fragt sie – auch wenn ich sie von hinten nicht sehe, kann ich ihr kleines Lächeln förmlich heraushören. Sofort schießt Farbe in meine Wangen.

»Klar«, sage ich gespielt unbeeindruckt.

»Ich glaube, er ist in dich verknallt. Ich ärgere auch immer Wincent«, sagt sie und grinst mich an, als ich von ihren Haaren ablasse.

»Das ist doch nicht dasselbe«, sage ich und spüre eine erneute Hitzewelle, die in meinen Kopf schießt.

Ich weiß gar nicht, was ich darüber denken soll. Dafür bin ich im Moment zu verwirrt über meine Gefühle und die ganze Situation im Allgemeinen. Was war das heute für ein seltsamer Moment? Man sieht doch jemanden nicht so an, wenn man ihn hasst, oder?

»Phina, warum wirst du so rot?«, kichert Lola.

»Weil die Vorstellung einfach … irrsinnig ist«, weiche ich aus und schnappe mir ihren Taschenrechner. »Also, wobei brauchst du Hilfe?«

»Magst du ihn auch?«, fragt Lola und wackelt mit ihren Augenbrauen.

»Welches Beispiel?«, frage ich und versuche, so streng wie möglich zu wirken. Mein Herz hämmert gegen meine Brust, als hätte ich einen Mord begangen und würde vor Gericht sitzen. Das ist so lächerlich. Warum kann ich meine Gefühle nicht einfach abschalten? Wenn ich Amor einmal begegne, muss ich ihm auf jeden Fall kräftig in den Arsch treten.

Nach Lolas Mathenachhilfe verkrieche ich mich in mein Zimmer und will den verlorenen Schlaf nachholen. Es ist ein Dachgeschosszimmer, das kleinste Schlafzimmer von allen, aber dafür hat es ein Sitzfenster. Die hauchdünnen, türkisen Vorhänge und die gleichfarbige Bettwäsche harmonieren mit

27

den sonst weißen und beigen Möbeln und erinnern ein bisschen ans Meer. Und ich liebe das Meer und den Sommer einfach.

Als ich mich auf mein Bett lege und die Augen schließe, kann ich allerdings alles andere als einschlafen – denn durch die geschlossenen Augen sehe ich immer Kais Gesicht vor mir. Fluchend stehe ich auf und setze meine Kopfhörer auf. Doch es kommt mir vor, als würde die Musik es noch schlimmer machen. Kai will einfach nicht aus meinem Kopf verschwinden.

Erst als ich meine Nintendo Switch starte, vergesse ich meine Sorge und verwirrten Gefühle langsam. *Animal Crossing* zu zocken, beruhigt mich immer wieder. Es basiert auf dem einfachen Prinzip, seine Insel nach seinen Wünschen zu gestalten. Viele finden solche Spiele sinnlos, aber ich mag sie. Es entspannt mich auf gewisse Weise. Außerdem sind die Charaktere knuffig…

»Phinaaa?«, ruft Lola von draußen und klopft an meine Tür. »Es gibt Spargel!«

Ich schrecke hoch und sehe mich im Raum um. Warte. Wie spät ist es bitte? Ich sehe auf meine Wanduhr, die ich letztes Jahr in Paris gekauft habe. Kurz nach achtzehn Uhr?

Na gut, einen klitzekleinen Nachteil gibt es. Man vergisst schnell die Zeit.

Lola sitzt bereits auf ihrem Platz und wartet zappelnd auf das Essen. Ich begrüße Mama und fange an zu lächeln, als ich auch Papa am Tisch sitzen sehe, die Krawatte gelockert und das Sakko über die Stuhllehne gehängt. Papa ist Versicherungsberater. Ein Beruf, mit dem man ihn gar nicht in Verbindung bringt, wenn man ihn kennt. Er ist witzig, spontan und unglaublich abenteuerlustig. Nicht so langweilig, wie man eben einen Versicherungsberater vor Augen hat.

Mama hingegen passt perfekt in das Bild einer selbständigen Notarin. Streng, rechthaberisch und perfektionistisch.

»Na, noch nicht geschafft, dich umzuziehen?«, begrüße ich Papa und gebe ihm einen Wangenkuss.

»Deine Mutter hat mich gleich in Beschlag genommen, als ich nachhause gekommen bin. Hatte keine Zeit dazu«, sagt er und fährt sich einige Male durch seine blonden Haare, die vom Nieselregen ganz feucht sind.

»Das Essen wird sonst kalt«, sagt Mama von der Küchenzeile aus. Mit den großen dunklen Augen, der zierlichen Statur und der braunen Lockenbobfrisur kann keiner anzweifeln, dass ich ihre Tochter bin. Lola hingegen ist die weibliche Version unseres Vaters. Helle Engelslocken, babyblaue Augen und Sommersprossen.

»Wie war die Schule?«, fragt Mama in die Runde. Ich stopfe mir absichtlich einen großen Salatbissen in den Mund. Lola erzählt eifrig von einer witzigen Turnstunde, von der zweiwöchigen Beziehung zwischen einer gewissen Annika und einem Lukas, die heute beendet wurde und … den Rest höre ich nicht mehr.

»Und bei dir, Seraphina?«, fragt Papa irgendwann dazwischen. Mein Teller ist schon fast leer.

»Nichts Spannendes«, murmele ich und nehme erneut einen großen Bissen. Ich will nicht riskieren, dass ich die Farbe einer Tomate annehme.

»Was ist mit diesem Nox-Jungen? Hat er endlich zur Vernunft gefunden?«, fragt Mama. Ihre sonst so weichen Gesichtszüge sind hart geworden.

»Nervig wie eh und je. Dem kann man nicht helfen«, sage ich und versuche, mich hinter meiner Frisur zu verstecken.

»Schlechte Erziehung. Bei dem Vater wundert mich das nicht«, kommt es von ihr. »Ich finde es nicht gut, dass du mit

29

den Zwillingen immerzu abhängst. Emma und du solltet euch...«

Oh Gott. Da ist es wieder. Die nie endende Predigt, welch schlechter Umgang Viola und Kai nicht sind. Das hat sie schon vorher gemacht – hat also nichts mit Kais neuerlichen Attacken auf mich zu tun.

»Viola ist schwer in Ordnung. Und mit Kai hänge ich nun wirklich nicht ab«, sage ich sogleich und versuche, ein Augenrollen zu unterdrücken. Ich hasse es, wenn sie schlecht über die Zwillinge redet. In Wirklichkeit kann doch keiner der beiden etwas für ihren Vater.

Man erzählt sich, dass der Vater, nachdem ihn seine Frau verlassen hat, zum Säufer wurde und mit der Erziehung nicht mehr klarkam. Ihm wurde scheinbar das Sorgerecht genommen. Seitdem wohnen die beiden hier in Sakura bei ihren Großeltern. Natürlich hat sich das Ganze herumgesprochen. Sakura ist eine Kleinstadt. Hier weiß jeder über jeden Bescheid.

Viola redet aber nie von ihrer Vergangenheit und Themen wie Berlin (ihre Heimatstadt) und ihre Eltern sind sowieso Tabus. Da wird sie immer ganz steif und verschlossen. Also fragen Emma und ich nie nach, obwohl wir gern wissen würden, was genau hinter den Gerüchten der Nox-Zwillinge steckt. Die einen reden von Gewalteinwirkung, die anderen von massiven Geldsorgen. Es gibt sogar eine Version, in der es heißt, dass der Vater im Gefängnis war, weil er beinahe jemand umgebracht hätte.

Fakt ist, dass die beiden vor gut einem dreiviertel Jahr zu ihren Großeltern gezogen sind – und dass uns ihre Vergangenheit schlichtweg nichts angeht.

Die Nox-Zwillinge sind also kein guter Umgang für die süße, unschuldige Tochter der Notarin Silva (über unschuldig lässt sich streiten). Ein weiterer Grund, warum ich mir Kai eigentlich aus dem Kopf schlagen sollte. Es würde eh nicht funktionieren. Meine Mutter würde das nie akzeptieren. Aber irgendwie habe ich den Verliebtheitsschalter in mir noch nicht gefunden.

Dass Viola einer meiner besten Freunde geworden ist, hat sie mittlerweile akzeptieren müssen. Und ich denke, dass ihre zuvorkommende Art sie auch etwas beeindruckt hat – auch wenn sie es nie zugeben würde.

»Mama, was tust du eigentlich, wenn Seraphina mit Kai zusammenkommt?«, fragt Lola plötzlich.

Zuerst denke ich, ich hätte mich verhört. Doch als ich den verstörten Blick von unserer Mutter sehe, weiß ich, dass ich alles richtig verstanden habe.

»Lola, was-?«, beginne ich, doch ich werde von Mama unterbrochen.

»Das wird nie passieren«, lacht diese verhalten und beginnt, die Teller wegzuräumen.

»Du weißt doch gar nicht, was Phina … Au!« Ich stoße Lola gerade noch rechtzeitig gegen das Schienbein.

»Mama hat Recht, das wird nie passieren«, verkünde ich und spüre dabei, wie mein Bauch sich zusammenzieht.

KAPITEL 3

Nur Freddy Talisman

»Komm schon, Phina, lass das«, seufzt Emma und wirft ihre silberblonde Mähne vor ihr Gesicht. Ich ziehe einen Schmollmund.

»Jetzt stell dich nicht so an. Wir haben schon lange kein Selfie mehr gemacht«, sage ich und richte meine Innenkamera wieder zu ihr.

»Aber doch nicht beim Eisessen«, sagt sie genervt, schnappt sich mein Handy und legt es an den Rand des Tisches. Als hätte Emma gerade einen Wurm in ihrem Schokoeisbecher entdeckt, schiebt sie diesen angeekelt zur Seite. »Ich sollte ganz aufhören zu essen.«

Ich seufze auf. »Ach, Emma ...«

Emma streicht sich ihr Haar zurück und schaut sich um. Das Eiscafé ist gut besucht. Im Gegensatz zu gestern scheint heute die Sonne und man kann durchaus von Frühling sprechen. Wir sitzen auf unserem Lieblingsplatz, rechts neben der Tür und hinter einer Topfpalme versteckt.

Das Taubinger-Café ist eines meiner Lieblingslokale und liegt nicht fern von unserer Schule am Rande des Stadtkerns. Neben den gängigen deutschen Desserts und Eissorten gibt es auch typisch japanische Mochis, Dangos und den besten Matchatee, den ich kenne. Der Laden gehört der Mutter unserer Klassenkameradin Yua Taubinger und ist zwar vergleichsweise klein, aber strahlt mit den farblich stimmigen Sitzkissen und

32

der entspannenden Atmosphäre eine Ruhe aus, die ich manchmal echt gut gebrauchen kann.

»Versprich mir, dass du nicht wieder so ausrastest wie letztes Mal«, murmelt Emma und stochert dann doch wieder in ihrem Eisbecher herum.

Sogleich weiß ich, wovon sie spricht. »Sag nicht, Tiana hat sich wieder über dich lustig gemacht«, zische ich und spüre, wie mir heiß wird. Diese verdammte Ziege! Und ich dachte, das letzte Mal hätte ich ihr endgültig das Maul gestopft!

»Phina, nein, hör auf«, flüstert sie. »Es war nicht Tiana.«

»Wer dann?«, frage ich und meine Stimme hört sich plötzlich weich an.

»So ein Mädel aus der Zwölften. Es war eigentlich harmlos, aber es hat mich irgendwie getroffen. Sie … na ja, sie hat in der Bibliothek irgendeinen geschmacklosen Witz gerissen. ‚Die hat wenigstens ihren eigenen Sitzsack dabei‘, oder so was. Ich hab so getan, als hätte ich es nicht gehört, aber, na ja, es hat mich wieder zum Nachdenken gebracht.«

Ich beiße die Zähne zusammen und versuche, meine Wut herunterzuschlucken. Emma wird schon seit dem Kindergarten für ihre mollige Figur gemobbt. Das war auch der Grund, warum wir uns damals anfreundeten – denn ich habe die Kinder, die Emma dafür ausgrenzten oder zum Weinen brachten, immer mit meinen Bauklötzen und Puppen beworfen oder sie sogar gebissen. Sie war damals meine einzige Freundin, weil mich für meine auffallend aggressive Ader niemand leiden konnte – und ich ihre einzige. Aber das war okay so und ich würde es mir nicht anders wünschen.

Seit wir in der Oberstufe sind, ist Emmas Selbstbewusstsein eindeutig gestiegen. Das heißt, sie tut zumindest so, als würden ihr die einzelnen Blicke und Kommentare nichts ausmachen. Innerlich macht ihr das Thema doch noch zu schaffen.

»Unsere Gesellschaft ist einfach scheiße«, murmle ich schließlich. »Zum Kotzen. Es gibt doch bei jedem etwas auszusetzen. Wenn man n'bisschen zu viel auf den Hüften hat, wird man verspottet, wenn man zu wenig drauf hat, ist man gleich magersüchtig. Ist man noch Jungfrau, ist man prüde oder ein Mauerblümchen, wenn man keine mehr ist, ist man 'ne Schlampe.«

»Ich weiß«, seufzt Emma und lässt den Kopf hängen.

»Du hast wenigstens Kurven und eine vorzeigbare Oberweite. Ich meine, sieh mich an.« Ich deute auf mich. »Ich bin siebzehn und warte noch immer vergeblich darauf, dass mir endlich Brüste wachsen.«

Emma lacht leise. »Die hast du doch.«

»Was? Wo?« Ich schaue in meinen Kragen. »Hallo? Ich sehe nichts.«

Emma kichert vor sich hin. Als ich mein Gesicht wieder nach vorne richte, spüre ich ihre Arme um meinen Hals.

Unbeholfen tätschele ich ihre Schulter. »Ja ja, ich dich auch.«

»Hi«, höre ich jemanden sagen.

Wir drehen uns zu der Stimme um.

»Na endlich«, sage ich und schirme meine Augen ab, um Viola besser zu erkennen. Sie trägt wie immer schlichte Farben und ihre langen wallenden Haare fallen offen über ihre Schultern. »Was hat so lange gedauert?«

»Ach«, murmelt Viola und setzt sich auf den freien Platz gegenüber von Emma. »Oma hat ihre Brille nicht gefunden.«

»Hatte sie sie wieder im Kühlschrank?«, fragt Emma und kichert.

»Nein, in der Kommode«, erzählt Viola und grinst. »Sie ist manchmal so durch den Wind. Genau wie Kai.«

34

Mein Herzschlag verdoppelt sich. Nur, weil ich seinen Namen höre. Da läuft doch gewaltig was schief bei mir.

»Also, worüber wolltest du eigentlich mit uns reden?«, fragt Emma, als Viola ihren Eisbecher bestellt hat und sieht mich gespannt an.

Ich erstarre. Genau, ich hab dieses Treffen nicht umsonst einberufen.

»Ja...«, sage ich langgezogen und wippe hin und her. »Es geht um Kai.«

Noch lange habe ich mir den Kopf darüber zerbrochen, was gestern Nachmittag passiert ist. Und je länger ich darüber nachdenke, desto unsicherer werde ich, ob mich mein Bauchgefühl nicht trügt. Ob ich mir das Ganze nicht einfach eingebildet habe. Deshalb dachte ich, es wäre eine gute Idee, mit den beiden darüber zu reden und ihnen meine Gefühle zu beichten – auch wenn es für Viola vermutlich seltsam sein würde.

Emma fängt plötzlich an zu schmunzeln. Ich runzle die Stirn. »Was?«

»Was willst du uns denn sagen?«, fragt sie und hat immer noch dieses kleine Lächeln auf den Lippen.

Viola sieht sie ratlos an.

Ich weiß hingegen, was das bedeutet, und versinke regelrecht in Scham. »Du weißt es, hab ich recht?«

Sie zuckt mit den Schultern. »Ich kenne dich seit dem Kindergarten. Und du bist manchmal wie ein offenes Buch.«

Oh. Na toll.

»Leute?«, fragt Viola mit vollem Mund. »Was ist mit meinem Bruder?«

Emma setzt ihr süßes Grinsen auf und flötet: »Phina ist verliebt.«

»Oh Gott«, seufze ich und fahre mir übers Gesicht.

35

Ich höre ein schepperndes Geräusch und nehme meine Hände vom Gesicht. Viola hat ihren Löffel auf den Tisch fallen lassen und sieht mich teils geschockt, teils angewidert an. »Alles okay?«, fragt Emma und wedelt vor ihrem Gesicht herum, das wie erstarrt wirkt. Viola richtet ihre Augen auf mich und atmet langsam aus. »Okay. Du stehst auf meinen Bruder. Ähm ... cool?«

Ich lächle unschuldig und lege meine Hände auf die Tischplatte. »Na ja, sowas kann man sich nicht aussuchen...«

»Hm, ja, ich weiß, aber ... bist du sicher?«, fragt Viola und wenn überhaupt möglich, wird mir die Situation noch unangenehmer. Also gehe ich nicht weiter darauf ein und hole tief Luft. »Jedenfalls hatte ich nie das Gefühl, er würde irgendetwas davon erwidern. Offensichtlich. Außer am Freitag.«

Während ich den beiden von dem Vorfall im Turnsaal erzähle, werden Emmas Augen immer größer und Violas Löffel fällt nochmal auf den Tisch.

»Dieser Blick von ihm ... und dann hat er so lange meine Hände gehalten«, ende ich und spüre, nun da ich es erzähle, dass es kein Hirngespinst war. Es war echt. Da bin ich mir fast sicher.

»Deinem Lächeln zufolge brauchst du uns nicht zu fragen, ob er auf dich steht«, kichert Emma.

Viola schüttelt sich. »Oh nein.«

»Die Frage ist nur, warum er in letzter Zeit immer so ist, wie er eben ist. Ich hab ihm nie etwas getan. Das ist doch nicht normal. Vor den Weihnachtsferien konnten wir uns ja auch ganz entspannt unterhalten.«

Viola zuckt mit den Schultern. »Mein Bruder ist generell nicht normal. Vielleicht ist das seine Art *Ich liebe dich* zu sagen. Viel Spaß in der Zukunft.«

36

Bei dem Gedanken wird mir ganz schwummrig. Ich liebe dich. Von Kai Nox. Das hört sich an wie ein schöner Traum.

»Rede doch einfach mit ihm«, sagt Emma. »Oder sag ihm, was du empfindest.«

Ich beginne zu lachen. »Klar, soll ich ihm vielleicht noch 'nen Liebesbrief schreiben? Emma, du weißt, dass ich das nie machen würde – nicht, wenn ich nicht zu hundert Prozent weiß, dass er meine Gefühle erwidert.«

»Leg mal ein bisschen von deinem Stolz ab«, murmelt sie und verdreht die Augen. »Ihr redet wahrscheinlich schon seit Monaten aneinander vorbei – dabei seid ihr ineinander verliebt. Hach, wie tragisch.«

»Gute Buchidee«, murmelt Viola und zückt ihr Handy und fängt an, etwas zu tippen.

»Argh!«, fluche ich und nehme Viola das Handy weg. »Du stellst keine Geschichte über meine Gefühle auf Wattpad online, verstanden? Vor allem, und es ist traurig, dass ich das überhaupt sagen muss, behaltet ihr das für euch. Wenn Kai das erfährt, und er es nicht erwidert, wäre das so peinlich!«

»Chill mal, wir sind sehr vertrauenswürdig«, murrt Viola und nimmt ihr Handy wieder an sich. »Und ich veröffentliche auf Wattpad, was ich will.«

»Was willst du also machen?«, fragt Emma. »Warten, bis *er* dir ein Liebesgeständnis macht?«

»Da kann sie lange warten«, lacht Viola trocken und tippt etwas auf ihrem Handy. »Er ist manchmal wie ein Stein.«

»Ich … ich weiß nicht. Warten, wie er am Montag auf mich reagiert«, murmle ich und stütze mein Kinn auf meinen Händen ab. »Ich möchte einfach wissen, warum er in letzter Zeit so abweisend ist. Wir haben uns doch immer gut verstanden und plötzlich, *klick*, alles anders. Aber… Irgendwie hab ich auch Schiss davor.«

37

»Warte mal«, sagt Viola plötzlich und lehnt sich nachdenklich nach hinten. »Vielleicht hat das gar nichts mit dir persönlich zu tun. Zu Weihnachten hatte er ein ziemliches Down, weißt du.«

»Inwiefern?«, fragen Emma und ich fast zeitgleich.

Viola zuckt mit den Schultern und meint mit etwas kratziger Stimme: »Na ja, das ist ziemlich privat. Aber es hat nichts mit dir zu tun, Phina.«

Mein Herz zieht sich zusammen bei dem Gedanken, es könnte etwas Schlimmes vorgefallen sein.

Doch ich habe kaum Zeit, länger darüber nachzudenken, denn in mein Blickfeld schiebt sich ein anderes Problem. Ich kralle mir eine Eiskarte und halte sie vor mein Gesicht.

»Was ist denn?«, fragt Viola.

»Ist das nicht ... Freddy?«, fragt Emma leise und ich nicke.

»Sollte der nicht in Australien sein?«

»Das Austauschprogramm ist seit Ende März vorbei«, sage ich. »Es war nur bis zu den Osterferien vereinbart.«

Vorsichtig luge ich nach vor. Freddy sitzt an einem Tisch neben uns, seine Begleiter sind ein hübsches Mädchen und sein kleiner Bruder Alvin, der ihm zum Verwechseln ähnlich sieht. Beide haben voluminöses goldblondes Haar, sonnengebräunte Haut, eine schlanke Fußballerfigur und diese stahlblauen Augen.

»Wer ist das?«, fragt Viola und steckt sofort ihren Kopf ein, schiebt ihre Haare nach vor.

»Freddy Talisman. Ein ... ähm, Freund der Familie. Er ist eine Klasse über uns«, kläre ich Viola etwas unbeholfen auf.

»Er ist der Sohn des Vorstandsvorsitzenden der Talismanbank, welcher wiederum ein wichtiger Geschäftspartner schrägstrich Klient von Phinas Mutter ist«, sagt Emma. »Deshalb kennen sich die beiden schon seit Kindertagen.«

38

»Also ein Sandkastenfreund von dir?«, fragt mich Viola. Ich schüttle den Kopf.»Würde ich jetzt nicht sagen.«

»Du klingst so wehmütig, so kenne ich dich gar nicht«, sagt Viola und schiebt ihre Augenbrauen hoch.

Ich fühle mich ertappt. Statt ihr zu erklären, warum das so ist, schweige ich. Viola ist so taktvoll und fragt nicht weiter.

Emma hingegen sieht mich mit diesem mitleidigen Blick an, den ich eigentlich nicht leiden kann. Sie weiß davon. So ziemlich als Einzige. Nicht einmal meine Eltern wissen, was da letzten Sommer in dem Ferienhaus in Südfrankreich vorgefallen ist ...

Ich erstarre, als er zu mir sieht. Scheiße. Tarnung aufgeflogen.

Freddy steht auf und kommt auf uns zu. Ich lasse die Eiskarte auf den Tisch fallen und versuche, mir meinen Missmut nicht anmerken zu lassen.

»Lange nicht gesehen«, begrüße ich ihn und bemühe mich um einen netten Plauderton. Ich will ihm nicht zeigen, wie wütend ich noch auf ihn bin. Ich will nicht schwach wirken.

»Ich war ja auch das letzte halbe Jahr auf der anderen Seite der Erdkugel«, lacht er und nimmt seine Pilotensonnenbrille ab.»Wie geht's dir, Löckchen?«

»Besser, wenn du dir diesen blöden Kosenamen abgewöhnen könntest«, sage ich und versuche, freundlich zu klingen.

»Sorry, Phina, ich weiß, du magst das nicht.« Er dreht sich nach links.»Und die Pfarrerstochter folgt dir immer noch auf Schritt und Tritt?«

Emma wird rot.

»Sie ist ja auch meine beste Freundin«, sage ich schon etwas schärfer.»Und sie ist nicht ... ach, vergiss es.« Er macht das doch absichtlich. Nur, weil Emmas Familie etwas religiöser

39

ist, denkt Freddy, es wäre witzig, immer solche Sprüche zu klopfen.

Freddy sieht nun zu Viola, welche schüchtern auf den Tisch blickt. »Dich kenne ich noch nicht.«

Sie sieht auch nach seinen Worten nicht auf. Arme Viola. Dafür, dass sie so hübsch ist, ist sie viel zu unsicher.

»Viola ist in meiner Klasse und eine gute Freundin«, kläre ich auf.

»Na so was, und ich dachte, ich kenne alle Mädels deiner Klasse«, sagt er und merkt wahrscheinlich gar nicht, wie mehrdeutig dieser Satz klingt.

»Sie ist seit Anfang dieses Schuljahres hier«, entgegne ich trocken. Viola hat den leicht leidenden Blick nun zu mir gerichtet und ihre Haare wie einen Vorhang zur Seite fallen lassen, um Freddys Blick auszuweichen.

»Ist sie immer so?«, flüstert Freddy und sieht Viola schief an. So ein taktloser Arsch.

»Was willst du, Freddy?«, brumme ich dann nur.

Er fährt sich lässig durch sein Haar. »Da ich ja jetzt wieder hier bin, dachte ich, eine kleine Feier wäre angebracht. Also eigentlich eine große. Nächstes Wochenende habe ich sturmfrei.« Sein selbstgefälliges Freddy-Grinsen erscheint. Igitt. Früher habe ich das noch heiß gefunden. »Ich sende dir nachher die Daten, vielleicht leitest du sie dann in deinen Klassenchat weiter? Würde mich freuen, wenn ihr kommt.«

Ich verziehe das Gesicht. Nur kurz. »Danke für das Angebot.«

Als er weg ist und nicht mehr hersieht, tue ich so, als wollte ich mich übergeben. Emma kichert leise.

»Arroganter Typ. Da kann er noch so heiß sein ...«, murmelt Viola. Ich muss über ihre Ehrlichkeit lachen. Wenn wir unter uns sind, ist Viola wie ausgewechselt.

40

»Aber nächsten Sonntag ist ja das Sakurafest!«, sagt Emma plötzlich besorgt. »Oh nein. Wenn er am Samstag die Party schmeißt, kommt sicher fast niemand zum Fest.«

Ich zucke mit den Schultern. »Das Fest geht eh erst so richtig los, wenn es dunkel ist – bis dahin werden die meisten schon wieder nüchtern sein. Außerdem tust du so, als ob unsere Stadt nur aus Oberstufenschülern besteht.«

Emma seufzt. »Trotzdem.«

»Warum ist dir das so wichtig? Da trinkt man doch eh nur Tee und sieht ein paar Kids beim Tanzen zu, oder?«, fragt Viola.

Oh je. Das hätte sie nicht sagen sollen.

Emma wird rot und holt tief Luft. »Es ist ein wichtiges traditionelles Fest, das die Gemeinschaft stärkt. Außerdem kandidiere ich dieses Jahr als Sakuraprinzessin.«

»Gewinnt man dann was oder so?«, fragt Viola weiter. Ich muss ein Lachen unterdrücken. Man merkt, dass sie bis vor gut einem Jahr noch in Berlin gelebt hat.

»Emmas Mutter und Großmutter sind beide mit siebzehn Sakuraprinzessinnen geworden, deshalb«, erkläre ich Viola. Diese nickt, scheint aber den Hype darunter immer noch nicht ganz zu verstehen.

»Du kandidierst aber nicht, oder?«, fragt Viola, als Emma kurz auf die Toilette verschwindet. Ich grunze. »Das ist nicht so mein Ding.« Hätte meine Mutter zwar gerne gehabt, aber ich konnte Emma als Ausrede benutzen. Immerhin ist es nicht so toll, wenn zwei beste Freundinnen in der einen Nacht plötzlich zu Konkurrentinnen werden. Noch dazu, wo Emma alles dran setzt, zu gewinnen.

»Ich stopfe mich lieber mit Mochis und Dangos voll und trinke Matchatee. Der kommt ganz frisch aus dem Café hier. Ist einfach himmlisch«, sage ich und Viola nickt grinsend.

41

Nach dem Eisessen drängen Emma und ich Viola noch zum Shoppen. Als Emma gerade ein Sommerkleid probiert, und Viola und ich vor den vollen Kabinen warten, stupst mich Viola plötzlich an. »Das hab ich völlig vergessen, euch zu erzählen«, beginnt sie leise. »Ich hab nämlich endlich den Namen der neuen Schülerin herausfinden können, die am Montag zu uns kommt. Sie ist in den Wohnblock neben uns eingezogen. Lana Bloom heißt sie. Und schau mal.« Viola öffnet Instagram und zeigt mir das Profil eines hübschen Mädchens mit langen rosagefärbten Haaren. Sofort erkenne ich das Gesicht.

»Oh mein Gott. Nein! Das ist ja ...«

»YouTuberin Pincress, richtig«, vollendet Viola meinen Satz.

Emma schiebt ihren Kopf aus der Kabine. Scheinbar hat sie das Gespräch mitangehört. »Eine YouTuberin? Echt jetzt?«

»Pincress ist eine Gaming-YouTuberin. Keine sehr bekannte, aber sie macht ihre Sache sehr gut. Kai ist ein großer Fan von ihr.«

Mein Herz zieht sich zusammen. »Ja klar, kann ich mir denken«, murre ich leise, doch keiner scheint es zu hören.

Pincress ist nicht nur hübsch und eine begabte Zockerin, nein, sie zeigt sich auch immer wieder provokant freizügig.

»Macht sie ein Austauschjahr? Hier steht, sie wohnt in London«, fragt Emma dazwischen. Ich horche auf. Ja, richtig. Ihre Gameplays sind allesamt auf Englisch.

»Kann sein«, sagt Viola.

Eine heiße YouTuberin aus London. Na klasse.

***

42

Am Abend fahre ich mit meinem Motorroller trotzig zum Stadtplatz und parke vor dem Rathaus, in dem immer meine Klavierstunden stattfinden. Am liebsten hätte ich geschwänzt, aber meine Lehrerin würde das natürlich sofort Mama sagen und die wäre total enttäuscht von mir.

Ich hasse es jedes Mal, wenn ich hier bin. Noch dazu bin ich nicht mal gut. Mich nervt die klassische Musik, mich nervt die meckernde Lehrerin und es macht natürlich null Spaß. Doch meine Mutter bekommt dann immer so leuchtende Augen, wenn ich zu Weihnachten ein einfaches Stück spiele und meine Oma sich eine Träne verdrücken muss (was ich gar nicht verstehe, da ich ja spiele wie eine watschelnde Ente – wie meine Klavierlehrerin immer sagt.)

Ich könnte mit dieser einen Stunde in der Woche etwas Sinnvolleres anfangen – zum Beispiel die ganze *One Piece* Serie durchsuchten, was ich mir seit Monaten schon vornehme.

Die Stunde vergeht zum Glück schneller als erwartet und als ich das kahle hallende Gebäude verlasse, dämmert es bereits. Der Stadtplatz ist für einen Samstagabend erschreckend ruhig. Nur vor dem kleinen Italiener mit den bunten Lämpchen an der Steinfassade sitzen ein paar Gäste und genießen die letzten Sonnenstrahlen.

Das Zentrum von Sakura sieht äußerlich aus wie eine stinknormale deutsche Kleinstadt – rustikale Gemäuer, bunte Fassaden und diese alten verschnörkelten Metallschilder. Nicht zu vergessen die unebenen Pflastersteine, die nur so zum Stolpern einladen.

Nur bei genauerem Hinsehen fallen die ungewöhnlich vielen asiatischen Restaurants und Lebensmittelgeschäfte auf. In der Mondjägergasse gibt es seit über zwei Jahren sogar ein Katzencafé, das vor allem bei Touristen sehr beliebt ist. Ich treffe mich da öfter mit Tante Bi und finde es wirklich süß – aber die Preise sind meiner Meinung nach etwas überteuert.

Klar, das Lokal und vor allem die Katzen müssen auch von etwas leben – aber würde mich Tante Bi nicht jedes Mal einladen, würde ich bestimmt nicht so oft hingehen.

Während ich meinen Blick über den Parkplatz gleiten lasse, der von zwei zarten Sakurabäumen geschmückt wird, fällt mir jemand ins Auge. Er trägt einen blauen Hoodie und eine dunkle Sporttasche hängt über seiner Schulter. Ich sehe ihn an und mein Herz beginnt, immer schneller zu rasen. Kai wandert über den Parkplatz und scheint mich zuerst gar nicht zu bemerken. Als er mich schließlich doch sieht, zuckt er leicht zusammen.

»Hey«, sage ich, viel freundlicher als sonst, und hebe die Hand.

Er macht es mir gleich, doch seine Mundwinkel rutschen keinen Millimeter hoch. »Hey«, sagt er mit überraschtem Unterton im Vorbeigehen.

Ein Stich durchzieht meine Brust. Obwohl, was habe ich erwartet? Dass wir jetzt Freunde sind?

Ich schüttle den Kopf und greife mir an die Stirn. Ich bin so bescheuert. Gar nichts hat sich geändert.

»Äh, Phina?«

Ich drehe mich um und Kai kommt auf einmal auf mich zu. Er hat seine Hand in der Hosentasche verstaut und holt dort etwas heraus, als er bei mir ist. »Die hast du gestern vergessen.«

Meine Halskette. Instinktiv greife ich mir an den nackten Hals. Sie ist es wirklich. Die muss ich vor lauter Aufregung im Turnsaal liegen gelassen haben! Der Amethyststein hat sich von der silbernen Legierung gelöst. Außerdem ist die Kette gerissen. Mein Herz zieht sich zusammen. Die Kette habe ich

44

schon, seit ich ein Kind war und sie war bis dato irgendwie wie mein persönlicher Glücksbringer.

»Danke«, sage ich leicht gequält und strecke die Hand aus, doch Kai gibt sie mir nicht wie erwartet.

»Wenn du willst, gebe ich sie meiner Oma. Ihr hat mal das Schmuckgeschäft gehört und sie kann sie bestimmt reparieren.«

Meine Augen leuchten auf. »Ja, das wäre ... das wäre toll.«

Seine Mundwinkel zucken kurz hoch. »Gut.« Dann lässt er die Kette wieder in seine Hosentasche gleiten.

Ich strahle bestimmt von einem Ohr zu anderem. Das ist so süß von ihm.

»Warst du im Gym?«, frage ich, bevor er gehen kann und zeige auf seine Sporttasche.

»Im Hallenbad«, korrigiert er und fährt sich durch das noch leicht feuchte Haar. »Ich geh da jede Woche hin.«

»Oh, cool«, bemerke ich und stelle mir Kai sofort in einer engen Badehose vor. Mein Hals wird trocken und ich muss mich räuspern. »Unsere Schule hätte ein Schwimmteam. Falls du Lust hast.«

Er nickt. »Ja, ich weiß. Ich war im Team meiner alten Schule, aber ... das will ich eigentlich nicht mehr.«

Was ist das? Wehmut? Ist damals was vorgefallen?

»Und was macht das Silva-Mädchen an einem Samstagabend ganz alleine hier?«, fragt er mich, bevor ich die Chance habe, ihn darauf anzusprechen.

Ich deute hinter mich auf das kahle Rathaus. »Klavierunterricht«, seufze ich.

»Klingt ja nicht so, als würd's dich so sehr jucken«, stellt er richtigerweise fest. Ich zucke mit den Schultern. »Nicht so meins.«

»Dann hör halt auf.«

45

Ich lache trocken. »Hm, ja, wenn das so einfach wäre.«

Er runzelt die Stirn, sagt aber nichts mehr dazu, worüber ich mehr als froh bin. Ich hab keine Lust, ihm das näher zu erläutern. Außerdem weiß ich gar nicht, *ob* ich es überhaupt erklären könnte.

KAPITEL 4

Nur eine YouTuberin

Am Montag starte ich ziemlich gut gelaunt in den Tag. Doch meine Stimmung geht gleich den Bach runter, als ich die prachtvolle rosa Mähne sehe, die von unseren Klassenkameraden regelrecht eingehüllt wird. Mir wird schlecht. Lana Bloom. Sie sieht noch besser aus als in meiner Erinnerung.

Oh Gott, ich muss mich zusammenreißen. Ich kann doch nicht jetzt schon die Eifersucht raushängen lassen. Vielleicht steht Kai gar nicht auf heiße Gaming-Youtuberinnen, die ihr ganzes Leben lang in einer der schönsten und bekanntesten Städte der Welt gelebt haben … ach, ich geb's auf. Ich bin eifersüchtig.

»Ja, ich habe deutsche Wurzeln, meine Mutter ist hier geboren«, erzählt Lana gerade mit einem akzentfreien Deutsch, als ich näher trete und mich zu den anderen stelle. Na super. Zweisprachig ist sie auch noch aufgewachsen.

Bei genauerem Hinsehen stelle ich fest, dass ihre Augen nicht so stark geschminkt sind wie in ihren Videos und sie trägt auch keine freizügigen Klamotten, sondern einen schlichten Kapuzenpulli.

Hm … vielleicht ist sie ja doch ganz nett? Oh Mann. Vorurteile sind schon etwas Schlimmes.

»Nach der Scheidung meiner Eltern habe ich mich entschieden, zu meiner Tante zu ziehen. Sie wohnt hier in Sakura.«

47

»Also wirst du bis zum Abi hier bleiben?«, fragt Sami.

»Ja, genau. Wenn alles so läuft wie nach Plan«, sagt sie mit strahlendem Lächeln, das etwas aufgesetzt wirkt.

Emma lässt ihre Rolle als Klassensprecherin raushängen und schlägt vor, dass wir die ersten Tage alle nacheinander unsere Plätze wechseln, damit jeder einmal bei Lana sitzen kann, um sie kennenzulernen. Die meisten stimmen begeistert zu, vor allem die Jungs. Viola und Kai sind noch nicht hier. Schade. Ich hätte gerne Kais Reaktion gesehen.

»Ich würde sagen, wir beide fangen an. Phina, du setzt dich die erste Stunde zu Lana, ist dir das recht?«, fragt Emma begeistert.

Ich unterdrücke meine Gefühle. Wie passend, dass ich die Erste bin, die die Ehre hat.

»Ja, klar«, sage ich und bemühe mich um einen halbwegs neutralen Tonfall. Emma erkennt sofort, dass etwas nicht stimmt und sieht mich überrascht an, sagt aber nichts.

Als es läutet, werde ich langsam nervös. Viola und Kai sind immer noch nicht hier. Ich sehe auf mein Handy. Keine Nachricht.

Ich schaue zu Emma und diese scheint dasselbe zu denken wie ich. Sie zuckt mit den Schultern.

»Du bist Seraphina, richtig?«, fragt mich Lana. Ich drehe mich zu ihr und nicke. »Nur Phina.«

Sie riecht nach blumigem Parfum und ihre Nägel, mit denen sie auf die Tischplatte klopft, sind pink lackiert. Aha. Die selbstbewusste YouTuberin Lana ist also nervös. Ja, warum auch nicht. Das ist, denke ich, jeder, wenn er auf eine neue Schule wechselt.

»Ihr seid alle sehr nett«, sagt sie munter und ihre Lachgrübchen vertiefen sich.

48

»Emma ist sehr bemüht, was unsere Klassengemeinschaft angeht«, sage ich und tippe gleichzeitig eine Nachricht an Viola.

Wo bist du? Wir haben gleich eine Supplierstunde mit der Direx, was soll ich sagen??

»Und die Stadt ist echt goldig mit den ganzen Kirschblüten-bäumen – passen zu meinen Haaren«, plappert Lana weiter. »Hey, was bist du eigentlich für ein Sternzeichen?«

»Sternzeichen?«, frage ich irritiert und sie nickt begeistert. »Ja, weißt du das nicht? Wann hast du Geburtstag?«

»Löwe«, antworte ich stattdessen. Sternzeichen … Damit habe ich mich nie wirklich beschäftigt. Aber natürlich weiß ich mein eigenes.

»Hm. Okay, passt glaube ich ganz gut. Ich bin Fische.«

War das ein Kompliment oder was Schlechtes?

Sie erzählt mir außerdem noch von einem Aszendentzei-chen und davon, dass sie das Sternzeichen Zwillinge nicht leiden kann – doch ich höre nur mit einem Ohr zu, weil Viola mir inzwischen geantwortet hat.

Wir haben verschlafen, kommen gleich!

»Du … also dein Style gefällt mir«, wechselt Lana das Thema, als ich mein Handy zur Seite lege. Ich schaue auf meinen Oversize-Look. Meine Mutter findet solche Sachen grässlich und würde mich viel lieber in Kleidchen oder süßen Röcken sehen – doch die finde ich wiederum grässlich an mir. Ich mache echt viele Dinge, damit meine Mutter mit mir zufrieden ist, aber seit Kurzem habe ich mich dazu durchgerun-gen, wenigstens meinem Kleidungsstil treu zu bleiben.

»Danke«, sage ich deshalb und bin ehrlich geschmeichelt, fühle, wie sich meine Sympathieleiste für sie langsam füllt. So, als wären wir Sims. Die Vorstellung lässt mich grinsen. »Ich mag deinen Pulli. Ist das Venti?«, frage ich und deute auf die kleine Chibifigur auf ihrer rechten Brust.

Sie nickt begeistert.»Du spielst Genshin?«

»Hin und wieder«, sage ich und lache.»Also ehrlich gesagt hast du mich dazu gebracht. Ich habe mir ein paar Gameplays von dir angesehen.«

Lana reagiert nicht so wie erwartet. Sie wird blass und ihr süßes Lächeln verschwindet.

Ich komme nicht dazu, sie nach ihrer Gefühlswandlung zu fragen, denn da stöckelt auch schon die Frau Direktorin herein. Hinter ihr schleichen die Zwillinge. Sie haben Glück. Unsere Direktorin ist schon etwas älter und hört nicht mehr sehr gut. Während sie sich ächzend an ihren Schreibtisch setzt, gehen Kai und Viola geduckt zu ihren eigenen Plätzen.

Mein Herz schlägt mir beim Anblick von Kai bis zum Hals. Er sieht verboten gut aus. Das ist so gemein. Warum kann er keine Hakennase haben? Oder eine Pickelfresse? Nein, er muss ja aussehen wie ein Gott. Mister Arschloch hat eine gerade Nase, hohe Wangenknochen und dieses kleine Muttermal auf seiner rechten oberen Wangenhälfte, das irgendwie ziemlich sexy aussieht. Außerdem sehen seine schwarzen Haare einfach irrsinnig toll aus, wenn sie etwas gestylt sind. Argh! Da muss man ja auf ihn fliegen, verdammt ...

Er wendet den Kopf zu mir und seine eisblauen Augen treffen auf meine braunen. Dieser Moment ist gleichzeitig so schön und so verwirrend, dass ich zwei Dinge unterdrücken muss. Ein aufgeregtes Kichern, weil ich mich fühle wie ein dummer verknallter Teenie. Und ein Augenrollen, weil ich Kai offiziell nicht ausstehen kann. Was dabei herauskommt, ist ein sekundenlanges kleines Lächeln. Mein Herz erwärmt sich, als er zurücklächelt. Doch ich merke schnell, dass das Lächeln

50

nicht mir gilt. Ich sehe zu meiner Sitznachbarin, die Kai schüchtern zuwinkt.

Alles klar. Wie peinlich.

»Er ist wirklich ein netter Kerl«, flüstert mir Lana zu. Ich runzele die Stirn. Woher will sie das nach einem Lächeln denn schon wissen?

»Wir schreiben seit ein paar Wochen miteinander«, antwortet sie mir auf meine stumme Frage und mein Herz fühlt sich an, als würde es jemand zerquetschen. Ah, da läuft also schon was. War ja klar…

***

»Sie wirkt ja voll lieb«, sagt Emma enthusiastisch. Ich schaufle mir frustriert das Essen in den Mund und schweige. Ich wusste gar nicht, dass Eifersucht so weh tun kann. Den ganzen Vormittag konnte ich mir die schmachtenden Blicke der beiden antun. Dann sind sie auch noch gemeinsam Kaffeeholen gegangen. Hört sich vielleicht unspektakulär an, aber das ist ein eindeutiges Zeichen, wie ich finde.

Vorher hat nie wirklich jemand Interesse an Kai gezeigt. Auch ich kaum, als wir uns noch ganz normal unterhalten konnten. Ich würde mich zwar nicht als feige bezeichnen, aber wenn mir niemand eindeutige Zeichen gibt, dass er auf mich steht, kann ich mich dazu auch nicht öffnen. Ich muss plötzlich an Freddy denken und mir wird unglaublich heiß.

»Phina?«, fragt Viola und schnippt zweimal vor mein Gesicht. Ich knurre sie an. Ich habe das »so tun, als ob ich gut drauf wäre«- Spiel leid. Und ich will aber auch nicht darüber reden. Irgendwie schäme ich mich für mein Verhalten, aber ich kann nicht aus meiner Haut.

»Stimmt etwas nicht?«, flüstert Emma.

51

»Alles okay«, lüge ich.

Mein Blick wandert wie von selbst an den Tisch, an dem Kai, Noah und Elias mit Rachel und Lana sitzen. Lana und Kai haben die Köpfe zusammengesteckt und schauen in ein Handy. Nein, nichts ist okay. Ich bin krank. Und diese Krankheit nennt sich Liebeskummer.

»Das Universum will dir wohl Druck machen«, sagt Viola und schmunzelt.

Ich verdrehe die Augen und beiße die Zähne zusammen.

»Wird Zeit, dass du aktiv wirst, sonst schnappt ihn dir jemand weg«, murmelt Emma und schlürft an ihrem Saft.

»Wofür? Ich hab eh keine Chance!«, sage ich, und zwar so laut, dass alle Augen von Kais Tisch zu uns blicken. Sofort verstumme ich und beiße mir auf die Zunge. In meiner Hand halte ich die zerdrückte Redbull-Dose, von der ich mich vorsichtig löse.

»Du hast keine Chance?«, lacht Viola leise. »Ist mir heute nicht so vorgekommen, als er dich die ganze Zeit in Englisch angeschaut hat.«

Ich verschlucke mich fast. »Wie bitte?«

»Ich hab heute mal extra drauf geachtet. Und ich kenne Kai. Der starrt nicht einfach Leute ohne Grund an. Du gefällst ihm.«

»Wahrscheinlich hat er Pinkie Pie angeglotzt.«

»Lana ist in Englisch bei Finn gesessen«, sagt Emma. »Das heißt, auf der anderen Seite der Klasse.«

»Dann hat er halt den Todesblick ausprobiert ... keine Ahnung!« Meine Gefühle spielen verrückt und ich weiß gar nicht mehr, was ich denken soll.

»An deiner Stelle würde ich herausfinden wollen, was das zwischen euch ist. Und warum er dich urplötzlich wie Scheiße behandelt«, sagt Viola.

52

Ich sehe auf mein übriges Essen. Kalter Kartoffelbrei. Verlegen stochere ich darin herum. »Und wie?«

»Keine Ahnung. Aber beweg einfach deinen Arsch und hör auf, herumzusitzen und zu jammern.«

Ich sehe zu Emma. Diese nickt. »Auch wenn ich es anders ausgedrückt hätte, sie hat recht. Da ist etwas zwischen euch, und es wäre schade, das wegen etwas Ehrenverletzung aufzugeben.«

Sie haben ja recht. Aber was wäre danach? Falls Kai tatsächlich auch etwas für mich empfindet und wir diesen Zoff zwischen uns klären könnten?

Ich weiß, was meine Mutter über Kai denkt und dass sie nie zulassen würde, dass ich eine Beziehung mit ihm führe. Schnell schüttle ich den Kopf. So weit will ich gar nicht denken.

»Okay. Ich werde es versuchen«, murmle ich und beide grinsen sich an, als hätten sie ewig auf diese Antwort gewartet.

53

KAPITEL 5

Nur ein paar Strafrunden

»Hab ich schon mal erwähnt, dass ich Sport nicht leiden kann?«, murrt Viola in unsere Richtung, als wir uns umziehen. »So ein Sportmuffel«, lacht Emma. Ich wühle genervt in meiner Sporttasche herum. »Verdammt. Wo sind meine Schuhe?«

»Vielleicht hast du sie im Spind gelassen«, überlegt Emma laut und wird von der Horde Zwölftklässlerinnen fast übertönt, die gerade in die Umkleidekabine strömen.

»Als ob Sport nicht schon schlimm genug wäre, müssen wir uns auch noch mit denen umziehen«, zischt Viola leise und verdreht die Augen. Parfums verschiedenster Sorten wehen uns entgegen und ich rümpfe die Nase, als Rachel auch noch ihr intensives Deo auf ihrem gesamten Körper verteilt. Hallo? Reicht ja auch nach dem Duschen unter den Achseln, oder?

»Kann sein, Emma. Ich sehe mal nach«, sage ich und gehe nach draußen. Die Gesichter der Mädchen kommen mir bekannt vor. Die sind in Freddys Klasse. Auweia. Gehen die etwa auch raus auf den Sportplatz?

Bei den Garderoben und Spinden angekommen, stoße ich fast mit zwei Jungs zusammen. Sie glotzen mich missbilligend an und gehen weiter. Würg. Noch mehr Zwölftklässler.

Als ich schließlich den Spind öffne und die Schuhe rausnehme, höre ich Schritte, ganz nahe hinter mir, und dann ein

54

Geräusch, als würde sich jemand gegen die Spindreihe hinter mir lehnen.

»Na, Löckchen, auch motiviert für ein bisschen Sport?« Ich seufze theatralisch auf und drehe mich um. »Hi, Freddy.« Heute kann ich nicht so tun, als wäre nichts. Dafür bin ich viel zu aufgewühlt.

Er hebt eine Augenbraue, stoßt sich von der Spindreihe ab und stellt sich direkt neben mich. Ich rieche sein Axe und spüre, wie meine Kehle eng wird. Erinnerungen suchen sich einen Weg in meinen Kopf.

»Das hab ich auch schon freundlicher gehört«, sagt er und kommt noch etwas näher, zieht an einer meiner vorderen Lockensträhnen, so wie er es früher immer gemacht hat, als wir kleiner waren – nur nicht so fest.

Mein Herz hämmert panisch gegen meine Brust und ich kann nicht anders, als ihn wegzuschubsen. Seine Nähe, sein aufdringliches Parfum ... das ist alles zu viel.

»Seit wann so grob? Das ist nicht nett«, sagt er beleidigt und zupft an seinem Levi's-Shirt herum, als gäbe es nichts Schlimmeres als eine Falte darin.

Als er dieses Jahr in Australien war, habe ich gar nicht gemerkt, wie gut diese Zeit eigentlich getan hat. Ich war lange in ihn verknallt und habe ihn vergöttert – aber jetzt sehe ich, dass da nichts ist, was man vergöttern kann. Freddy ist zwar wahnsinnig gutaussehend und weiß das einzusetzen, aber er ist es nicht wert, dass man ihm hinterherläuft.

»Kannst du jetzt bitte verschwinden? Von deiner Anwesenheit bekomme ich Pickel.«

Er runzelt die Stirn. »Warum bist du so angepisst?«

Ich seufze wütend auf. »Hallo? Du hast mich verarscht! Denkst du, das hat mich einfach kalt gelassen?«

55

Jetzt scheint ihm ein Licht aufzugehen und er hebt seine Brauen. Plötzlich wirkt er ganz zahm und unschuldig. »Das ... tut mir leid.« Er will meine Hand nehmen. Ich schlage seine weg.

»Was genau denn?«, zische ich mit gedämpfter Stimme und knalle meinen Spind zu. »Dass du mich gevögelt oder mich danach wie Scheiße behandelt hast?« Die Garderobe ist mittlerweile leer und wir sind augenscheinlich allein.

»Jetzt tu nicht so unschuldig«, sagt er zu meiner Überraschung. »Du hast mir gar keine Zeit gelassen, über uns nachzudenken. Oder überhaupt zu denken. Als wir allein im Haus waren, hast du mich ja regelrecht angefleht, mit dir zu schlafen.«

Was?! Was sagt er da?!

»Ich hab dich nicht *angefleht*. Du hast mich zuerst geküsst.«

»Und du hast dich ausgezogen.«

Bei dem Gedanken werde ich bestimmt rot. Oh ja, da hat er wohl nicht ganz unrecht.

»Ich bin nur auf dein kleines Flirtspiel eingestiegen, das du den ganzen Abend schon abgezogen hattest.« Ich hole tief Luft. »Und immerhin hast *du* unsere Eltern angelogen und es so eingerichtet, dass wir allein in dem Ferienhaus sein können. Erzähl mir nicht, du hättest das nicht vorgehabt.«

»Man kann auch allein mit einem Mädchen sein wollen, ohne gleich mit ihr zu schlafen!«

Mir entflieht ein verärgerter Laut. »Mann, Freddy, darum geht's jetzt gar nicht. Du hast mich danach geghostet und ich werde dir die Sache bestimmt nicht einfach so verz-«, ich verstumme, als ich hinter einem der Spinde ein bekanntes Gesicht mit langen brünetten Haaren sehe. Rachel lächelt mich unschuldig an. Oh je. Hat sie das etwa alles gehört?

56

»Phina, Frau Thaler hat mich geschickt, um dich zu holen. Dir blühen übrigens zwei Strafrunden, weil du zu spät bist.«

Na toll. Das kann ich jetzt gerade noch gebrauchen ...

Ich hasse Sport im Allgemeinen nicht. Aber ich habe null Ausdauer. Und Frau Thaler weiß das. Deshalb lässt sie mich ja auch immer Strafrunden rennen, wenn ich was verbocke. Schwer atmend vollende ich gerade die erste Runde und kann jetzt schon nicht mehr.

Es ist etwas trüb und gar nicht so warm wie gestern angekündigt. Ich trage deshalb meine langen Leggins und eine Sportjacke.

Die Mädchen in unserer Klasse dehnen sich in der Mitte des Sportplatzes. Lana winkt mir ermutigend zu. Sie ist echt nett. Zu nett. Eigentlich sollte ich sie als Rivalin betrachten, aber ich kann einfach nicht. Also lächle ich zurück. Doch ich muss so armselig dabei aussehen, denn sie verzieht daraufhin mitleidig das Gesicht.

Die Zwölftklässler sind auf den Volleyballplätzen und unsere Jungs fangen etwa fünfzig Meter vor mir gerade an, einen Hürdenlauf auf der Laufbahn aufzubauen. Ich werde langsamer. Da ist Kai. Ich will nicht an ihnen vorbeilaufen.

Mein Blick gleitet zu Frau Thaler, die voll konzentriert auf ihre Dehnübungen ist. Also bleibe ich stehen und tu so, als wäre ich fertig.

»Hey!«, höre ich sie auch schon rufen und ich zucke zusammen.

»Das waren keine zwei Runden!«

»D-Doch!«, erwidere ich. Woher soll sie das bitte wissen? Die hat ja gar nicht mitbekommen, wo und wann ich mit meiner ersten Runde begonnen habe.

»Verkauf mich nicht für blöd! Los, weiter!«

57

Argh! So ein Pech. Die Jungs sehen zu mir. Ein paar grinsen schadenfroh und andere, wie Elias, haben den Mitleidsblick aufgesetzt. Und Kai – er sieht mich gar nicht erst an. Ein Stich durchzieht mein Herz. Dann denke ich wieder an das Gespräch mit den Mädels in der Mittagspause. Ich muss irgendwie versuchen, zu ihm durchzudringen. Und vielleicht ist der Schlüssel dafür wirklich, meinen Stolz zu begraben und ihn einfach direkt oder indirekt zu fragen, was sein Problem ist.

Also laufe ich weiter und fokussiere mich auf Kai, der mit dem Hürdenaufbau beschäftigt ist.

Wie soll ich das anstellen? Wie fragt man jemanden am besten, warum er einen nicht mag, ohne armselig zu klingen?

Irgendwie scheint er meine Anwesenheit oder meinen Blick zu spüren, denn er dreht sich um, und sieht mich direkt an. Oh mein Gott. Ich vergesse alles um mich herum – sogar, wie laufen überhaupt geht. Ich stolpere (vermutlich nur über meine eigenen Schuhe) und lande auf dem harten roten Gummiboden des Laufplatzes.

»Fuck«, stöhne ich.

Jemand legt mir plötzlich die Hand auf die Schulter und kniet sich zu mir. In der Hoffnung, es wäre Kai, drehe ich mich zur Seite, doch ... es ist nicht Kai.

»Hast du dir wehgetan?«, fragt Freddy besorgt und hilft mir hoch. Meine Knie zittern vor Anstrengung, doch ich entreiße mich seinem Griff sofort.

»Nein«, murmle ich, obwohl meine Handflächen und Knie brennen. »Müsstest du nicht dort sein?«, frage ich und deute auf die Volleyballfelder.

»Hab dich laufen gesehen und dachte, du könntest moralische Unterstützung gebrauchen. Doch dann hat dich mein Anblick wohl aus dem Konzept gebracht«, sagt er in seiner typisch arroganten Art.

58

Ich rolle mit den Augen. »Ganz sicher nicht.«

»Zeig mal her«, sagt er und nimmt meine Hände. »Du hast dich ziemlich aufgeschürft. Soll ich dich zur Schulärztin bringen?«

»Nein, danke.«

Plötzlich werde ich von hinten grob angerempelt.

»Könnt ihr woanders weiterflirten?«, fährt uns Kai an. »Ich muss das Ding hier aufbauen.«

Ich drehe mich um und sehe in seine kühlen und ausdruckslosen Augen.

»Wie wäre es mit, *Hey Phina, wie geht's dir, hast du dich verletzt?*«, frage ich provokant.

Kai deutet auf Freddy. »Hat ja Blondie schon erledigt. Brauchst du echt so viel Aufmerksamkeit?«

Ich will mich ärgern, doch das Gefühl wird von einer Erkenntnis erstickt. Warte. Ist er eifersüchtig?

»Hey, Kleiner, pass auf, was du sagst«, kommt es von Freddy.

Kai gibt einen amüsierten Laut von sich. »Kleiner? Weil du ja um so viel größer bist als ich?«

Freddy lässt mich los und kommt Kai gefährlich nahe.

»Komm, sei nicht kindisch«, sage ich und packe den Saum von Freddys Shirt, ziehe ihn zurück.

Freddy folgt mir grummelnd auf den Rasen und Kai fängt an, die Hürde aufzustellen, wobei ich jede seiner Bewegungen beobachte.

Wenn er eifersüchtig ist, dann heißt das ja, dass er mich mag ... richtig? Warum ist dieser Kerl so kompliziert?

»Phina?«

Ich schrecke hoch und sehe Freddy an. »Ja?«

»Ich hab dich gefragt, ob ich das wiedergutmachen kann. Das, was im Sommer passiert ist.«

59

»Warum? Hat dich doch vorher auch nicht interessiert«, sage ich resigniert und sehe wieder zu Kai, der uns offenbar belauscht, da er den Blick schnell abwendet, als ich ihn ansehe. »Bitte. Ich will es wiedergutmachen«, sagt Freddy und hört sich dabei so schuldbewusst und traurig an, dass es fast an Schauspielerei grenzt. Und genau das beherrscht Freddy unglaublich gut. Anderen etwas vormachen. Gleichzeitig realisiere ich, warum er nicht will, dass ich sauer auf ihn bin. Er hat letztes Jahr eine Andeutung gemacht, dass er gerne Jura studieren möchte und hat sich dafür an meine Mutter gewendet. Wenn ich vor ihr schlecht über ihn rede, ist das natürlich scheiße für ihn. Mit der Unterstützung meiner Mutter hätte er viel mehr Möglichkeiten und Chancen.

Was Freddy allerdings nicht weiß, ist, dass ich auf keinen Fall vorhabe, meinen Eltern von der Sache zu erzählen. Immerhin habe ich keinen Bock drauf, dass sie wissen, dass ich keine Jungfrau mehr bin – wofür ich streng genommen auch selbst verantwortlich bin. Sie sehen mich schließlich als diesen kleinen unschuldigen Engel und ich würde die Enttäuschung in ihren Augen nicht ertragen…

Und Freddy weiß ebenfalls nicht, wie viel meine Mutter wirklich von ihm hält. Selbst wenn ich ihr davon erzählen würde, würde sie ihm wahrscheinlich die Stange halten. Das war ja schon früher so, als wir noch klein waren. Ich war immer die Irre mit Aggressionsproblemen und er der liebe, brave Junge, der mit seiner charmanten Art alle um den Finger wickeln konnte.

»Hey, Mädchen! Bewegung!«, schreit Frau Thaler von der Mitte des Sportplatzes aus. »Tratschen kannst du in der Pause!«

60

Ich seufze. »Ich denke, so etwas kannst du nicht mehr wiedergutmachen«, sage ich schließlich zu Freddy und laufe los. Ich könnte ihn zwar erpressen oder ihn auf irgendeine Weise demütigen, doch ich denke, dass eine Abfuhr die beste Lösung ist.

KAPITEL 6

Nur die Direktorin

Die Doppelstunde vergeht daraufhin schnell. Wir üben Weitsprung und nehmen die Werte für den Sprint auf, worin ich dann doch ziemlich gut abschneide.

Dann hören wir sogar früher auf, weil es zu regnen beginnt.

»Was hast du denn so lange in der Garderobe gemacht?«, fragt Emma mich, während wir uns umziehen. Sie muss schreien, da die anderen Mädels laut schnattern und kichern.

Ich schüttle den Kopf. »Erzähl ich dir später.«

Plötzlich, ich habe gerade meinen Pulli übergezogen, krallt sich Viola an meinem Arm fest. Ich sehe sie verdattert an. Sie steckt noch in ihren Sportsachen und sieht mich mit glasigen Augen an.

»Was?«, frage ich, doch sie schüttelt den Kopf und ist so blass, dass ich fürchte, sie kippt gleich um.

»Kannst du mitkommen?«, piepst sie und ich muss mich anstrengen, um ihre Worte zu verstehen. Ohne weitere Fragen begleite ich Viola nach draußen, wo mich die angenehme Stille einhüllt. Der Gang ist leer, nur durch die Türen hört man den Lärm der sich umziehenden Schülerhorde.

Sie zieht mich weiter bis um die Ecke, wo die Glastür nach draußen führt. Dort bricht Viola vor meinen Beinen zusammen. Sie weint bitterlich und atmet stoßweise, als wäre die Luft plötzlich knapp.

62

»Viola, was ist los?«, frage ich überfordert und knie mich zu ihr. Sie zittert am ganzen Leib und schluchzt, als hätte sie Todesangst. Mir treibt der Anblick selbst Tränen in die Augen. Warum musste *ich* mitkommen? Warum nimmt sie nicht Emma? Ich weiß ja gar nicht, was man da tut!

»Kai«, flüstert dann Viola, während sie ihre Arme um ihre Beine schlingt und in der Ecke kauert. »Kannst du ihn ... ihn holen?«

»Klar«, sage ich, obwohl ich sie ungern eine einzige Sekunde allein lasse.

Ich laufe los und als ich vor der Umkleide stehe, öffne ich die Tür nur einen Spalt. »Kai! Komm mal! Bitte!« Es muss genügen. Meiner bebenden Stimme zufolge muss er erkennen, dass ich ihn nicht aus Spaß rufe.

Es wird still in der Umkleide. Ich trete zur Seite, die Tür ist noch einen Spalt geöffnet, aber ich sehe nichts.

Innerhalb einiger Sekunden kommt auch schon Kai rausgerannt. Seine Haare sind noch nass vom Duschen.

»Viola, sie ...«, sage ich nur, als er die Tür geschlossen hat und er nickt, als wäre damit alles klar.

»Wo ist sie denn?«, fragt er und geht ungeduldig voraus.

Als wir sie schließlich erreicht haben, nimmt er sie seufzend in den Arm.

»Ich hasse das«, weint sie und schluchzt in seine Schulter.

»Hast du vergessen, sie zu nehmen?«, murmelt er ihr ins Ohr, doch da ich fast neben ihnen stehe, und der Gang etwas hallt, kann ich es gut hören.

»Ich will nicht mehr. Ich will diese scheiß Tabletten nicht immer nehmen«, weint sie weiter. »Ich dachte, ich brauche sie nicht mehr.«

63

Er streichelt ihren Rücken und wiegt sie sanft hin und her. »Jetzt hör auf zu reden und beruhig dich. Die Atemübung kannst du noch?«

Sie nickt an seiner Schulter und holt zitternd Luft.

Ich sehe, wie sich ihre Züge langsam entspannen und ihr Zittern etwas nachlässt.

Dann sieht Kai kurz zu mir. »Panikattacke«, sagt er leise. Ich nicke, weiß nicht, warum ich noch hier bin. Eine Panikattacke habe ich mir immer anders vorgestellt. Oder... habe ich überhaupt jemals darüber nachgedacht?

»Was hätte ich denn tun können?«, höre ich mich flüstern. Was hätte ich tun können, wäre er nicht in der Nähe gewesen, wäre die richtige Fragestellung, aber Kai versteht mich.

»Nichts. Es vergeht nach einer Weile von selbst. Das hilft auch nur bedingt«, sagt er und hält sie immer noch im Arm.

»Okay«, sage ich nur.

»Ich denke, es geht wieder«, kommt es plötzlich von Viola und sie löst sich langsam von Kai, wischt ihre Tränen weg.

Kai hilft ihr auf und steht plötzlich neben mir. Ich sehe ihn an und will etwas sagen. Irgendetwas. Aber es kommt mir nichts in den Sinn. Das Einzige, an das ich denken kann, ist, wie sehr wir uns voneinander distanziert haben, obwohl er doch nur ein paar Zentimeter neben mir steht.

Ich begleite Viola in die Umkleide, in der einzig und allein noch Emma steht, fertig angezogen und ungeduldig auf ihre Armbanduhr schauend. »Hey, was war denn? Wir kommen zu spät zu Mathe!«

Viola hat ihre Haare nach vor geschoben und zieht sich schweigend und mit gesenktem Blick um.

64

»Geh schon mal vor, wir kommen gleich nach«, sage ich und füge mit gedämpfter Stimme hinzu:»Ich erklär's dir später.«

Emma nickt und verlässt zögerlich den Raum.

»Ich wäre dir dankbar, wenn du es ihr nicht erzählst«, murmelt Viola und zieht ihre Jeans an.

»Oh, warum?«, frage ich.

Viola schweigt. Ich beiße mir auf die Lippen. Wahnsinnig taktvoll, sie nach dem Grund zu fragen, Mann, ich bin so blöd.

»Wenn du das so willst, sage ich nichts.«

Auch daraufhin schweigt Viola.

Erst als wir den mittlerweile leeren Gang entlanggehen, der zum Treppenhaus führt, räuspert sie sich und bleibt stehen.

»Wenn du so lieb wärst, behalte das mit der Panikattacke bitte allgemein für dich. Mir ist es immer peinlich, wenn das jemand mitbekommt. Und Emma… sie würde sich nur so viele Sorgen machen. Du kennst sie ja.«

»Ja, klar«, sage ich sofort.

Hundert Fragen schwirren in meinem Kopf. Warum hat sie das? Hat es was mit ihren Eltern zu tun? Hat Kai auch Panikattacken? Immerhin schien er sich da ziemlich gut auszukennen.

Doch ich sage nichts weiter dazu. Ich kenne Viola gut genug, um zu wissen, dass sie mir diesbezüglich nichts erzählen würde. Aber das ist okay. Ich lächle sie leicht an, um ihr das stumm mitzuteilen, nachdem sie den ganzen Weg nach oben angespannt geschwiegen und den Kopf eingezogen hat. Sie lächelt daraufhin zurück und wird wieder etwas lockerer.

***

65

Mein Herz rast ununterbrochen, als Kai sich neben mir niederlässt – so wie in jeder Mathestunde. Ich weiß nicht, wo ich hinsehen soll und plötzlich fällt mir das Atmen schwer. Seine Gegenwart hat eine unglaubliche Wirkung auf mich. Ich spüre eine unsichtbare Anziehung, die ich eigentlich zulassen will. Ich will ihm nahe sein ... kann aber nicht. Und das tut schrecklich weh.

Frau Polli steht vorne und erklärt gerade Cem nochmal das Beispiel, das wir als Hausaufgabe aufhatten. Plötzlich leuchtet mein Handydisplay auf.

Freddy Talisman hat dir einen Snap geschickt.

Mir wird heiß. Schnell drehe ich mein Handy um, sodass der Bildschirm verdeckt ist. Was soll das jetzt? Will er einen auf Freund machen?

Kai gibt plötzlich einen genervten Laut von sich. Ich sehe zu ihm.

»Willst du deinem Lover gar nicht antworten?«, flüstert er und schreibt das Beispiel auf der Tafel ab. Er hat echt eine schöne Handschrift – nicht so krakelig wie die der meisten Jungs in unserer Klasse.

Ich schweige zu seinem Kommentar. Ich will nicht schon wieder mit ihm streiten.

»Aber ich muss sagen, ihr passt echt gut zusammen.«

Ich sehe ihn stirnrunzelnd an. Er grinst leicht, ohne mich anzusehen. »Er sieht aus wie ein arroganter Fuckboy, und du bist die reiche Schlampe, die ihre Beine sofort breit macht, wenn er will.«

All meine guten Vorsätze werden von meiner rasenden Wut überschwemmt. Das ist nicht nur unglaublich fies und unfair, sondern trifft auch einen wunden Punkt in mir.

Mein Stuhl knarzt und quietscht am Boden, als ich ihn zurückschiebe und aufstehe. Ich sehe in Kais blitzende Augen.

66

Warte. Sehe ich da etwa ein gewisses Schuldgefühl? Nein. Das muss ich mir einbilden.

»Halt einfach deine scheiß Fresse!«, schreie ich also mit Wutränen in den Augen, weil ich nicht anders kann. „Du bist ein mieses Arschloch, Kai Nox. Und das ist nicht nur meine Meinung, sondern ein Fakt!" Sofort ist die gestaute Wut weg. Dafür kleben etwa zwanzig Augenpaare auf mir.

»Frau Silva! Mir reicht es!«, poltert Polli sofort.

»Mir auch«, sage ich und wäre am liebsten heulend rausgerannt. Warum bin ich nur so? Warum ist Kai so? Warum ist alles so scheiß kompliziert?!

»Sie lassen mir keine Wahl: Bitte melden Sie sich bei der Direktorin. Und ich muss Ihre Eltern verständigen. Das ist die dritte Ermahnung in zwei Wochen.«

Ich kneife meinen Lippen zusammen, um nicht noch etwas zu sagen, das ich nachher bereue. Als ich zu Kai sehe, ist der ganz ruhig und sieht auf seine Notizen – als hätte *ihn* Frau Polli gerade zur Direktorin beordert, nicht mich.

Ich schaffe es, das Klassenzimmer schweigend zu verlassen. Als ich den Flur betrete und die Tür hinter mir schließe, wische ich mir die Wutränen aus den Augen.

Meine Mutter würde durchdrehen, wenn sie wüsste, wie viele Ermahnungen, Nachsitzstunden und Strafaufgaben ich dieses Schuljahr schon hatte. Zum Glück weiß sie nichts davon – denn da gibt es meine liebe Tante Bianca, sozusagen das verrückte Huhn in unserer Familie. Sie hat einen Narren an mir gefressen. So sehr, dass sie mir erlaubt hat, ihre Handynummer in der Schule anzugeben, falls ein Fall wie dieser auftreten sollte.

»Ich war früher auch so. Da hab ich immer die Nummer einer alten Sekretärin deines Opas angegeben. Hat immer funktioniert.«

67

Bianca ist wirklich ein Schatz.

Zu Elternabenden geht grundsätzlich immer mein Vater hin, da meine Mutter fast nie an den Terminen Zeit hat. Und da er nur unseren Klassenvorstand Herrn Müller besucht, bei dem ich im Chemieunterricht immer versuche, positiv aufzufallen, gab es nie irgendwelche Probleme. Offenbar reden die Lehrer untereinander nicht viel miteinander – oder sie denken, ein Anruf bei meiner ,Mutter' reiche aus.

Das Büro unserer Direktorin ist mit antiken Möbelstücken zugestellt. Wäre das Fenster hinter ihrem Schreibtisch nicht so groß, wäre es hier drinnen bestimmt ziemlich düster – denn die Deckenlampe ist nicht mehr die neueste und wirft nur ein kleines oranges Licht auf den dunklen Fußboden.

Ich kannte die Schule vor dem Neubau nicht, aber kann mir vorstellen, dass die Direx so gut wie alles in ihrem Büro so lassen wollte, wie es war.

»Nun«, murmelt sie und legt ihre Lesebrille zur Seite, sieht mich mit ihren kleinen Augen müde an. »Was war diesmal?«

»Hab nur meine Meinung geäußert«, sage ich unschuldig und tue so, als würde ich nicht verstehen, weshalb ich deshalb zu ihr geschickt wurde.

Sie lächelt schwach und nickt, sieht auf ihren Computerbildschirm. »Sie haben Glück, dass ich Sie gern hab.«

Ich verkneife mir ein Grinsen. Das sagt sie immer, wenn ich hier bin. Aber ich habe nie nachgefragt, warum. Ich habe ihr nie einen Grund gegeben, mich zu mögen. In den Stunden, in denen sie uns unterrichtet, falle ich weder besonders gut noch besonders schlecht auf.

»Sie erinnern mich an mich selbst, als ich noch jung war«, lacht sie heiser. Ich sehe interessiert auf.

68

»Einmal bin ich mit einem Jungen ins Kino gegangen, anstatt einen Mathetest zu schreiben. Aber ich war nicht blöd – und hab immer gute Noten heimgebracht. Ich denke gern an die Zeit zurück.«

Ich lächle und empfinde plötzlich große Sympathie für diese sonst so unbeholfene und müde aussehende Direktorin.

»Trotzdem kann ich Sie nicht noch ein weiteres Mal einfach so davonkommen lassen. Susanna und Lin bezeichnen mich sonst wieder als unfähig oder zu alt.« Dabei deutet sie auf die gegenüberliegende Wand, an die das Lehrerzimmer grenzt. »Ich höre sie manchmal, wenn mein Hörgerät nicht gerade spinnt.«

Ich gebe einen gespielt entrüsteten Laut von mir. »Und Sie lassen sich das einfach so gefallen? An Ihrer Stelle würde ich genau das Gegenteil davon machen, was die beiden wollen.«

Die Direx lächelt ihr müdes Lächeln. »Ja ja. Keine Sorge, ich werde mir…«

Ein Klopfen unterbricht uns. Kurze Zeit später öffnet sich die Tür und nach einer knappen Begrüßung in Richtung Direx erscheint ein mir bekanntes Gesicht.

»Ja?«, fragt diese und bittet Kai rein. Mein Körper bebt und ich erinnere mich wieder an seine Worte. Gleichzeitig halte ich wie von selbst die Luft an, als er näher tritt und fühle mich wie ein Magnet, der unbedingt in seiner Nähe sein will.

»Ich wollte sagen, dass ich Seraphina provoziert habe und für das Ganze verantwortlich bin. Und dass es mir leid tut.« Eine Gänsehaut breitet sich auf mir aus, als er meinen vollen Namen sagt. Bei ihm hört sich das immer so schön und besonders an. Bei den anderen kommt er mir immer so plump vor.

Er nickt kurz zu mir, das Gesicht allerdings wie immer in kalter Starre. »Sorry, Phina.«

69

Ich kann nichts entgegnen und bin einfach nur baff. Hat er das echt gemacht?

»Na wunderbar. Dann hat sich das erledigt«, sagt die Direx und gähnt einmal vor vorgehaltenem Mund. »Sie können gehen.«

»Beide?«, hakt Kai etwas unsicher nach, doch die Direx nickt und macht eine abwehrende Handbewegung. »Husch. Und benehmt euch in Zukunft.«

Als wir draußen sind und schweigend in Richtung Klasse zurückgehen, hole ich Luft, um ihn zur Rede zu stellen, doch er ist schneller. »Ich hatte ein schlechtes Gewissen. Machen wir daraus keine große Sache, okay?«

Ich stocke. Sein kühler Unterton und die Art, wie er meinem Blick ausweicht, vermitteln mir nicht unbedingt das Gefühl, dass er das hier freiwillig getan hat. Oder dass es ihm leidtut.

»Polli hat dich gezwungen, stimmt's?«, frage ich deshalb. Er bleibt stehen und runzelt seine Stirn. »*Das* denkst du?«

Ich zucke unbeeindruckt die Schultern. »Zumindest hab ich nicht das Gefühl, als ob es dir wirklich leid täte.«

Kai lacht trocken auf. »Oh, sorry, Eure Majestät. War ich nicht unterwürfig genug?«

Ich beiße die Zähne zusammen und schlucke. »So meinte ich das nicht.«

»Dir kann man ja auch nichts recht machen«, spuckt er aus und geht mit schnellen Schritten an mir vorbei. Ich folge ihm seufzend. Hat er sich etwa echt von alleine gemeldet, um sich zu entschuldigen? Er macht es mir schwer, das zu glauben.

Also frage ich in der Pause Emma, was genau passiert ist, als ich wegging.

Sie grinst leicht und beugt sich zu mir, damit uns niemand belauschen kann. »Na ja, er hat Frau Polli gebeichtet, dass er dich provoziert hat und du deshalb so ausgerastet bist.«

70

Also stimmt es. Meine Wangen werden heiß.

»Dann meinte sie, ihr solltet in Zukunft nicht mehr nebeneinander sitzen und dass er und Noah die Plätze tauschen sollen. Daraufhin sagte Kai wiederum, dass er trotz allem lieber bei dir sitzen bleiben würde.« Emma kichert dazwischen. »Weil du ja so gut im Erklären bist.«

Mein Kopf fühlt sich an, als hätte er Feuer gefangen. Das kann doch nicht sein ...»Verarschst du mich gerade?«

Emma schüttelt ernst den Kopf. »Das würde ich nie machen.«

Dann sehe ich nach hinten zu Kai. Doch dieser ist so in sein Handy versunken, dass er mich gar nicht bemerkt. Was würde ich dafür geben, seine Gedanken lesen zu können ...

KAPITEL 7

Nur Schwänzen mit Lana

Wer kennt diese Tage nicht? Die, an denen man am besten im Bett geblieben wäre.

Es ist Dienstag und der Morgen fängt mit Französisch an. Eine der Fächer, die meinen Notendurchschnitt immer wieder versauen. Ich bin nicht schlecht in Fremdsprachen, aber irgendwie hat sich unser Lehrer dazu entschieden, mich zu hassen. Kai hingegen ist ein Ass in Französisch. Noch ein Grund mehr, das Fach nicht zu mögen.

Ich komme also schon mit schlechter Laune in die Klasse, fünf Minuten vor dem Läuten. Um meine Stimmung etwas anzuheben, habe ich mir am Automaten einen Haselnusskaffee gegönnt.

Plötzlich rennt mir etwas Rosafarbenes vor die Nase und mein heißer Kaffee läuft mir über die Brust. Ich ärgere mich nicht über den braunen Fleck auf dem weißen Hemd. Ich ärgere mich auch nicht darüber, dass nur noch die Hälfte des Kaffees im Becher ist.

Es ist das Mädchen vor mir, das mich unschuldig angrinst, über das ich mich ärgere. Lana kommt gar nicht dazu, sich zu entschuldigen. Sie setzt sogar schon an zu sprechen, das entgeht mir nicht. Aber ich bin schneller:

»Was soll das, du Trampel?!«, fauche ich sie an und die ganze Klasse wird mucksmäuschenstill.

72

Und dann macht Lana das, was noch schlimmer ist, als zurückzuschnauzen. Ihre Augen füllen sich mit Tränen. Nein, nicht heulen, nicht heulen. Bitte nicht.

Doch bevor ich etwas sagen kann, dreht sich Lana um und geht schnellen Schrittes aus dem Klassenraum.

Oh nein. Warum bin ich immer so blöd und kann nicht einmal darüber nachdenken, bevor ich etwas sage? Ach ja, richtig, weil ich die Impulsivität meiner lieben Mutter geerbt habe.

Ich überlege nicht lange und folge Lana. Das war einfach zu viel des Guten.

Ich hole sie auf der Toilette ein und gehe vorsichtig vor die einzig besetzte Kabine.

»Hey, Lana«, murmle ich und klopfe leise an die Kabine.

Stille.

»Das tut mir echt leid. Ich wollte dich nicht anschnauzen«, rede ich weiter und lehne mich an die gegenüberliegende Fliesenwand. »Ich bin manchmal wie eine wandelnde Furie – das hat zumindest Kai vor zwei Wochen gesagt. Am besten du nimmst dir nicht zu Herzen, was ich sage. Du bist natürlich kein Trampel.«

Die Kabinentür entriegelt sich und geht langsam auf. Lana grinst mich unsicher an. Ihre Augen sind stechend grün. Ich tippe auf Kontaktlinsen. »Eine wandelnde Furie? Er ist nicht besonders nett zu dir, oder?«

Ich lache trocken. »Äh, ja, das ist halt unser Ding. Also, wir haben eigentlich kein Ding, sonst wären wir ja irgendwie Freunde. Und das sind wir nicht.«

Ich senke den Blick traurig. Ja, wir sind alles andere als Freunde.

Lana kommt ganz heraus. Sie schnieft einmal und lächelt. »Ich bin dir nicht böse, keine Sorge.«

Ich runzle die Stirn. »Warum bist du dann weggerannt?«

73

Sie fährt sich durch ihr langes Haar.»Ich wollte nicht, dass die anderen mich weinen sehen. Ich war in London schon die große Heulsuse – die wollte ich nicht schon am zweiten Tag raushängen lassen.«

Ich lächle mitleidig.»Vielleicht wartest du dann etwas, bevor du zurück in die Klasse gehst.«

Sie seufzt und betrachtet sich im Spiegel. Ihre Nase ist rot, die Augen sind etwas geschwollen und ihre Wimperntusche ist verlaufen.»Das dauert circa zwanzig Minuten, bis ich wieder unverheult aussehe.«

»Wie wär's ...«, sage ich und grinse leicht.»Wenn wir die eine Stunde schwänzen? Wir könnten uns vom Bäcker Muffins holen und im Hinterhof essen. In der Blütezeit ist der Hof echt schön.«

Lana öffnet den Mund leicht.»A-Aber das ist erst mein zweiter Tag hier.«

Ich winke ab.»Das ist eine einmalige Sache. Und meine Tante schreibt dir eine Terminbestätigung, wenn du willst – sie arbeitet beim Frauenarzt, das in Frage zu stellen, wäre dem Lehrer bestimmt zu unangenehm.«

Ihr unsicherer Ausdruck verschwindet langsam und sie grinst mich an.»Okay, na schön. Und nachher kann ich dir einen Pulli von mir leihen, wenn du willst.«

»Ach nein, schon gut. Ich mach mir nichts aus dem kleinen Kaffeefleck«, lache ich.

»Bist du sicher? Du kannst auch den Venti-Pulli anziehen. Ist in meinem Rucksack.«

Ich werde weich und stimme kleinlaut zu.

Oh Mann. Wenn sie nicht gerade ein Auge auf Kai geworfen hätte, könnte ich sie glatt mögen ...

74

»Du bist echt unmöglich«, tadelt mich Emma, als ich ihr von Lana und meiner Versöhnung erzähle. Ich runzle die Stirn.

»Was? Warum?«, nuschle ich und esse gleichzeitig das letzte Muffinstück.

»Hallo? Du kannst nicht einfach die Neue zum Schwänzen überreden! Du hast einen schlechten Einfluss auf sie.«

Ich verdrehe die Augen. »Keine Sorge, ich habe mich um alles gekümmert. Sie hat sogar eine Terminbestätigung von Tante Bi.«

»Ach, Phina, darum geht's nicht. Lana ist neu hier. Wenn du gleich am zweiten Tag mit ihr blau machst, wird sie denken, das ist hier ganz normal, und macht das jede Woche so.«

Seufzend hole ich mein Englischbuch hervor. »Klar, sie ist ja erst zwölf und kann nicht selbständig denken. Nur zur Info, sie ist schon achtzehn – musste in der Grundschule mal wiederholen, hat sie mir eben erzählt.«

Emma schüttelt den Kopf. »Mach das nicht mehr, okay?«

»Ja, Mami.«

Emma kann manchmal echt so nerven. Ich weiß, dass sie es nur gut meint, aber sie müsste eigentlich wissen, dass ich mir in dieser Hinsicht nichts sagen lasse.

»Was ich noch sagen wollte«, sagt Emma und bindet ihren Zopf neu. »Viola hat vorgeschlagen, bei ihr heute eine Pyjamaparty zu veranstalten. Morgen ist eh ein Feiertag.«

Zuerst will ich die plötzliche Spontanität der beiden hinterfragen, doch dann ahne ich, was wirklich dahintersteckt. Ich seufze. »Ihr wollt etwas nachhelfen, hab ich recht?«

Emma grinst unschuldig. »Wir wollen analysieren und auswerten. Nur wenn es dir nichts ausmacht, natürlich.« Dann räuspert sie sich, als ich zu Kai sehe, der mit Lana plaudert. »Und es wirkt so, als könntest du unsere Hilfe gebrauchen.«

»Ich will nur wissen, was mit ihm los ist. Ihr müsst jetzt keine Verkupplungsaktion starten oder so«, stelle ich schnell klar. Das Letzte, was ich gebrauchen kann, sind irgendwelche peinlichen Momente, die die beiden inszenieren, um uns zusammenzubringen.

»Werden wir nicht«, murmelt Emma unschuldig, doch ich höre diesen leicht nervösen Unterton heraus, der mir verrät, dass sie nicht ganz die Wahrheit sagt.

KAPITEL 8

Nur eine Pyjamaparty

Nervös packe ich meine Sachen.

Gerade hatte ich ein ziemlich unangenehmes Gespräch mit meiner Mutter, nachdem ich sie um Erlaubnis für die Pyjamaparty gefragt habe.

»Wie? Im Nox-Haus?«, hat sie gefragt und gleichzeitig das Gesicht verzogen.

Es dauerte gut eine halbe Stunde und das Einschreiten meines weniger vorurteilenden Vaters, damit sie endlich zusagte.

So peinlich. Warum ist meine Mutter nur so, wenn es um die Noxs geht?

Bei der Unterwäsche greife ich automatisch nach der schwarzen mit der schönen Spitze, woraufhin ich einen heißen Kopf bekomme. Ha. Als ob es wirklich zu etwas kommen würde.

Natürlich träume ich hin und wieder davon, mit Kai allein zu sein und ... nun ja, gewisse Dinge zu tun. Es kommt mir vor, als würden meine Gefühle von Minute zu Minute wachsen. Und es ist unerträglich. Einerseits will ich alles tun, um über ihn hinwegzukommen, da das alles doch eh keine Zukunft hat. Andererseits träume ich immer wieder davon, mit ihm zusammen zu sein.

Nachdem ich fertig gepackt habe, gehe ich noch schnell duschen, achte aber darauf, meine Haare trocken zu halten. Die

77

habe ich gestern schon gewaschen und am zweiten Tag sehen sie immer am besten aus.

Zum Anziehen habe ich mir schlichte dunkle Jeans und einen schulterfreien Pulli rausgelegt.

Nachdem ich mich verabschiedet habe, mache ich mit meinem Motorroller einen Umweg in die Stadt. Dort kaufe ich ein paar Snacks. Soviel ich von Viola mittlerweile weiß, ist sie verrückt nach *Nic Nacs*. Und Kai wiederum liebt *Oreo-Kekse*. Ich denke zwar nicht, dass er mir nach dem kleinen Gastgeschenk gleich um den Hals fallen wird, aber es ist zumindest ein Anfang.

Wie ich auf dem Standort sehe, den sie mir geschickt hat, wohnt sie in der Nähe der neuen Wohnblocks der Kleeseidenstraße. Es sind etwa zehn Minuten zu Fuß vom Stadtkern bis zu ihrem Haus. Oder eher dem Haus ihrer Großeltern.

Das Gebäude wirkt neben den anderen in dieser Siedlung klein und unbedeutend. Doch es lässt mein Herz schneller schlagen und meinen Körper beben. Das ist also das Haus der Noxs. Dort, wo Kai wohnt.

Als ich näher trete, sehe ich ein Stück des hinteren Gartenstücks. Neben Blumenbeeten steht ein kleines Gewächshaus, ansonsten ist das einzige Highlight, das ich sehe, eine alte rostige Hollywoodschaukel auf einem gelblichen Fleckchen inmitten des grünen Rasens. Dahinter steht ein zierlicher Kirschblütenbaum. Der Wind fegt einige weiß-rosa Blüten in meine Richtung und diese verfangen sich in meinem Haar. Die Blütezeit. Die beste Zeit im Jahr in der Kleinstadt Sakura. Man könnte meinen, man wäre in ein japanisches Bilderbuch getaucht.

Wahrscheinlich kann ich mich nicht mehr so recht für die Schönheit der Blütezeit begeistern, da ich das Schauspiel ja

78

jedes Jahr sehe. Aber für Touristen muss der Anblick ein Traum sein.

Nun gut. Sei nicht nervös. *Nimm dich zusammen*, rede ich mir ein und atme tief durch.

Ich war tatsächlich noch nie bei Viola zuhause. Wir haben uns immer entweder bei Emma oder mir getroffen. Mit schweißnassen Fingern drücke ich auf die Klingel. Bitte lass nicht Kai die Tür öffnen. Ich bin noch nicht so weit, ihm gegenüberzutreten.

Die Tür geht auf und ... es ist eine zierliche alte Frau, schätzungsweise in den Sechzigern, mit kohlschwarzer Kurzhaarfrisur und schmalen Augen. Sie lächelt mich an, worauf sich die Fältchen um ihre Augen vertiefen, und lässt mich rein, nachdem ich mich vorstelle. Ich werde etwas lockerer und fühle mich irgendwie sofort wohl hier.

Die Einrichtung ist alt und kitschig gehalten. Überall steht Gerümpel herum, doch an sich sieht es recht ordentlich aus. Ein ordentliches Chaos, wenn man es so nennen will.

»Deine Mutter ist Miriam Silva, richtig?«, fragt mich die Nox-Oma, als ich mir die Sneakers ausziehe. Ich nicke. Es ist nichts Ungewöhnliches, dass mich Leute das fragen. So ziemlich jeder Einheimische kennt meine Mutter.

»Du siehst ihr so ähnlich. Ihr habt das gleiche Puppengesicht«, murmelt sie und scheint in Erinnerungen zu schwelgen. »Ich bin Nora.«

»Freut mich«, sage ich freundlich. Ich ertappe mich dabei, wie ich angestrengt versuche, einen guten Eindruck zu hinterlassen. Doch so, wie mich die Nox-Oma Nora ansieht, bin ich auf dem besten Weg dorthin.

Ich gehe nach oben, nachdem Nora mir den Weg in Violas Zimmer erklärt hat. Die Treppenstufen knarzen, was aber zum

Charme des Häuschens passt. Es riecht dezent blumig und etwas nach Holz.

Der Flur im oberen Stockwerk ist mit einem bunten Läufer ausgelegt, an den Wänden hängen viele Familienbilder. Ich sehe mir ein Bild näher an und beiße mir auf die Unterlippe, als ich dort Viola und Kai in jungen Jahren wiedererkenne. Kai war ja echt knuffig als Kind. Und er hat dieses süße, freche Grinsen aufgesetzt, das mir so an ihm gefällt, ich aber viel zu selten sehe.

Viola sieht auf dem Foto wiederum nicht sehr glücklich aus, lächelt nur schüchtern und mit geschlossenem Mund. Ihre Haare sind zu zwei ordentlichen Zöpfen gebunden.

Ich schätze die beiden auf etwa zehn.

Gleich daneben finde ich ein ziemlich altes Bild eines stattlichen jungen Mannes, der vor einer Weide steht, an der Hand ein junges Mädchen von etwa vierzehn Jahren. Beide haben asiatische Züge. Neben den Personen sind kleine japanische Schriftzeichen angebracht. Da der Gründer unserer Stadt ein ursprünglicher Japaner war, haben wir in der Grundschule einige Schriftzeichen gelernt.

Plötzlich öffnet sich die Tür neben mir und heißer Dampf schlägt mir entgegen. Kurzerhand später kommt eine Person aus dem augenscheinlichen Badezimmer.

Kai ist nur mit einem Handtuch bekleidet und sieht mich perplex an. Mein Hirn setzt aus und ich lasse meine Augen über seinen nackten Oberkörper wandern. Wow. Seit wann ist Kai so gut gebaut? Obwohl ... habe ich ihn schon jemals oben ohne gesehen? Er ist kein Muskelprotz und war schon immer schlank, aber es zeichnet sich ein deutliches Sixpack ab, das ihm echt gut steht.

»Wahnsinn«, entkommt es mir. Warte. Habe ich das gerade laut gesagt?!

80

»Was tust du denn hier?«, fragt Kai und ignoriert meinen Kommentar.

»Ich übernachte hier«, murmle ich knapp und schlucke. Er runzelt die Stirn.

»Also bei Viola«, sage ich, greife mir in den Nacken und lache etwas unbeholfen. »Keine Sorge, ich wurde eingeladen.« Mann, was rede ich nur für einen Scheiß? Ich muss mich zusammenreißen, verdammt!

Kai nickt unbeeindruckt und will an mir vorbeigehen. Doch gleichzeitig habe ich denselben Einfall und wir prallen fast zusammen.

Er riecht so gut, ich halte es nicht aus. Meine Brust zerspringt gleich, so schnell hat mein Herz noch nie geklopft.

Während ich wie angewurzelt stehen bleibe, um mich zu sammeln, drängt er sich grob an mir vorbei und ich spüre seine heißfeuchte Haut auf meiner. Ich bin unfähig zu sprechen. Geschweige denn zu atmen. Oder zu denken.

Da stehe ich, wie eine stumme Statue und sehe Kai nach, wie er hinter einer anderen Tür verschwindet.

Als ich mich wieder bewegen kann, gehe ich mit weichen Knien zu Violas Zimmertür und öffne sie. Es ist im Vergleich zum dunklen Flur wie eine Himmelspforte. Hell und sogar mit einem Hauch von Moderne. Doch auch hier finde ich das ordentliche Chaos wieder. Regale sind mit dicken Schmökern vollgestopft und allmöglicher Papierkram liegt auf Violas Schreibtisch, worunter irgendwo ihr Laptop sein müsste. Irgendwie habe ich mir das Zimmer unserer kleinen Hobbyautorin genau so vorgestellt. Farblich dominieren hauptsächlich beige und grün, ihre Lieblingsfarben.

Die beiden sitzen auf dem Bett und lächeln mich mit einer Unschuldsmiene an.

81

»Was?«, frage ich und werfe meine Jeansjacke neben Emmas Rucksack.

»Du bist knallrot, Phina«, flüstert Emma und wackelt vielsagend mit den Augenbrauen. »Gibt es dafür einen bestimmten Grund?«

Ich fahre mir übers Gesicht. »Ihr habt das gehört?«

»Unsere Wände sind ziemlich dünn«, sagt Viola und schmunzelt. »Hast du echt *Wahnsinn* gesagt?«

»Ja … warum hat der Kerl ein Sixpack?«, seufze ich und hole die Snacks aus meinem Rucksack, setze mich neben Viola aufs Bett.

»Hört sich ja so an, als wäre das was Schlechtes«, kichert Emma.

»N-nein, aber ich hab nur nicht damit gerechnet. Ich dachte, er tut den ganzen Tag nichts anderes als zocken.«

»Er geht regelmäßig schwimmen«, erzählt Viola und ich erinnere mich an Samstag, als wir auf dem Stadtplatz vor dem Rathaus gesprochen haben. Bekommt man vom Schwimmen so eine gute Figur? Wieder sehe ich Kai vor meinem inneren Auge, glitzernde Tropfen auf seiner Brust, die langsam sein Sixpack entlangrinnen und…

»Nic Nacs!«, ruft Viola begeistert und fängt an zu strahlen. »Liebe Phina, du bist ein Engel!«

»Das sagen alle am Anfang«, lache ich, sortiere schnell meine Gedanken und überreiche ihr die Packung. »Für Kai hab ich die Oreo-Kekse besorgt. Ich hab mal aufgeschnappt, dass er die gern hat.«

Als ich ihr die Kekse geben will, schüttelt Viola grinsend den Kopf. »Nein, nein, die wirst du ihm schon selbst geben.«

Ich verdrehe die Augen. »Das ist mir aber peinlich. Sag halt einfach, dass sie von mir sind.«

»Nein, du gibst sie ihm selber!«, sagt Emma. »Und das braucht dir nicht peinlich sein. Er wird das süß finden, glaub mir.«

Grummelnd verstaue ich sie im Rucksack. »Na schön, mal seh'n.«

»Was wollen wir also machen? Es ist erst vier Uhr«, fragt Viola.

»Wir könnten uns etwas kochen. Wäre doch lustig« schlägt Emma vor.

Viola nickt ebenfalls eifrig, ich hingegen verziehe das Gesicht. Ich koche nicht gerne.

»Ich rühre um und decke auf, was anderes kann ich nicht«, sage ich deshalb.

»Du bekommst die leichten Aufgaben«, sagt Emma und zwinkert. »Wenn wir schon dabei sind, könnten wir für die anderen auch gleich mitkochen. Mögen deine Großeltern Lasagne?«

»Warte, stopp«, sprudelt es aus mir heraus. »Ich will aber nicht mit Kai an einem Esstisch sitzen, als wäre nichts. Und schon gar nicht nach dieser Aktion. Er hat sicher gemerkt, wie ich ihn angeschmachtet habe ...«

»Klar hat er das, du hast *Wahnsinn* gesagt«, lacht Emma. »Hey, hängt da etwa noch Sabber?«

Wieder spüre ich, wie die Farbe in mein Gesicht schießt. Ich kralle mir einen der Zierpolster von Violas Bett und werfe ihn in ihre Richtung. »Ah! Hör auf, Emma!«

»Hey, Mädels, kommt mal runter«, lacht Viola. »Wir müssen Kai gar nicht fragen, er ist heute verabredet.«

Mein Bauch zieht sich zusammen. Was? Etwa ein Date?

»Echt?«, fragt Emma und fügt etwas leiser hinzu. »Das zerstört unsere ganzen Pläne.«

83

Etwa mit Lana? Ist er mit Lana verabredet? Ganz bestimmt. Wahrscheinlich gehen sie ins Kino ... oder besucht er sie bei ihr zuhause? Ob sie sich schon geküsst haben? Wenn nicht, dann bestimmt heute.

»Na ja, ich habe es leider erst kurz eben erfahren, als er telefoniert hat.« Viola sieht mich von der Seite her an und ihr entflieht ein amüsierter Laut. »Du bist ja wirklich wie ein offenes Buch, Phina. Nein, nicht mit Lana. Er hat mit Elias geredet.« Ich atme erleichtert aus. »Gut.«

»Denkst du, er will was von Lana?«, fragt Emma und schüttet sich aus dem Krug am Schreibtisch, schätzungsweise gefüllt mit Fruchtsaft, etwas in eines der bunten Trinkgläser. Daneben steht ein Teller voller Kekse.

»Woher soll ich das wissen?«, fragt Viola und steckt sich ein *Nic Nac* in den Mund.

»Mal davon abgesehen, dass du seine Schwester bist, kennst du ihn schon am längsten. Mit welcher Art von Mädchen war er denn bisher zusammen?«, fragt Emma. Ich bediene mich währenddessen an den Keksen. Sie sind noch warm und scheinen selbstgebacken zu sein.

Viola seufzt. »Kai hatte bisher keine feste Freundin ... also, na ja, da gab es schon mal eine ...«

Sofort hänge ich an ihren Lippen und vergesse zu kauen. Viola rollt mit den Augen und grinst mich an. Wenn sie so guckt, sieht sie Kai echt unglaublich ähnlich. »Sie war so ein Draufgängermädel, hat Drogen genommen, und hatte ein Nasenpiercing. Aber ich denke nicht, dass er allgemein auf so was abfährt, das war nur so eine Phase.«

»Interessant«, murmle ich und habe sofort Bilder im Kopf. »Hast du ein Foto von ihr? Insta vielleicht?«

Viola zückt ihr Handy. Dann zeigt sie mir ein Foto und ich muss schlucken.

84

»Scheiße«, seufze ich. »Ich hab irgendwie gehofft, dass sie hässlich ist.«

»Nope, hässlich ist was anderes«, sagt Viola und nimmt ihr Handy wieder an sich. »Aber wie gesagt, sie waren nicht wirklich zusammen.«

Ich nicke und zupfe an meinen Locken, fühle mich plötzlich unwohl in meinem Körper. Dieses Mädchen, seine »Ex«, sieht wirklich ziemlich reif aus für unser Alter. Also im Gegensatz zu mir, meine ich. Allgemein fühle ich mich manchmal ziemlich unreif. Vielleicht meidet er mich deshalb? Weil er mich für zu kindisch hält?

»Machen wir also heute Lasagne?«, fragt Viola. »Mein Opa ist ganz verrückt danach.«

KAPITEL 9

Nur eine Instagram-Story

Wir gehen also die nötigen Lebensmittel für die Lasagne einkaufen und toben uns dann in der Küche aus. Wir haben gerade angefangen, als Kai die Treppe hinunter donnert. Ich schlucke. Er hat sich ja wirklich schick gemacht. Na ja, was heißt schick? Er sieht ... ach, er sieht unglaublich heiß aus. Ich meine, er trägt eine verdammte Lederjacke! Welcher Typ sieht darin nicht gut aus?

»AU!«, schreie ich, bevor ich überhaupt realisiere, was passiert. Blut tropft auf die geschnittene Zwiebel. Scheiße ...

Viola reagiert sofort und führt mich zum Wasserhahn. Es ist kein tiefer Schnitt.

»Kai, kannst du mal die Pflaster holen?«, schreit Viola nach hinten, während sie meinen Finger unter das Wasser hält.

Ich höre ein Seufzen.

»Es ist nichts, Viola, schon gut«, sage ich, doch sie lässt nicht locker.

Kai kommt zurück und legt die Pflaster neben uns ab. Er trägt ein Parfum, von dem mir schwindelig wird. Es hat etwas von Zedernholz. Mein Herz fängt an zu rasen und meine Kehle wird trocken.

»Wusste gar nicht, dass du so ein Tollpatsch bist«, feixt Kai.

»Bin ich auch nicht«, zische ich. Bin ich nur, wenn ein heißer Typ auftaucht. Das sage ich natürlich nicht.

86

Ehe ich mich versehe, hat Viola ein Pflaster über den Schnitt geklebt und lächelt zufrieden.

»Was macht ihr da überhaupt?«, fragt er und guckt über Emmas Schulter, die gerade das Hackfleisch in die Pfanne gibt.

»Lasagne«, antwortet sie und Kai bekommt große Augen.

»Nice. Kann ich auch was haben?«

»Ich dachte, du bist verabredet?«, fragt Viola.

»Kann ich verschieben«, sagt er und sieht Emma hoffnungsvoll an. »Ihr macht doch sicher etwas mehr, oder?«

Emma lächelt. »Du kannst mitessen, ja klar.«

»Nein, ach kommt schon«, seufze ich und halte immer noch meinen Finger hoch. »Ich finde, da sollten wir abstimmen. Also ich stimme dagegen.«

Kai dreht sich um und schiebt mich grob zur Seite, um die Zwiebel weiter zu schnippeln – viel geschickter als ich. »Am besten die Kinder halten sich raus. Du kannst ja nicht mal 'ne Zwiebel schneiden.«

»Hey!«, murre ich und will ihm das Messer abnehmen. Er weicht geschickt aus und ist schließlich fertig mit dem Zerkleinern. »Hast du gesehen? So schneidet man 'ne Zwiebel.«

Ich verschränke die Arme und schaue beleidigt zur Seite. »Bin nicht so geübt in der Küche.«

»Wäre ich auch nicht, wenn ich *Angestellte* im Haus hätte«, sagt Kai abschätzig.

»Haben wir nicht, wir kochen selber, Idiot«, zische ich.

»Und wer ist diese Martha, die letztens unsere Teller weggeräumt hat?«, fragt Viola, die den Salat wäscht.

»Nicht hilfreich«, forme ich mit meinen Lippen.

Kai fängt an zu lachen. »Ne Putzfrau, oh Mann. Mich wundert nichts mehr.«

Ich seufze schwer auf. »Halt einfach die Klappe.« Dann drehe ich mich zu Emma, nehme ihr den Kochlöffel aus der Hand und rühre in der Pfanne herum.

»Sag nichts«, sage ich leise in Emmas Richtung, die daraufhin schwach lächelt und mich weiter sinnlos in der Pfanne rühren lässt.

Die Lasagne gelingt uns wirklich gut und trotz des kleinen Konkurrenzkampfes, den Kai und ich uns geliefert haben, hat es echt Spaß gemacht, sie zu kochen. Auch die Großeltern sind regelrecht entzückt von unseren Kochkünsten.

Der Nox-Opa ist ein bulliger Mann mit einer grauen Halbglatze und einer dicken runden Brille. Er sagt nicht viel, aber es kommt mir so vor, als würde er mich immer wieder mit neugierigen Blicken durchbohren, wenn ich nicht hinsehe. Offenbar ist auch er über die Ähnlichkeit überrascht, die ich mit meiner Mutter habe. Langsam frage ich mich, ob die beiden sie näher kennen. Vielleicht von früher? Der Opa war anscheinend einmal ein Gymnasiumlehrer und hat Geschichte unterrichtet. Vielleicht kennt er ja meine Mutter daher näher?

Aber ich bin zu feige, um zu fragen – außerdem bin ich viel zu sehr damit beschäftigt, halbwegs gut auszusehen, während ich mir einen Löffel voll Lasagne in den Mund schiebe. Viola und Emma haben es nämlich genau so eingerichtet, dass ich gegenüber von Kai sitzen muss. Argh. Ich hasse die beiden...

Nach dem Essen verlässt Kai das Haus und wir bereiten nach dem Aufräumen ein paar Snacks vor und nehmen uns Kirschcola, die Emma mitgenommen hat, mit nach oben.

Während Emma die Brettspielesammlung auspackt, und *Mensch ärgere dich nicht* aufbaut, lümmle ich neben Viola im Bett und scrolle durch Instagram. Ich klicke auf Noahs Story. Und mein Herz zieht sich augenblicklich zusammen.

88

Viola beugt sich zu mir und sieht sich die Story auch an. Dann zieht sie scharf die Luft ein. »Das wusste ich nicht.«

»Was denn?«, fragt Emma.

Ich zeige sie ihr. »War ja klar, dass sie auch dabei ist.« Noahs Story ist ein Video, das ihn, Elias und Rachel mit Kai und Lana in der Kegelbar zeigt. Lana ist am Zug und hinter ihr steht Kai und erklärt ihr offenbar, wie sie am besten alle Kegeln trifft. Er berührt sie und steht so nahe bei ihr, dass mir schlecht wird. Und wie sie sich ansehen ... fuck.

Lana scheint seine Gegenwart ziemlich nervös zu machen, denn als sie die Kugel schließlich rollt, trifft sie bloß einen Kegel. Noah grölt etwas von: »Die haben in London wohl keine Kegelbar.« Kai knufft Lana hingegen freundschaftlich in die Seite und sagt etwas in ihr Ohr, dass man auf dem Video nicht versteht.

Ich mache Anstalten, das Handy in eine Ecke zu werfen, doch Viola nimmt es mir noch rechtzeitig aus der Hand. »Hey, beruhig dich.«

Die Eifersucht ist zu groß und frisst sich wie ein dicker Wurm durch mich. Doch ich lache sie bitter weg. »Ich würde mich an seiner Stelle auch für sie entscheiden.«

Viola stupst mich leicht an. »Ich nicht.«

Ich verdrehe grinsend die Augen. »Danke. Aber unter Freunden zählt das nicht.«

»Nein, unabhängig davon, dass wir Freundinnen sind«, sagt Viola. »Lana mag zwar bildhübsch sein, dafür hat sie nix in der Birne.«

»Viola, sei nicht so gemein«, tadelt sie Emma, doch ich würde sie am liebsten bitten, weiterzumachen. Es ist zwar fies, da ich Lana ja ganz gut leiden kann, aber es beruhigt mich etwas.

»Sorry, aber hast du schon mal diesen treudoofen Blick gesehen, den sie immer aufsetzt? Und heute in Geografie wusste sie nicht mal-«

»Hey, es reicht«, unterbricht sie Emma und klingt ziemlich streng dabei.

Ich schiebe mir einen Schokokeks in den Mund, um mein Grinsen zu tarnen. Ja, es ist nicht fair und nicht richtig, mich darüber zu freuen. Aber es stärkt mein Selbstbewusstsein, also ist es irgendwie doch gut, oder?

»Jeder hat seine Schwächen«, murmelt Viola und zuckt unbeeindruckt mit den Schultern. »Ich bin unglaublich unsportlich und schüchtern. Und Phina muss alles aussprechen, was sie sich denkt, und ist manchmal eine echte Nervensäge.«

Mein Grinsen verschwindet. »Bin ich das?«, frage ich mit vollem Mund.

»Okay«, sagt Emma und rollt mit den Augen. »Soll ich jetzt auch noch etwas über mich sagen?«

»Du bemutterst alles und jeden, du kannst nicht Nein sagen,...«, beginne ich und spüre plötzlich einen harten Ellbogenschlag.

»Au!«, beschwere ich mich und reibe mir die Seite. »Emma, seit wann so aggressiv?«

Emma grinst süffisant. »Kein Vergleich zu deinem ständigen Verhalten.«

»Ja, zählt halt noch ein paar Sachen auf. Warum seid ihr überhaupt mit mir befreundet?«, murre ich beleidigt. »Ich hab auch meine guten Seiten.«

»Okay, wie wäre es, wenn wir uns mit einem kleinen Spiel ablenken?«, schlägt Viola vor, bevor die Situation eskalieren kann und zeigt auf das aufgebaute Spielfeld.

90

Wir spielen insgesamt drei Mal, bis Viola verärgert den Würfel in eine Ecke schießt, nachdem sie nochmal verliert.

»Du weißt schon, wie das Spiel heißt?«, lache ich und sie nimmt mir daraufhin die weiche Decke weg, die ich mir übergeschlagen habe.

Wir lachen viel und es kommt fast zu einer Kissenschlacht. Doch Viola stoppt diese, bevor sie richtig anfangen kann. »Nein, wartet. Vorher müssen wir unsere Pyjamas anziehen.«

»Sonst ist es keine richtige Kissenschlacht, stimmt«, sagt Emma und schnappt sich ihre Tasche.

»Zieht euch schon mal um, mein Lieblingspyjama ist im Trockner«, sagt Viola und steuert auf die Tür zu. »Mit etwas Glück ist er schon fertig.«

Als sie weg ist, ziehe ich mein Oberteil aus und hole ebenfalls meinen Rucksack. Ich habe meinen langweiligen dunkelblauen Pyjama dabei. Eigentlich wollte ich meinen Lieblingspyjama mitnehmen, auf dem *Tom Nook* von *Animal Crossing* gedruckt ist. Aber den fand ich doch etwas zu kindisch. Wenn Kai mich darin sehen würde ... oh Mann.

Generell wäre ich kein sonderlich heißer Anblick, im Gegensatz zu ihm. Ich sehe an mir hinab. Meine Brüste sind wirklich unglaublich klein und füllen nicht einmal meinen BH aus. Ich sehe zu Emma, die definitiv weiblicher aussieht als ich. Sie bemerkt meinen Blick und legt den Kopf schief. Auch sie hat ihr Shirt ausgezogen.

»Nichts«, murmle ich. »Ich frage mich nur, ob es noch kleinere Körbchengrößen als A gibt.«

»Ach, Phina«, sagt Emma und zieht sich den Pyjama an. Orange und ärmellos. »Als ob das so wichtig wäre.«

»Sagt sich so leicht, wenn man Größe D hat«, lache ich und schmeiße ihr mein Shirt ins Gesicht. »Und ich meine es ernst.«

Emma schmeißt mir mein Shirt zurück und ich ziehe meinen BH aus. Vor Emma schäme ich mich nicht – wir kennen uns seit dem Kindergarten.

»Sieh mal«, sage ich und sehe mich im Spiegel an, der an Violas Wandschrank angebracht ist. »Du kannst dich mit deinen echt glücklich schätzen.«

Emma schüttelt den Kopf grinsend. »Sei nicht so kritisch. Sind doch... ähm, süß.«

»Süß?«, lache ich und sie stimmt mit ein.

Plötzlich geht die Tür auf. »Vio, in der Garage ist kein Platz für mein Motorrad und dein ...«, setzt eine bekannte Stimme an und Kai blickt in den Raum. Er bricht mitten im Satz ab und reißt seine Augen auf. Ich reagiere zuerst nicht. Erst, als mir auffällt, wohin er sieht. Dann verdecke ich meine Brüste mit meinen Händen und schreie auf. Und erst dann schafft es Kai, wegzusehen und die Tür zu schließen.

In mir steigt purer Scham auf. Ist das gerade wirklich passiert? Nein, oder?

»So ein Idiot«, murmelt Emma.

Der Scham wird von meiner Wut übermannt und ich ziehe mir meinen Pyjama hastig an, stürme nach draußen.

Kai wandert durch den Flur, seine Lederjacke hat er schon abgelegt. Und er ist knallrot im Gesicht.

Als er mich sieht, bekommt er noch mehr Farbe. »Phina, also ich ...«

»Du Idiot!«, schreie ich und schlage mit meinen Fäusten auf ihn ein, so als würde ich versuchen, ihm das Bild von mir aus dem Gedächtnis zu prügeln.

Jetzt hat er gesehen, was für kleine Brüste ich habe. Und überhaupt! Er hat mich *gesehen*! So ein Trottel!

92

Er lässt sich meinen Wutausbruch gefallen und macht keine Anstalten sich zu wehren. »Tut mir leid, ich schwöre, ich ... AU ... ich hab' nichts gesehen!«

»Deshalb hast du ja so große Augen bekommen!«, schreie ich.

»Was ist denn?« Viola ist hinter uns aufgetaucht.

»DER IDIOT KANN NICHT KLOPFEN!« Ich lasse von Kai ab, der sich den Arm reibt.

»Bist du bescheuert? Du weißt, dass die beiden hier sind«, schimpft nun Viola.

Kai seufzt auf. »Macht nicht so ein Theater, ich hab' nichts gesehen.«

»Als ob«, zische ich. Schnell drehe ich mich um und gehe zurück in ihr Zimmer. Wenn ich jetzt nicht verschwinde, fange ich womöglich noch an zu heulen. Ich schäme mich einfach so sehr. Spätestens jetzt hat er bestimmt das Interesse an mir verloren. Wer will schon ein Mädchen daten, das so winzige Brüste wie ich hat?

»Hast du dich wenigstens schon entschuldigt?«, höre ich Viola fragen.

»Klar, aber das bringt bei der Verrückten nichts.«

»Sei nicht immer so ein Arsch!«, ruft Viola.

»Und du sperr das nächste Mal dein Zimmer ab!«

Ich höre ein Türknallen. Dann ist es still.

KAPITEL 10

Nur Kakao und Konsole

Die Stimmung ist etwas gekippt, aber wir können uns halbwegs wieder fangen. Wir spielen noch ein paar Brettspiele und sehen uns auf Violas Laptop den alten Teeniefilm *Clueless* an. Zu dritt ist es dabei etwas eng, aber jeder kennt den Film in- und auswendig und irgendwann quatschen wir nur noch über Gott und die Welt.

Wir richten uns schließlich unser Schlaflager ein. Als wir Violas Schreibtischstuhl und den Sitzsack ins Wohnzimmer verlegen, können wir eine Matratze am Boden ausbreiten.

An sich wird es ein schöner Abend und um etwa Mitternacht legen wir uns schlafen.

Nach fünf Minuten reagieren beide schon nicht mehr auf meine leisen Rufe, was ja schon ziemlich merkwürdig ist. Es ist schade, denn eigentlich hätte ich mir erhofft, durchzumachen. Ich kann nämlich so gut wie nirgendwo anders einschlafen als in meinem eigenen Bett. Und Emma müsste das eigentlich wissen!

Ich plage mich etwa eine halbe Stunde. Dann stehe ich auf, um auf die Toilette zu gehen. Einfacher Zeitvertreib, versteht sich.

Dafür muss ich nach unten, Viola hat mir den Weg nach dem Essen schon gezeigt. Schon komisch, dass sie oben keine Toilette haben. Aber Viola meinte sicher, ich müsste dafür

94

nach unten gehen. Das hat sie vor dem Schlafen gehen extra nochmal betont.

Ich öffne also die Tür und gehe die Treppen hinab. Doch im Ess- und Wohnzimmer ist es nicht dunkel, wie erwartet. Als ich um die Ecke schaue, sehe ich, dass der Fernseher an ist. Der Bildschirm zeigt den Startbildschirm von Mario Kart. Sofort verdoppelt sich mein Herzschlag. Gleichzeitig muss ich schmunzeln. Kai kann offenbar auch nicht pennen. Doch er sitzt nicht vor dem Fernseher, sondern lehnt in der Küche neben dem Herd. Ich höre ein leises Zischen, als würde er etwas warm machen.

Er bemerkt mich schnell. Sein Gesichtsausdruck ist aber nicht verärgert, sondern … überrascht? Glücklich? Ich kann es nicht einschätzen.

»Hi«, sagt er ganz kleinlaut und legt das Handy beiseite, in das er gerade noch so vertieft war.

»Hey«, kommt es von mir ungewohnt schüchtern. Nun kann ich ihm nicht mehr böse sein. Er trägt ein graues Shirt, auf dem Pikachu prangt und eine Jogginghose. Einfach knuffig. Von heiß auf knuffig, na ja … was dieser Kerl nicht alles kann.

Wir sehen uns an. Lange. Und es ist ein unglaublich schönes Gefühl. Es kribbelt überall und ich höre auf zu atmen.

Doch dann erschrecke ich mich umso mehr, als ich etwas Haariges an meinem Bein fühle. Ich kann einen Aufschrei gerade noch verhindern und sehe nach unten. Eine cremefarbene langhaarige Katze streift dort, schnurrt und kreist um mein Bein.

»Oh, ihr habt eine Katze?«, frage ich unnötigerweise, hocke mich hin und bewundere ihr hübsches Gesicht. Ihre großen Augen sind grün und ihre Nase rosa.

»Sie gehört mir. Viola hält die Haare nicht aus«, erzählt Kai.

95

Die Katze macht einen schnurrartigen Laut und stößt mit ihrem Kopf gegen mein Knie. Mein Herz schmilzt.

»Darf ich sie streicheln?«, frage ich.

Kai schmunzelt und nickt. »Sie scheint dich ja zu mögen.«

Sie ist unglaublich weich. Ich kann einfach nicht anders, als ihr süßes Gesicht mit Küssen zu bedecken. Das muss so dämlich aussehen, aber im Moment ist mir das ziemlich egal.

Plötzlich fängt Kai leise an zu lachen. »Vio wird durchdrehen, wenn du wieder in ihr Zimmer kommst.«

»Sie schläft schon«, sage ich und lasse von ihr ab. »Wie heißt sie denn?«

Kai sieht verlegen auf seine Füße.

»So schlimm?«, frage ich. »Ach, komm.«

Er zupft an seinem Shirt. Ich muss losprusten. »Sie heißt Pikachu! Wie niedlich.«

»Ich war acht«, verteidigt er sich.

»Acht und ein großer Pokémon-Fan«, füge ich hinzu. Er sieht beschämt zur Seite.

»Der war ich auch«, gebe ich deshalb zu. »Ich benutze manchmal immer noch die Pummelluff-Bettwäsche.«

Er grinst leicht. »Warum bist du nochmal hier unten?«, fragt er, es klingt aber nicht unfreundlich.

»Kann nicht schlafen«, antworte ich und erinnere mich an meinen ursprünglichen Plan, auf's Klo zu gehen. Aber irgendwie muss ich jetzt doch nicht mehr. »Und dann dachte ich, ich könnte dich ja im Schlaf erwürgen. So als Rache für ... du weißt schon. Aber du warst nicht in deinem Zimmer.«

Kai lacht. Und zwar ehrlich. Sein Lachen ist so süß, dass ich glatt überlege, es aufzunehmen. Es erwärmt mein Herz und ich lache leise mit.

»Du solltest das öfter tun«, sage ich wieder einmal viel zu schnell und unüberlegt.

96

Er verstummt und sieht mich irritiert an.

Ich beiße mir verlegen auf die Lippe. »Ich meine das Lachen. Das steht dir.«

Scheiße, hab ich das jetzt wirklich gesagt? Mein Kopf wird unglaublich heiß.

Kais Mundwinkel zucken kurz hoch. Doch dann zeichnet sich eine schuldbewusste Miene auf seinem Gesicht ab.

»Hey, es tut mir wirklich leid«, sagt er ernst und sieht auf seine Füße. »Ich hätte klopfen sollen.«

Ich verdrehe grinsend die Augen. »Schon gut. Es gab ja eh nichts zu sehen.«

Kai sieht überrascht auf und wird rot. Er öffnet den Mund, doch ich winke schnell ab. »Sag bitte nichts dazu. Vergessen wir das einfach, okay?«

Er nickt und wirkt erleichtert.

»Machst du dir Kakao?«, frage ich und bin von der Idee, mitten in der Nacht aufzustehen, Kakao zu trinken und Mario Kart zu zocken, ganz angetan. Innerlich werde ich weich und stelle mir eine gemeinsame Zukunft mit ihm vor. Sofort spüre ich Schmetterlinge in meinem Bauch.

»Es hilft mir, einzuschlafen«, sagt er verlegen. »Willst du auch einen?«

Meine Augen werden groß und ich trete nickend zu ihm in die kleine Küche. Die Katze folgt mir.

»Ich hab ohnehin zu viel Milch warm gemacht. Hier sind die Tassen, such dir einfach eine aus.«

Mit schlotternden Beinen mache ich die Schranklade auf und entscheide mich für eine schlichte türkise Tasse. Ich stelle sie neben seine, während er die Milch eingießt. Er steht direkt neben mir und seine Nähe benebelt meine Sinne. Oh Mann. Ich bin wirklich total verschossen in ihn.

»Nein, Pikatchu, vergiss es«, murmelt Kai, als die Katze ihm um das Bein streicht und kurz aufschreit. »Du bist kein Baby mehr.«

»Ach, gib ihr doch ein wenig Milch«, sage ich, als ich verstehe, um was es geht.

»Verträgt sie nicht«, erklärt er und meinen Plan, ihr heimlich etwas davon zu geben, verwerfe ich sofort wieder.

Als Kai das Pulver holt, fällt mir schon wieder ein Bild ins Auge, das nicht ganz zu den anderen Familienbildern auf der Wand passt. Wieder japanische Schriftzeichen und wieder dieses Mädchen mit den glatten kohlschwarzen Haaren.

»Hey, Kai?«, frage ich. Er sieht zu mir. »Habt ihr zufällig asiatische Vorfahren?«

Er folgt meinem Blick und grinst leicht. »Ja, aber da sind einige Generationen dazwischen. Der Mädchenname unserer Oma ist Yoshida.«

Krass. Yoshida. So wie der Gründer dieser Kleinstadt hier. Warte …

»Den Namen gibt's sicher eine Million Mal, aber es ist nicht zufällig Sora Yoshida, mit dem ihr verwandt seid. Richtig?«

Kai schüttet das Kakaopulver rein und gluckst. »Laut meiner Oma schon.«

»Aber … aber das würde bedeuten, dass Yoshida doch Nachfahren hatte. Es hieß immer, er sei kinderlos gestorben«, erinnere ich mich an den Unterricht in der Grundschule.

»Ist er auch. Unsere Urururoma ist Sakura Yoshida – seine kleine Schwester.«

Woah. Das ist so … krass!

Ich berühre reflexartig Kais Gesicht, welcher leicht zusammenzuckt, aber sonst nicht abgeneigt scheint. »Merkt man dir gar nicht an, dass du japanische Wurzeln hast.« Doch

98

da revidiere ich meine Aussage sofort.»Ne, doch. Dein schwarzes Haar.«

Er fährt sich durch sein tolles Haar und grinst.»Warum habt ihr nie was gesagt? Ist doch voll cool. Ihr seid mit dem Gründer unserer Stadt verwandt. Wenn Emma das erfährt, dreht sie durch. Sie ist im Sakuraverein. Dort sind die Leute, die jedes Jahr das Fest organisieren und die Geschichte um unsere Kleinstadt in- und auswendig kennen.«

»Genau deshalb«, sagt Kai und trinkt aus seiner Tasse.»Ich weiß nämlich so gar nichts von dieser Stadt oder der Gründungsgeschichte. Und ich will nicht ständig über Dinge ausgefragt werden, die ich zwar wissen sollte, aber nicht weiß. Emma kann wahrscheinlich sogar besser japanisch als ich.«

»Also soll ich ihr nichts sagen?«, frage ich und nippe ebenso an meiner Tasse.

»Wäre nett. Zumindest bis nach dem Fest. Wer weiß, vielleicht fällt ihr noch ein, mich und Vio zu irgendeinem Gründungsquatsch zu überreden und wir müssen irgendein Ritual vollziehen.«

Ich lache leise.»Du hast recht. Das heißt also, ihr kommt zum Fest?«

Er nickt.»Klar, Oma ist ganz angetan davon.«

Ich folge ihm ins Wohnzimmer und nicke. Dann nehme ich noch einen Schluck.»Hey, weißt du, was gut dazu passen würde?«

»Marshmallows?«

»Oreo-Kekse.«

Er seufzt.»Hm, stimmt. Die sind aber alle, sorry.«

Ich grinse breit.»Nope. Ich hab heute welche mitgenommen.«

Kais Augen werden groß.»Für Vio?«

99

Zaghaft schüttle ich den Kopf.»Nein, eigentlich für... für dich.«

Bevor Kai etwas sagen kann, drehe ich mich um.»Ich hol sie schnell, okay?«

Dann bin ich weg und hoffe nur, dass meine Gesichtsfarbe sich schnell wieder normalisieren wird.

Es dauert nicht lange, da sitzen wir plötzlich gemeinsam auf seiner Couch, schlürfen Kakao, essen die Kekse und spielen Mario Kart gegeneinander. Einfach so. Als wäre nie etwas gewesen. Als hätten wir uns nie gestritten und wären ganz normale Freunde.

Am liebsten würde ich Kai fragen, was das hier ist. Warum er so nett ist. Doch ich fürchte, damit alles kaputt zu machen. Vielleicht ist es nur diese Nacht und morgen ist wieder alles anders. Aber dann wäre ich trotzdem so dankbar. Es fühlt sich auf einmal so gut an, bei ihm zu sein. In seiner Nähe. Ich will nicht nur neben ihm sitzen. Meine Augen wandern zu ihm und seinen Lippen. Wie gern ich ihn jetzt küssen würde. Was würde er sagen? Wie würde er reagieren?

»Du bist nicht schlecht. Auch wenn ich deine Charakterwahl immer noch etwas seltsam finde«, sagt er und wirft drei Bananen ab. Ich, die direkt hinter ihm fährt, weiche geschickt aus.

»Was hast du gegen Baby Peach?«, protestiere ich und überhole ihn.»Immerhin bin ich kein Geist.«

»König Boohoo ist klasse.«

Als ich als Erste über die Ziellinie fahre, springe ich auf und juble übertrieben. Kai verdreht die Augen, doch mir entgeht das kleine Grinsen nicht, das er dabei aufsetzt.

»Na, Nox, was sagst du dazu?«

»Ich bitte dich, das ist Mario Kart.«

100

Gespielt beleidigt verziehe ich das Gesicht und verschränke die Arme. »Pah. So ein schlechter Verlierer.«

Kai wirft die Arme in die Höhe. »Ich? Hast du schon mal gegen Vio gewonnen?«

Prustend erzähle ich ihm von unserem *Mensch-ärgere-dich-nicht* Spiel von heute Abend. Er gluckst vor sich hin.

Als ich mich wieder setze, achte ich extra drauf, näher bei ihm zu sitzen und tarne es als Zufall. Plötzlich spüre ich seinen Arm direkt neben meinem. Und ich rieche seinen warmen, vertrauten Duft.

Meine Hände werden feucht und ich muss mehrmals schlucken. Dort wo wir uns berühren, wird es ganz kribbelig.

Er nimmt keinen Abstand und scheint auch sonst nicht abgeneigt. Im Gegenteil – mir kommt es so vor, als würde er seinen Arm noch etwas näher an meinen drücken, während wir die zweite Runde starten. Ich bin so abgelenkt von der Nähe, dass ich haushoch verliere. Aber auch Kai belegt nur den vierten Platz.

Plötzlich verlässt er das Spiel und schaltet auf den Startbildschirm. Enttäuschung macht sich in mir breit. Das war alles? Mein Kakao ist noch nicht mal leer, hallo?

»Willst du meine Insel sehen?«, fragt er und grinst mich stolz an. Zuerst bin ich irritiert, doch als ich bei seinen aufgelisteten Spielen im Menü *Animal Crossing* sehe, bekomme ich große Augen.

»Ja, ja. Ich erinner mich nur zu gut daran, dass du mich vor den Semesterferien dafür ausgelacht hast, dass ich es spiele. Und dann einfach selber spielen«, spotte ich und verberge meine Freude über seine Frage. »Klar, zeig mal her.«

Er steht auf und gibt den Spielchip in die Konsole. Als er sich dann auf denselben Platz direkt neben mir setzt, beiße ich auf meine Unterlippe, um ein Grinsen zu unterdrücken. Also

101

mag er meine Nähe auch? Oder ... bemerkt er sie einfach nicht?

Seine Insel ist, wie erwartet, kaum dekoriert und hier und da wachsen unnötige Unkrautflecken. Ich tippe darauf, dass er einen Monat lang schon nicht mehr gespielt hat, aber immerhin – er spielt es.

Als er sein Haus betritt, muss ich loskichern.

»Was ist denn?«, fragt Kai unschuldig.

Ich bekomme kaum Luft und kann meinen Anfall nicht schildern.

»Machst du dich über meine Möbelwahl lustig?«, fragt er schließlich und ich nicke, während ich mir Tränen vom Augenwinkel wische.

»Du ...«, beginne ich, als ich wieder sprechen kann. »Du hast eine Popcornmaschine im Raum stehen. Sonst nichts.«

»Ich mag Popcorn«, erklärt Kai und bringt mich erneut zum Lachen. Dann sieht er mich an, und zwar mit einem Blick, der mein Herz schmelzen lässt. Und plötzlich fühle ich mich schön und großartig – nur, weil er mich eben so ansieht.

»Du...«, murmelt er, als ich langsam verstumme. Ich warte und sehe in seine Augen, will nie wieder was anderes tun. Nur hier sitzen, mit ihm, im Hintergrund die Nachtmusik von *Animal Crossing* und die Bildschirmlichter auf unserer Haut.

»Was denn?«, hauche ich nach einer Weile.

Er schüttelt leicht den Kopf und übergibt mir die Konsole.

»Kannst mein Reich ruhig etwas aufhübschen.«

Ich bin enttäuscht und dann doch wieder nicht. Während ich mich an die Arbeit mache und in mein Element versinke, spüre ich langsam, wie ich müde werde. Immer wieder muss ich gähnen. Als ich mich das nächste Mal nach Kai umdrehe, hat dieser bereits die Augen geschlossen.

102

Ich lege die Konsole auf meinen Schoß und betrachte ihn. Er sieht ein bisschen aus wie ein Engel, wenn er schläft. Der Mund ist leicht geöffnet und eine Strähne hängt ihm ins Gesicht. Leise rücke ich näher an ihn und streiche die Strähne vorsichtig aus seinem schönen Gesicht. Ich könnte ihn jetzt küssen. Einfach so. Wahrscheinlich würde er nicht einmal was merken.

Doch ich tue es nicht. Nicht, weil ich nicht will oder mir der Mut fehlt – mich lenkt etwas ab. Etwas, was mir zuvor noch nie bei Kai aufgefallen ist.

Die Innenseite seines linken Unterarms ist von blassen Narben durchzogen. Verdammt. Ist es das, was ich denke? Hat er sich das selbst angetan?

Ich berühre sie und streichle die Stelle sanft. Ich weiß nicht, warum ich das tue, es ist aus Reflex. So, als wollte ich es irgendwie … heilen. Wiedergutmachen. Doch das war wohl zu viel des Guten. Kai entreißt sich meiner Berührung und dreht den Arm nach oben, sodass die Innenseite verdeckt ist.

Er sieht mich schlaftrunken an. »Was soll das?«

»Sorry, ich wollte nur sehen, was da ist«, murmle ich verlegen.

Kai schüttelt den Kopf. »Das war Pikatchu.«

Ich nicke, obwohl ich ahne, dass das nicht der wahre Grund ist. Bei dem Gedanken wird mir übel und ich muss wieder an die Gerüchte denken, die hier über die Zwillinge kursieren. Was haben die beiden nur durchgemacht?

»Und… tut sie es noch?«, frage ich vorsichtig und schaue auf die Konsole in meinem Schoß.

Ich spüre seinen Blick auf mir, doch ich erwidere ihn nicht.

»Nein, nicht mehr«, flüstert er und erst dann sehe ich ihn an. Er sieht noch müder aus als vorher. Nein, nicht müde. Kaputt.

»Sieh mich nicht so an«, flüstert er und grinst leicht.

103

Ich runzle die Stirn. »Wie denn?«

»So mitleidig. Das musst du nicht. Mir geht's gut«, sagt er leise.

Ich nicke leicht und wende mich wieder dem Spiel zu. Das hat Viola auch gesagt. Dass es ihr gut geht. Stimmt das auch? Gedanklich schüttle ich den Kopf. Es geht mich nichts an. Die Müdigkeit überrollt mich schneller als erwartet. Nur kurz mal ausruhen, denke ich mir. Doch so laut auch mein Herz klopft und so sehr mein ganzer Körper kribbelt – es hält mich nicht davon ab, einzuschlafen …

KAPITEL 11

Nur er und sein Grinsen

Ich wache auf und spüre die Sonne auf meiner Haut. Doch ich liege in keinem Bett, nein. Es ist die Nox-Couch. Mein Kopf liegt auf einem Polster und ich bin zugedeckt. Als ich meine Orientierung zurückgewinne, muss ich lächeln. Ich liebe diesen Tag jetzt schon.

Leider bin ich allein. Kai muss wohl gestern noch einmal aufgewacht, die Switch ausgeschaltet und sich ins Bett gelegt haben. Aber ... er hat mich zugedeckt! Wie süß! Es ist erst halb sieben Uhr morgens, doch ich fühle mich unglaublich fit und ausgeschlafen. Also stehe ich auf und gehe gut gelaunt die Treppe hoch.

In Violas Zimmer ist es nach wie vor ruhig. Die Jalousien sind nicht ganz dicht, weshalb die Morgensonne ihre schlafenden Gesichter erkennen lässt. Leise lege ich mich neben Emma. Doch diese dreht sich daraufhin um und sieht mich an.

»Sorry«, flüstere ich.

Dann fängt sie an zu grinsen. »Wir haben euch gestern gesehen. Wie war es?«

»Emma ...«, klage ich, bin aber viel zu gut drauf, um böse auf sie zu sein. So leise wie möglich erzähle ich ihr jedes noch so kleine Detail. Und sie hört mir gespannt zu.

»Unser Plan ist also aufgegangen«, flüstert sie glücklich.

»Das war geplant?«, frage ich entrüstet.

105

Emma nickt grinsend. »Ich wusste, dass du nicht so schnell schlafen wirst und Viola wusste, dass Kai fast jede Nacht das Wohnzimmer besetzt. Und oben ist übrigens auch ein Klo.«

Ich seufze auf. »Ich weiß gar nicht, wie ich heute reagieren soll, wenn ich ihn sehe. Oder erst in der Schule.«

»Ganz cool bleiben«, gähnt Viola und ich sehe, wie sie sich streckt. »Und rück ihm nicht zu sehr auf die Pelle, das mag er nicht.«

Plötzlich bekomme ich Panik. »Was mache ich eigentlich, wenn es tatsächlich ... zu etwas kommt?«

Viola richtet sich mühselig auf und sieht aus wie ein zerrupftes Huhn. Emma schürzt die Lippen.

Nach diesem Abend wünsche ich mir nichts Sehnlicheres als jeden Abend so zu verbringen. Mit ihm. Er soll mich jeden Tag so ansehen wie gestern. Er soll jeden Tag neben mir sitzen, soll gemeinsam mit mir auf der Couch einschlafen.

Doch jetzt, wo das alles so real sein kann, bekomme ich gewaltigen Bammel. Nicht nur vor meiner Mutter. Generell davor, dass meine Gefühle erwidert werden. Davor, mehr zu sein als nur Klassenkameraden … da hängt einfach so viel daran. Das habe ich vorher gar nicht bedacht.

»Kein Stress, Phina«, sagt Viola dann schließlich. »Denk nicht zu sehr darüber nach. Ihr habt ja schließlich Zeit.«

Das stimmt. Keine übereiligen Entscheidungen und kein Druck. Wenn es tatsächlich so weit kommen sollte, werde ich mir was überlegen.

»Sag mal, Viola …«, beginne ich, als ich mich an Kais Narben erinnere, die ich gestern gesehen habe. Doch dann stoppe ich. Es geht mich nichts an. Und ich will ihn nicht in eine unangenehme Situation bringen. Vielleicht weiß sie es ja gar nicht? Obwohl … ach, was denke ich denn da? Natürlich weiß sie es.

»Hm?«, sagt Viola und sieht mich gespannt an. »Wusstest du, dass Pikatchu keine Milch trinken darf?« Was anderes fällt mir spontan nicht ein. Viola verdreht die Augen. »Ich weiß nur, dass wir wegen des Fellknäuels fast jeden Tag staubsaugen müssen.«

Die Frühstücksauswahl ist echt riesig. Viola bietet uns sogar die selbstgemachte Ribisel- und Erdbeermarmelade von ihrer Oma an. Diese packt wiederum beim Anrichten mit an, bevor sie mit ihrem Mann nach draußen geht, um ihren morgendlichen Spaziergang zu machen. Jetzt sehe ich die Oma mit ganz anderen Augen. Sie ist die Urenkelin von *Sakura Yoshida*. Das ist echt Wahnsinn. Ob meine Eltern davon wissen?

»Deine Großeltern sind echt niedlich«, sagt Emma zu Viola und nippt an ihrem Milchkaffee. »Sie machen immer noch so einen verliebten Eindruck.«

Ich habe mir eine Toastscheibe mit Nutella bestrichen, bringe aber fast nichts runter. Zu groß ist die Nervosität, die mir im Magen liegt. Und ich hasse es. Ich will nicht nervös sein – denn dann mache ich immer seltsame Sachen, wie etwa zu laut zu lachen. Im schlimmsten Fall fange ich an zu stottern.

Dann hört man auch schon ein Treppenpoltern und Kai kommt in die Küche.

Mir fällt die Scheibe Toast auf den Teller. Mit der beschmierten Seite voran, versteht sich.

»Morgen«, murmelt er verschlafen und stellt sich zur Kaffeemaschine. Er trägt ein frisches weißes Shirt und seine Haare sind feucht vom Duschen.

Schnell sehe ich wieder auf meinen Teller. Ich muss aufpassen, sonst fange ich womöglich noch an zu sabbern.

107

»Guten Morgen«, begrüßen ihn Emma und Viola während ich nur ein winziges »Morgen« piepse. Oh Mann. Ja, genau, das meine ich mit *seltsame Sachen machen*!

Er setzt sich auf den freien Sessel gegenüber von mir und ... meidet meinen Blick. Kein einziges Mal sieht er hoch. Na toll. Wie soll ich das jetzt verstehen?

»Wo sind denn die alten Zwei?«, fragt Kai.

»Ich bitte dich«, kommt es empört von Emma und auch Viola runzelt die Stirn.

Ich bin die Einzige, der ein Grunzen entweicht. Fast wäre mir der Kaffee aus der Nase gelaufen. Da ich nicht laut lachen will, aber die Bemerkung doch ziemlich komisch fand, sitze ich da und halte mir die Hände vor den Mund.

»Wenigstens eine versteht Spaß«, murmelt Kai und hebt die Tasse, sieht mich aber immer noch nicht an. Argh! Was ist denn?

»Das ist gemein, eure Großeltern sind so süß«, sagt Emma.

Kai hebt seinen Kopf und blickt Emma unbeeindruckt an. »War ja auch nicht als Beleidigung gemeint, Frau Klassensprecherin.«

Na toll. Emma kann er ansehen, aber mich nicht. Ist es jetzt wieder so wie früher? Hat das gestern Abend gar nichts für ihn bedeutet?

Na ja, immerhin ist noch kein blöder Spruch gefallen ...

Als ich nach dem Orangensaft greifen will, berühren sich unsere Hände.

»Sorry«, murmle ich und ziehe die Hand weg, werde bestimmt rot. Kai hingegen verzieht keine Miene. Nur bei genauerem Hinsehen erkenne ich einen leichten rosa Schimmer auf den Wangen. Oder bilde ich mir das nur ein?

»Was mir gerade einfällt, Phina, hast du mir eigentlich *Stolz und Vorurteil* schon zurückgegeben?«, fragt Emma auf einmal.

108

Ich seufze auf.»Nein. Bin noch nicht ganz durch.«
»Mädchen, das ist jetzt schon ein halbes Jahr her.«
»Es ist aber so laaangweilig. Zu viel Romantik.«
Viola schiebt ihre Augenbrauen hoch und schüttelt dann den
Kopf.»Wie kann man so einen Klassiker langweilig finden?«
Emma hingegen fängt leise an zu lachen.
»Was? Ich mag Liebesgeschichten, wenn's ... etwas span-
nender wird.« Dass ich damit eher Romane mit etwas *Spice*
meine, spreche ich nicht laut aus – immerhin kann ich mir da
Emmas Reaktion genau ausmalen.

Plötzlich höre ich ein leises Lachen.»*Spannend.* Würd mich
ja interessieren, was damit gemeint ist«, schaltet sich Kai ins
Gespräch ein. Bei der Zweideutigkeit seiner Worte wird mir
heiß. Ich sehe ihn an und er trägt ein kleines freches Grinsen
im Gesicht. Ohne zu zögern, schnappe ich mir die Zeitung am
Rande des Tisches und schlage sie ihm zusammengerollt auf
den Kopf.»Hör auf, so zu grinsen.«

Doch dadurch wird sein Grinsen nur breiter und als seine
blauen Augen auf meine treffen, muss ich es herzklopfend
erwidern.»Du bist ein Idiot.«

»Weil ich dich durchschaut habe?«, fragt er in denselbem
flüsternden Ton und ich schüttle den Kopf, versuche meinen
Herzschlag wieder zu normalisieren. Aber es funktioniert nicht.
Wie auch, wenn er mich *so* ansieht?

Plötzlich klingelt es und ich schrecke hoch.

»Es ist halb neun, wer ist das bitte?«, beschwert sich Viola
und macht keine Anstalten, sich zu bewegen.

Plötzlich zuckt Kai zusammen und erhebt sich vom Stuhl.
Da er die Tür zum Flur offenlässt, können wir alle sehen, wer
da geklingelt hat.

Als ich es sehe, verschlucke ich mich und muss husten, so
laut, dass Emma mir zur Stütze auf den Rücken klopft.

109

»Hi, Kai«, quietscht Lana und grinst über das ganze Gesicht. Ihre Haare hat sie zu zwei Zöpfen gebunden, die ihr immer noch bis zur Taille reichen. Sie trägt einen kurzen Lederrock und schwarze Stiefel. Fast wie eine lebende Animefigur. Sie ist zwar gertenschlank, hat aber dennoch ganz akzeptable Brüste. Und sie hat so lange Beine. Das ist so unfair ...

»Hier«, sie überreicht ihm zwei dünne Bücher. Von Weitem sehe ich es nicht, aber ich tippe auf Mangas. »Hab gestern alle durchgelesen. Leihst du mir die anderen zwei?«

Sie holt ein anderes heraus und gibt es ihm. »Das ist auch voll gut, solltest du mal anschauen.«

Auf einmal komme ich mir blöd vor. Habe ich wirklich gedacht, ich könnte gegen die da ankommen?

Als Kai sich umdreht und nach oben geht, um ihr die anderen zwei Bücher zu holen, bemerkt Lana uns. Sie wird ganz blass. »Oh, hallo. Was macht ihr denn hier?«

»Pyjamaparty«, erklärt Emma knapp und lächelt sie freundlich an.

Diese nickt und spielt mit ihren Zöpfen. »Wollte euch nicht stören.«

»Tust du doch nicht«, versichert ihr Emma. »Wie geht's dir denn?«

»Hm, ja, ganz gut. Gestern Abend war ich mit ein paar von der Klasse in dieser Kegelbar. Kai war auch dabei.«

Ich seufze leise und esse das letzte Stück Toast.

»Oh, da fällt mir gerade ein«, beginnt Lana plötzlich und hat mittlerweile die Tür geschlossen und sich in den Flur gestellt. »Ihr habt ja auch von dieser Party nächstes Wochenende gehört, stimmt's? Die, die bei diesem Zwölftklässler ist.«

Wir nicken. Sie weiß offenbar nicht, dass die Einladung von mir kommt.

110

»Elias hat angeboten, bei ihm sozusagen vorzuglühen. Wir sind bisher nur zu fünft. Rachel, Noah, Kai, Yua und ich. Elias dachte, wir sollten alle fragen, er hätte genügend Platz.« Lana setzt ihr süßes Lächeln auf. »Und dann gehen wir gemeinsam zu der Party. Wir können anscheinend zu Fuß gehen.«

»Klingt gut«, sagt Emma. Ich sehe sie schief an.

»Haben wir eigentlich schon ausgemacht, *ob* wir hingehen?«, frage ich leise in die Runde. Viola schweigt, Emma zuckt mit den Schultern. »Ich könnte, wenn du das meinst.«

»Ach, seit wann sagen Herr und Frau Bell zu Partys *Ja*?«

»Ich muss es ja nicht als Party bezeichnen.« Emma beugt sich nach vor und flüstert. »Gute Gelegenheit, um Kai näherzukommen. Da will ich dabei sein.«

»Ich hab echt einen schlechten Einfluss auf sie«, murmle ich und sehe Viola an.

Diese trinkt den letzten Rest ihres Tees und nickt beim Absetzen. »Sag ich doch immer.«

»Dann zahlt sich meine Beichte am Sonntag wenigstens mal aus«, flüstert Emma und wendet sich gut gelaunt zu Lana. »Danke, wir sind dabei«, verkündet sie.

Na gut. Auch wenn ich ursprünglich wegen Freddy nicht hingehen wollte ... aber Emma hat recht. Und seit gestern Abend vertraue ich ihr in dieser Sache vollkommen.

»Ich weiß ja nicht«, murmelt Viola und nimmt ihre zierliche runde Brille ab, um die Gläser mit ihrem Ärmel zu putzen. »Partys sind nicht so mein Ding.«

»Du bist ja mit uns zusammen, so schlimm wird es nicht«, sagt Emma.

Ihre plötzliche Euphorie verwirrt mich. Ich schätze, es hat etwas mit Noah zu tun.

111

Kai kommt in dem Moment zurück und ab da hat Lana nur noch Augen für ihn. Ich hoffe mal, ich mache es nicht so auffällig wie sie.

Zum Abschied fällt Lana ihm dann auch noch um den Hals, was Kai augenscheinlich überfordert. Er tätschelt ihr den Rücken.

»Das meinte ich mit 'auf die Pelle rücken'«, flüstert Viola in meine Richtung.

Ich hole tief Luft. »Na ja, aber bei ihr stört es ihn sicher nicht.«

Die Tür fällt ins Schloss und Kai hat ordentliche Farbe im Gesicht.

»Lass dich nicht unterkriegen.«

Zuhause verbringe ich den Großteil des Nachmittags in meinem Zimmer. Ich lese ein paar Seiten von *Stolz und Vorurteil*, höre Musik und stolpere schließlich beim Tanzen über die Schuhschachtel, in der ich meine Comiczeichnungen verstecke. Sie ragt etwas unter dem Bett hervor und ich nehme das als Anlass, sie zu öffnen.

Ich zeichne schon, seit ich klein bin – aber seit drei Jahren haben mich einige Zeichnungen, die ich auf *Deviantart* gesehen habe, inspiriert, etwas Neues auszuprobieren. Und so sind zuerst kurze Comics von etwa drei Seiten entstanden, die dann immer länger wurden.

Mein neuestes ist ziemlich simpel, aber das längste von allen. Es handelt vom Winterjungen und dem Sommermädchen, die schon immer ineinander verliebt waren, aber nicht zusammen sein dürfen. Meine Mundwinkel hüpfen automatisch hoch, als ich das Ganze nochmal durchsehe. Dann allerdings vergeht mir das Lächeln und ich zucke zusammen, als

112

ich ein Geräusch vom Flur draußen höre. Schnell verstecke ich die Schachtel wieder.

Meine Mutter sagte einmal, dass sie Comics für Zeitverschwendung und für kindisch hält. Entweder man liest ein Buch oder man lässt es sein, sagt sie immer.

Deshalb weiß niemand von meinen Comiczeichnungen – außer Emma und mittlerweile auch Viola.

Es klopft jemand an meine Zimmertür.

»Ja?«

Meine Mutter sieht herein und grinst von einem Ohr zum anderen. Ich bekomme eine Gänsehaut. Was ist denn jetzt los? »Schatz, kommst du mal runter?«, flötet sie. Dann wandern ihre Augen zu meiner Hose. »Aber zieh dich vorher um.«

Ich sehe an mich herab und verdrehe die Augen. »Aber Mama, ich bin daheim. Darf ich da keine Jogginghose tragen?«

»Zieh dich einfach um und…«, sie rümpft die Nase und sieht sich in meinem Zimmer um. »So ein Schweinestall. Warum sieht es bei dir immer so aus? Und lüften könntest du auch mal, Herrgott, das ist ja…«

»Ja, ich hab verstanden«, grummle ich und mache eine Handbewegung, um sie zu verscheuchen. Die Tür fällt zu und jetzt erst spüre ich, wie sich mein Magen verkrampft. Ich hasse das. Ich hasse es, wenn sie so redet. Ich weiß, dass ich nicht dieses perfekte ordentliche Püppchen bin, das sie so gern hätte. Immer muss sie raushängen lassen, wie enttäuscht sie von mir ist. Nichts mache ich richtig. Entweder sind es meine Haare, die falsch sitzen, oder meine Klamotten, oder die Musik, die ich höre, oder die Art, wie ich rede… Ich kann gar nicht ich selbst sein. Ich darf nicht. Sie erlaubt es nicht. Der Gedanke treibt mir Tränen in die Augen, doch ich schlucke sie schnell runter. Sonst kann ich mir wieder anhören, wie armselig sie das

113

findet, wenn ich mich selbst bemitleide. Oder wie hässlich ich bin, wenn ich weine.

Also seufze ich tief auf, nehme mir eine der Jeans von meinem Schreibtischstuhl und wechsle sie gegen die Jogginghose aus.

Dann spaziere ich nach unten, so wie sie es gewollt hat. Unten angekommen bleibt mein Herz fast stehen.

»Sieh mal, wer hier ist«, zwitschert meine Mutter und eigentlich hätte ich mir bei ihrem Tonfall oben schon denken können, wer uns da besuchen kommt.

»Freddy«, seufze ich unbegeistert.

Meine Mutter wünscht sich nichts Sehnlicheres, als dass ich mit Freddy Talisman zusammenkomme. Das war, denke ich, schon so, als wir noch Kinder waren. Vielleicht dachte ich deshalb, dass ich in ihn verliebt bin. Doch es war nur eine dumme Schwärmerei. Eine Schwärmerei für sein hübsches Gesicht und sein unechtes Grinsen.

»Ich dachte, du würdest gerne mit mir essen gehen? Etwas außerhalb der Stadt hat ein echt gutes indisches Restaurant aufgemacht. Du magst doch indisch?«

Warum weiß er das?!

»Hm, keine Lust, danke«, sage ich und grinse falsch.

Meine Mutter verzieht das Gesicht. »Schatz, sei nicht so unfreundlich.«

»Ich weiß, ich hab's nicht angekündigt und es ist ziemlich spontan, aber ich dachte mir, ich überrasche dich. Wir haben uns lange nicht gesehen.« Freddys feine Art macht mich rasend. Und plötzlich weiß ich auch, warum er diesen schleimigen Kerl vor meiner Mutter spielt.

»Komm mal mit«, sage ich und deute mit einem Kopfnicken hoch.

114

Freddy macht einen auf unbeholfen und sieht meine Mutter fragend an. Argh. Ich hasse ihn. So tun, als wäre er der heilige Irgendwas.

»Ähm, ja, sicher«, sagt meine Mutter. »Aber lasst die Tür offen.«

Freddy folgt mir in mein Zimmer und als wir oben sind, knalle ich die Tür zu.

»Sie hat aber gesagt offen lassen.«

»Woah, hör auf, den unschuldigen lieben Jungen zu spielen. Wir sind jetzt allein«, gifte ich ihn an und lasse mich auf mein Bett fallen.

Freddy sieht sich in meinem Zimmer um und verzieht das Gesicht. »Räumst du auch mal auf, oder sieht's hier immer so aus?«

Ich verdrehe die Augen. So schlimm ist es nicht. Es liegen nur zwei Shirts und ein paar Socken auf dem Teppich. Oh, und die zwei Energydosen auf dem Schreibtisch sollte ich vielleicht mal wegräumen. Ach so, und mein Schreibtischstuhl, der fast immer für meine benutzte, aber nicht schmutzige Wäsche dient.

»Du machst das doch nur, weil du Schiss hast, dass ich ihr was erzählt habe«, zische ich. Er sieht zu Boden und zuckt mit den Schultern. »Wollte es wiedergutmachen.«

»Ja, sicher. Spar's dir. Ich geh mit dir nicht essen, da ist es mir lieber, ich laufe bei einem Marathon mit.«

Freddy seufzt auf und fährt sich durch die blonde Mähne. Seine arrogante Miene kommt zum Vorschein. »Gut. Dann halt kein Essen. Der Wille zählt, nicht? Ich hab dir etwas angeboten, aber du hast es nicht angenommen.«

»Ich hab nie um etwas gebeten. Ich sagte doch, dass ich dir nicht verzeihe«, sage ich.

»Ich hab's versucht«, sagt er und deutet mit einer unschuldigen Geste auf sich. »Hoffentlich erinnert sich deine Mutter daran, falls du ihr mal von unserer Nacht in Frankreich erzählen solltest.«

Langsam verstehe ich, was sein eigentlicher Plan war. »Du manipulatives Arschloch«, knurre ich.

Freddy grinst leicht. »Hm, nein. Das sagt man nicht. Achte auf deine Wortwahl, Löckchen.«

Er macht Anstalten, das Zimmer zu verlassen. Doch dann dreht er sich nochmal zu mir. »Hey, wie heißt die Dunkelhaarige vom Eiscafé nochmal?«

Ich bin irritiert. »Äh, meinst du Viola?«

»Viola«, murmelt er und nickt leicht. »Danke.«

»W-Warte!«, sage ich und stehe auf, als er rausgeht. Ich folge ihm und er bleibt am Treppenabsatz stehen. »Was willst du von Viola?«

Er zuckt mit den Schultern. »Wir haben uns letztens im Flur unterhalten und sie wollte mir ihren Namen nicht verraten.«

Verwirrt sehe ich ihm nach, wie er die Treppe hinabsteigt. War das auch nur eine Lüge, um mich zu verwirren? Oder will er mich nur ärgern? Ich beschließe, nicht länger darüber nachzudenken.

116

KAPITEL 12

Nur ein Geschichtsprojekt

Meine Hoffnungen bezüglich Kai schrumpfen im Laufe des Donnerstags. Er beleidigt und provoziert mich zwar nicht mehr, aber er spricht auch nicht mit mir. Lana hängt an ihm wie eine Klette. Das nervt gewaltig. Vor allem, da ich Lana ja sonst gut leiden kann. Kann sie bitte eine verdammte Bitch sein, damit ich sie hassen kann?

Während ich mich im Stummen ärgere, schreibe ich die Geschichtshausaufgabe von Emma ab, die mich dabei missbilligend beobachtet.

»Hör auf, mich so anzuschauen«, murre ich und spüre, wie sich meine Hand bereits verkrampft.

»Dann hör du auf, so faul zu sein.«

Faul. Ich bin nicht faul. Nur ... nicht so motiviert wie Emma.

»Hey, Mädels.« Ich sehe auf und blicke in Elias' Gesicht. Mit den großen braunen Augen und den hängenden Mundwinkeln erinnert mich Elias immer etwas an eine traurige Eule.

»Hat jemand von euch die Lösungen für die Beispiele zwei bis zehn?«, fragt er unschuldig.

Witzbold, es sind ja nur zehn Fragen.

Emma bekommt einen roten Kopf. »Ihr seid alle so faul! Fauler geht es nicht! Nein, ich werde nicht noch jemanden abschreiben lassen. Das fällt ja auf, wenn jeder dieselben Antworten hat.«

117

»Du kannst bei mir abschreiben«, schlage ich grinsend vor, was Emma nur noch mehr aufregt. Sie klappt ihre Antworten vor meiner Nase zu und packt sie weg.

»Hey! Ich bin noch nicht fertig.«

»Ich bin nicht die Einzige, die die Aufgaben gemacht hat – hoffe ich zumindest.«

»Aber deine sind hundertprozentig korrekt«, versuche ich es weiter und setze meinen Dackelblick auf. Sie rollt mit den Augen. »Der funktioniert bei mir nicht mehr.«

»W-Was ich noch fragen wollte«, beginnt Elias und wirkt plötzlich unglaublich schüchtern. »Emma, wegen dieses Arbeitsauftrages in Geschichte: Na ja, ich dachte, wir könnten uns mal ganz anders zusammenschachteln und nicht in der üblichen Zweierformation. Würde der Klassengemeinschaft nicht schaden. Und, na ja, da dachte ich, ob du nicht mit mir zusammenarbeiten möchtest, also ...«

Ich muss mir ein Kichern verkneifen. Da hat sich offenbar einer schwer in unsere Klassensprecherin verknallt. So gern würde ich das jetzt laut sagen. Aber das wäre nicht sehr nett.

Emma scheint gar nicht zu begreifen, was gerade abgeht und sieht ihn überrascht an. »Ja, von mir aus. Gute Idee.«

Elias fängt an zu strahlen. Seine Zahnspange blitzt hervor.

»Dann müsstest du dir jemand anderen suchen«, sagt sie zu mir.

»Kein Problem, ich frag Viola«, sage ich.

»Die arbeitet schon mit Björn zusammen«, erzählt Elias.

Ich verziehe das Gesicht. »Und was ist mit Yua?«

»Mit Tiana.«

Langsam gehen mir die Optionen aus. Ich will nicht sagen, dass ich unbeliebt bin, aber ein paar hier finden mich manchmal zu ... direkt? Okay, vielleicht bin ich tatsächlich nicht die Beliebteste in der Klasse.

118

Als das nächste Läuten Geschichte ankündigt, werde ich nervös. Nicht wegen der fehlenden Aufgaben, sondern, weil ich tatsächlich keinen Partner habe. Seit Lana hier ist, sind wir eine ungerade Zahl, das ist mir jetzt erst bewusst geworden. Ich lasse mir nicht anmerken, wie sehr mich das innerlich stört. Sonst würde Emma Elias wahrscheinlich absagen und dann hätte der keinen Partner. Und ich mag Elias eigentlich ganz gern. Er ist im Gegensatz zu den anderen Jungs immer sehr nett zu mir. Und er hat in der Unterstufe mal seinen Vanilledonut mit mir geteilt.

Herr Paulus gibt uns eine Liste, in der wir unseren Partner eintragen sollen. Als ob das Ganze nicht schon peinlich genug wäre, muss das auch noch schwarz auf weiß dokumentiert werden.

Rachel fängt an zu kichern, als sie die Liste bekommt und sieht schelmisch zu mir. »Oh, hat Fräulein große Klappe gar keinen Partner?«

Sie sagt es in der richtigen Lautstärke, sodass Herr Paulus es nicht hören kann.

Ich strecke ihr die Zunge raus. Was Besseres fällt mir nicht ein.

Rachel wirft ihr langes brünettes Haar nach hinten und sieht sich ihre Nägel an, die meiner Meinung nach viel zu lange sind. Dafür, dass sie so viel von sich hält, finde ich sie nicht sehr besonders. Nein, sie ist eigentlich ziemlich langweilig. Und sie sieht auch so aus, finde ich. So durchschnittlich eben. Es gibt Hunderte von ihr. Und sie alle schwimmen im selben Strom.

»Stimmt ja. Wir haben ja nun eine ungerade Anzahl an Schülern«, sagt der Paulus, als er sich die Liste ansieht. »Mal

119

sehen. Seraphina, arbeite doch mit ... mit Kai und Lana zusammen.«

»Ihr Ernst?«, rutscht es mir raus. Ich hasse mein Schicksal.

Paulus sieht mich böse an. »Willst du mir widersprechen?«

»Was, a-ach, nein«, sage ich. »Aber kann ich nicht mit Emma und Elias ...«

»Nein! Immer das Gleiche mit dir! Du tust einmal das, was man dir sagt, und Schluss!«

Hab ich schon einmal erwähnt, dass ich Herrn Paulus nicht ausstehen kann? Und er mich offenbar auch nicht?

Wir bekommen den Rest der Stunde die Themen zugeteilt und haben Zeit, unseren Auftrag zu planen beziehungsweise zu besprechen. Die Klasse muss sich größtenteils umsetzen und auch ich packe meine Sachen und schlurfe zu Lana und Kai. Lana scheint sich ehrlich über meine Anwesenheit zu freuen, was ich wiederum nett finde. Und dann auch wieder nicht, als sie näher zu Kai rückt, damit ich noch Platz am Zweiertisch habe.

Da wir die einzige Dreiergruppe sind, müssen wir dementsprechend mehr liefern. Kai seufzt tief auf, als Herr Paulus fertig mit seiner Ansprache ist.

»Ja, sorry, ich wollte eh nicht in eure Gruppe«, murmle ich trotzig in seine Richtung.

Kai beugt sich nach vor und sieht mich an. »Das Seufzen war nicht wegen dir, keine Sorge.« Dann zeigt er mir seinen Handybildschirm, worauf groß *Game over* steht.

Oh. War wohl falscher Alarm. Warte. Also hat gestern Abend doch etwas gebracht?

»Phina ist bei uns gut aufgehoben«, zwitschert Lana neben mir. Dann holt sie ihren Block hervor. »Also, der Erste Weltkrieg...«

120

»Ich kann mich um die Texte kümmern«, murmelt Kai und legt sein Handy endgültig zur Seite. »Machst du die Power-Point?«

»Ich?«, frage ich überrascht, als er in meine Richtung sieht.

»Ja«, sagt Kai. »Du bist gut im Gestalten.«

Wow. War das ein Kompliment? Ausgerechnet von Kai?

»Äh, ja, klar«, sage ich nur und versuche mir meine Freude nicht anmerken zu lassen.

»Und ich?«, fragt Lana und wirft mir ihren Pferdeschwanz ins Gesicht, als sie sich zu Kai dreht. Ich huste theatralisch auf, doch die beiden beachten mich nicht weiter.

»Du kannst Quellen raussuchen und mir beim Text helfen«, sagt Kai, woraufhin Lana glücklich nickt.

Ah, ja. Deshalb sollte *ich* die Folien gestalten.

»Wir können uns heute nach der Schule bei mir treffen, wenn ihr wollt«, schlägt Lana vor, nachdem es geläutet hat.

»Ist das denn nötig?«, frage ich.

Lanas Mundwinkel rutschen nach unten. »Aber zusammen ist es lustiger.«

»Ich hab' nichts dagegen«, sagt Kai und packt seine Sachen, um sich auf seinen Platz zurückzusetzen.

»Dann treffen wir uns nach der Schule«, verkündet Lana strahlend.

»Na gut«, sage ich, bevor ich zu meinem Platz zurückgehe. Lust dazu habe ich keine, da ich alleine viel effektiver arbeite. Man lenkt sich gegenseitig nur ab, vor allem, wenn man zu dritt ist (und wenn Kai dabei ist). Aber mir wird etwas unwohl bei dem Gedanken, Lana und Kai allein zu lassen.

Als es schließlich so weit ist und ich mit Lana zu ihr nachhause gehe, werde ich etwas nervös. Kai kommt später nach, er hat scheinbar zuhause noch etwas zu erledigen.

121

»Du bist offiziell die erste Freundin, die ich mit nachhause nehme«, erzählt mir Lana und geht mit ihrem leicht hüpfenden Gang neben mir her. Mein Herz wird schwer bei ihren Worten. Sie bezeichnet mich als Freundin? Ach, wenn sie wüsste, dass ich auf den gleichen Kerl stehe ...

»Was für eine Ehre«, lache ich und überspiele damit meine Gefühle. »Wie ist Deutschland im Vergleich zu England eigentlich?«

Lana grinst offenherzig. »Leicht.«

»Leicht?«

Sie zuckt mit den Schultern und ihr rosa Pferdeschwanz schwingt beim Gehen hin und her. »Ich fühle mich wohler.«

Interessant. Das habe ich nicht erwartet.

Sie wohnt in einem der neuen Wohnblocks, fünfter Stock. Zum Glück nehmen wir den Aufzug, ich habe keine Lust, die Treppen hochzusteigen.

Die Wohnung von Lanas Tante ist hell und modern eingerichtet. Nicht zu viel Deko und nirgends zu viel Farbe. Es wirkt etwas kalt auf mich und so übertrieben sauber. Sogar die Fernbedienungen auf dem Wohnzimmertischchen liegen im perfekten Abstand zueinander. Das wohnliche Chaos fehlt etwas – aber das ist Geschmackssache.

Ihre Tante, die wir dort antreffen, sieht Lana nicht sehr ähnlich. Sie hat eine blonde Kurzhaarfrisur, eine eckige Brille und eine lange geschwungene Nase – nicht diese kleine Stupsnase von Lana. Sie wirkt zwar nett, aber auch etwas streng und zu korrekt.

»Sie arbeitet in der Praxis von Elias' Vater, vielleicht hast du sie schon mal gesehen?«, erzählt mir Lana, als wir ihr Zimmer betreten. Doch ich kann nicht viel erwidern, denn mir verschlägt es kurzerhand die Sprache. Ich hab damit gerechnet, dass Lanas Zimmer keinesfalls so steril und minimalistisch wie die Wohnung eingerichtet sein wird. Und dennoch haut mich der Anblick um.

Das Schlafzimmer ist in ein zartes violettes Licht getaucht. Direkt vor uns in der Ecke steht ein großer Schreibtisch mit zwei Bildschirmen, deren Bildschirmschoner ein animiertes Bild von *Demon Slayer* zeigen. Die Tastatur leuchtet in einem hellen Blau und ihre Katzenkopfhörer liegen daneben.

»Ich hab mich gerade schwer in dein Zimmer verknallt«, flüstere ich und sehe mich weiter um.

Ihr Bett ist mit pastellfarbenen Plüschtieren überhäuft, von Kirby bis zum Plüschoktopus ist alles dabei. Ein schmales Bücherregal hängt links von der Tür und neben unzähligen Mangas und anderen Romanen stehen da noch kleine Chibi- und Animefiguren. Ich erinnere mich an ihre Videos und muss zugeben, dass ich ein paar Elemente wiedererkenne, die man im Hintergrund immer gesehen hat. Da war sie allerdings noch in London.

Doch ich vermisse ein Detail hier. Ein Detail, das ich nur zu gern gesehen hätte.

»Wo ist denn deine Videoausrüstung?«, frage ich sie. »Mikrofon, Kamera, Stativ?«

Lana wird wieder blass. Sie schnappt sich eine Haarsträhne und wickelt sie um ihren Finger. »Hab ich in London gelassen.«

Ich öffne den Mund, nur um ihn dann wieder zu schließen.

»Warum?«, sage ich dann nur.

Das wäre Wahnsinn.

»Na ja«, murmelt sie und setzt sich auf ihr Bett, schaut zu Boden. »Ich dachte, ich schlage hier ein neues Kapitel auf.«

Ich schüttele langsam den Kopf, verstehe nicht, was sie damit meint. Warum soll sie? Sie ist gut und hat viele Follower.

»Das ... das wäre doch schade«, sage ich und setze mich neben sie. Als ich mich zu ihr drehe, sehe ich, dass ihre Augen glasig werden.

»Tut mir leid«, sage ich sofort, obwohl ich nicht weiß, warum sie verletzt ist.

Sie schüttelt den Kopf und vergräbt ihr Gesicht in ihren Händen. Oh nein. Ich kann damit nicht umgehen. Was würde Emma jetzt tun? Soll ich etwas sagen? Soll ich sie umarmen?

Ich lege ihr schließlich eine Hand auf den Rücken, so wie es Emma hin und wieder bei mir gemacht hat, und lasse sie weinen. Mache ich das richtig? Oder soll ich einfach das Zimmer verlassen?

Plötzlich richtet sich Lana auf und ich nehme die Hand weg, sehe sie fragend an. Ihr Make-up ist verschmiert und sie schnieft unschön.

Sie deutet auf die Taschentücher auf ihrem Schreibtisch und ich bringe sie ihr. Nach einem lauten Schnäuzer lässt sie sich nach hinten in ihr Bett fallen und sieht zur Decke. Ich mache es ihr gleich. Da es nicht dunkel ist, sieht man sie kaum, aber es sind kleine Leuchtsterne dort angebracht. Süß.

»Sorry«, sagt sie und hat ihre sonst so fröhliche Maske vollkommen abgenommen. »Wollte nicht heulen.«

»Magst du darüber reden?«, frage ich leise. Sie dreht sie zu mir und nickt lächelnd. Ihre Augen sind haselnussbraun, wenn sie keine Kontaktlinsen trägt.

»Es ist nur so, dass sich in meiner alten Schule alle über meine Videos lustig gemacht haben. Ich habe es lange geschafft, unentdeckt zu bleiben, aber ein paar Mädels in meiner Klasse haben schließlich die Videos gesehen und sie privat so bearbeitet, dass sie völlig lächerlich aussahen. Die bearbeiteten Versionen haben dann die Runde gemacht und ich war die Witzfigur der Schule.« Sie macht eine kleine Pause,

124

verschränkt einen Arm hinter ihren Kopf. »Ein Schulwechsel brachte nichts, da auch dort schon einige meinen YouTubernamen herausgefunden hatten. Und plötzlich wurden nicht nur die bearbeiteten Versionen zur Lachnummer, sondern auch meine normalen Videos. Sie spielten sie während den Unterrichtsstunden ab und einmal hackten sich sogar zwei Schüler in den Schullaptop, der eine Präsentation des Direktors zeigen sollte. Danach haben meine Eltern dafür gesorgt, dass ich nach Deutschland zu meiner Tante ziehen konnte, um dort meinen Abschluss zu machen.«

Plötzlich sehe ich Lana mit völlig anderen Augen. Aus der quirligen rosahaarigen Gamerin ist eine traurige und unsichere Schülerin geworden. Sie wurde gemobbt und hat ihr größtes Hobby aufgegeben, nur um den anderen zu gefallen. Menschen können so grausam sein...

»Hat das denn Konsequenzen für die Schüler gehabt?«, frage ich leise.

»Schon, aber nicht unbedingt große. Und die bearbeiteten Videos hatten sich schon zu sehr verbreitet, da konnte man nicht mehr viel machen.« Sie schnieft leise. »Ich habe es bisher nicht übers Herz gebracht, meinen Account zu löschen. Da sind auch sehr viele Follower, die mir sehr nette Nachrichten schreiben und meine Arbeit mögen und schätzen. Kai ist einer davon. Als er herausfand, dass ich hier auf eure Schule komme, hat er Kontakt zu mir gesucht. Er hat mich aufgebaut, nachdem ich ihm die Geschichte erzählt habe.«

»Wenn du deinen Account löschst, schlage ich dich«, rutscht es mir raus. Sie lacht jedoch und grunzt dabei leise. Es hört sich witzig an und so gar nicht Lana-mäßig. »Du musst dich hier nicht verstellen, Lana. Wenn jemand ein Problem mit deinen Videos hat, kannst du dir sicher sein, dass viele hinter dir stehen werden.«

125

Lana lächelt schwach.»Danke.« Sie setzt sich ebenfalls hin und spielt mit einer Plüscherdbeere.»Ihr seid alle wirklich nett. Ich denke nochmal darüber nach.«

Bei dem Gedanken, dass Lana in London gemobbt wurde, wird mir schlecht. Nie hätte ich das gedacht, als ich mir ihre Gameplays angesehen habe. Im Gegenteil – ich dachte, sie wäre eine Ikone in ihrer Schule. Das ist so ungerecht. Wie kann man so etwas zulassen? Wie können alle an einem Strang ziehen und eine Schülerin so weit treiben, dass sie sogar das Land verlässt? Und ihre Leidenschaft aufgeben will?

Ich weiß, man wünscht anderen nichts Schlechtes, aber dem einen oder anderen würde eine ähnliche Erfahrung bestimmt nicht schaden ...

»Wie sehe ich eigentlich aus?«, fragt Lana plötzlich und sieht mich besorgt an.»Kai kommt bestimmt jeden Augenblick.« Ihr Mascara ist völlig verlaufen und sie hat eine rote Nase.

»So, als hättest du gerade geheult«, sage ich. Noch bevor ich den Satz beenden kann, springt sie auf und läuft aus ihrem Zimmer – vermutlich ins Bad. Ich grinse und gehe ihr nach, bleibe im Rahmen der offenen Badezimmertür stehen.

»Kai gefällt dir, nicht?«, frage ich und tue so, als würde mir das nichts ausmachen.

Sie verharrt mit dem Wattepad im Gesicht und sieht mein Spiegelbild mit großen Augen an. Dann lächelt sie unschuldig. »Nein?«

»Nein?«, wiederhole ich glucksend.»Das hört sich nicht sehr überzeugend an.«

Sie seufzt und setzt ihr Arbeit fort.»Na gut, erwischt.«

Mein Magen dreht sich um, obwohl ich die Antwort bereits kannte.

126

»Und denkst du, er mag dich auch?« Ich versuche, es so neutral wie möglich zu fragen, und sehe mir dabei die Badewanne in der Ecke genauer an, obwohl sie nichts Besonderes an sich hat.

»Gute Frage«, lacht sie. »Vielleicht. Schwer zu sagen, er scheint mir noch recht unerfahren.«

Ich sehe wieder zu ihr, sie zieht ihren Lidstrich neu nach.

»Unerfahren? I-Inwiefern?« Sofort habe ich Bilder im Kopf.

Lana fährt sich durch ihr Haar. »Ich meine, wenn ich versuche mit ihm zu flirten, weiß er nicht wirklich, wie er damit umgehen soll. Was ja einerseits ziemlich süß ist, muss ich gestehen. Aber es verwirrt mich etwas.«

Oh Mann. Flirten. Ja, das kann sie wohl ziemlich gut.

»Und, was ist mit dir?«, fragt sie, legt ihre Sachen weg und lächelt mich an. Sie sieht noch besser aus als vor ihrer Heulattacke. »Ich finde ja, Noah würde gut zu dir passen.«

Heftig kopfschüttelnd und mit abwehrenden Handbewegungen gebe ich ihr zu verstehen, dass das weder so ist, noch passieren wird.

»Warum nicht? Gefällt er dir n-?«

Ein Klingeln unterbricht sie. Mein Herz klopft so laut, dass ich Angst habe, Lana könnte es hören.

Während Lana auf die Haustür zu hopst, bleibe ich mit genügend Abstand im Flur stehen. Kais Anblick verursacht bei mir einen Schwindelanfall. Ich stütze mich unauffällig an der Wand ab.

Kaum hat er sich seine Schuhe abgestreift, fällt ihm Lana schon um den Hals. Er wirkt ähnlich überrascht wie gestern bei ihm zuhause, aber schon etwas gefasster und nicht mehr so unbeholfen.

Ich drehe mich um und gehe in ihr Zimmer. Den Anblick möchte ich mir ersparen.

127

»Hier ist mein Zimmer. Geh schon mal rein, ich hol uns was zu trinken«, höre ich Lana von draußen sagen. Zwei Sekunden später tritt Kai in den Raum und sieht sich ähnlich erstaunt um wie ich.

Ich sitze auf dem Bett und beobachte ihn. Da ich im Plüschtierhaufen versunken bin, scheint er mich nicht zu bemerken. Ich mache mir einen Spaß draus und werfe ihm einen Plüschhasen an den Kopf, als er gerade nicht zu mir sieht.

Er erschrickt und ich kann nicht anders, als laut loszukichern. Als er mich schließlich bemerkt, holt er tief Luft und fängt an zu fluchen. »Sehr komisch, Phina.«

»Beruhig dich, war doch nur Spaß«, sage ich und richte mich auf, bekomme dabei aber den Plüschhasen ins Gesicht zurückgeworfen.

Als ich zu ihm sehe, grinst er ebenfalls. Mein Herz flattert unkontrolliert.

Also, das ist *meine* Art zu flirten.

KAPITEL 13

Nur ein Date im Park

Wie erwartet, vergehen zwei Stunden, in denen wir nicht wirklich was voranbringen. Zum Glück nimmt sich Lana in der Zeit etwas zusammen und hält ihre Gefühle zurück. Und auch ich versuche, mich größtenteils auf meine Arbeit zu konzentrieren, was aber nicht leicht ist, wenn Kai etwa zwei Meter neben mir hockt.

Als wir uns schließlich von Lana verabschieden und die Wohnung verlassen, werde ich nervös und spüre, wie ich mich versteife. Es ist das erste Mal nach dieser Sache bei ihm zuhause, dass wir alleine sind.

»Kommst du eigentlich mit zu Elias?«, fragt er mich nach langem Schweigen.

Ich nicke lächelnd. Es ist schön, sich normal zu unterhalten. Und es ist schön, zu hören, dass er sich für mich interessiert. »Und du?« Eigentlich kenne ich die Antwort schon, aber ich will nicht unhöflich wirken.

»Yep«, sagt er. »Obwohl ich mich zwingen muss.«

»Warum?«

Er zuckt mit den Schultern. »Das bei Elias ist okay. Aber die Party bei diesem Zwölftklässler müsste nicht sein.«

»Ja, mich musste man auch überreden.«

Er sieht mich lange an. Dann grinst er.

»Was?«, frage ich.

»Ich dachte, du hast was mit dem.«

129

Ach ja, richtig. Das denkt er wohl immer noch.

»Ich hab nichts mit ihm«, erkläre ich. »Aber wir kennen uns schon eine Weile. Unsere Eltern haben geschäftlich viel miteinander zu tun.«

»Und warum wolltest du nicht auf die Party?«

Ich seufze auf. Das kann und will ich ihm jetzt echt nicht ausführlich erklären. »Kann ihn nicht leiden«, sage ich knapp und will sofort das Thema wechseln. »Die Nacht bei dir war übrigens voll witzig, sollten wir mal wiederholen.« Erst als ich es ausgesprochen habe, merke ich, wie mutig der Satz war und mein Herz bleibt stehen.

Ich sehe gerade aus und spüre Kais Blick auf mir. Quälende zwei Sekunden lang. Dann lacht er leise auf. »Von mir aus, wenn wir dann was Richtiges zocken.«

Ich atme unauffällig aus, während mich Erleichterung durchströmt. Mir ist gar nicht aufgefallen, dass ich die Luft angehalten habe. Dann forme ich einen Schmollmund, als mir seine Worte wieder einfallen. »Was *Richtiges*. Was willst du damit sagen? Pass lieber auf, Freundchen.«

»Freundchen?«, gluckst Kai. »Ist das die Rache für Phinchen?«

»Du musst zugeben, dass du für einen Jungen nicht sonderlich groß bist. Mehr als eins siebzig sind bei dir ja nicht drin, stimmt's?«

Er sieht mich herausfordernd an und grinst. »Nicht ganz eins fünfundsiebzig. Und *bitte* zieh mich nicht damit auf, wenn du selber nur eineinhalb Meter groß bist.«

Ich strecke mich stolz. »Eins fünfundfünfzig.«

Er lacht. »Wahrscheinlich mit den Schuhen.«

»Nein, nein, ich schummle nicht. Also mit den Schuhen sind es fast eins sechzig.«

130

Plötzlich stehen wir an der Gabelung, die unsere Wege trennen.

Wir sind beide stehen geblieben. Es ist erst sechs Uhr abends. Die Sonne scheint noch und es ist ungewöhnlich mild.

Ich öffne den Mund, um mich von ihm zu verabschieden, doch ein blitzender Gegenstand, der plötzlich in seiner Hand baumelt, lässt mich verstummen.

»Sie hat sie zweimal versiegelt, sollte also jetzt halten.«

Ich betrachte meine Kette in der Sonne und hab sie nie schöner gefunden. »Vielen Dank«, hauche ich.

Kai sieht zur Seite und errötet leicht. »Hm, na ja, die Arbeit hat schließlich meine Oma gemacht.«

Ich lächle, bin wahrscheinlich genau so rot wie er und nehme sie entgegen. Unsere Finger berühren sich und ich könnte schwören, dass das nicht nur Zufall war. Ich wage einen kurzen Blick hoch und Kais Augen liegen auf mir. Ein warmer Schauer rasselt über meine Arme und ich vergesse zu atmen.

»Soll ich sie dir umlegen?«, fragt er, seine Stimme heiser.

Ich nicke wie hypnotisiert, gebe ihm die Kette und drehe mich um. Als ich seine Hände an meinem Nacken spüre, habe ich sofort das Bedürfnis, mich zurückfallen zu lassen. Ich will nicht nur seine Hände spüren. Der Gedanke überfordert mich leicht und meine Kehle wird ganz trocken.

Als er fertig ist, drehe ich mich ihm zu und betrachte den Anhänger um meinem Hals, berühre ihn lächelnd.

»…hübsch.«

Ich sehe hoch. »Hm?«, frage ich.

Kai schüttelt den Kopf und fährt sich durch sein Haar. »Ich hab gesagt, dass die Kette sehr hübsch ist.«

Seine Stimme bebt leicht und ich habe das Gefühl, dass das nicht exakt das war, was er sagen wollte.

Wieder sehen wir uns an. So lange, bis Kai den Blick abwendet und sich zum Gehen aufmachen will. Sofort platzt die wohlige Blase, die sich um uns gebildet hat.

»Hast du Hunger?«, frage ich, ohne nachzudenken. Ich will jetzt nicht nachhause gehen. Nicht nach dem, was hier gerade passiert.

Er scheint zu überlegen und nickt dann leicht. »Warum?« Ich merke an seinem kaum wahrnehmbaren Grinsen, dass er genau weiß, worauf ich hinaus will. Aber er will, dass ich es ausspreche.

Argh. Idiot. Meine Wangen fangen an zu glühen. »Der neue Chinese am Stadtplatz soll ganz gut sein.«

»Hab ich auch gehört«, murmelt er und sein Grinsen wird dezent breiter. Das gibt's ja nicht. Muss ich ihn wirklich fragen?

»Lieber Kai, würdest du mit mir gerne essen gehen?«, seufze ich und er lacht leise auf. Er liebt es einfach, mich zu ärgern. Aber dieses Mal stört es mich nicht. Es ist nicht boshaft gemeint.

»Hm ja, wär nicht schlecht. Aber ich hab da eine bessere Idee.« Wir gehen bereits los. »In der Nähe ist der Park. Wir könnten uns das Essen mitnehmen und dort essen, wenn du willst.«

Mein Herz klopf wild und unkontrollierbar. »Gute Idee«, sage ich und grinse glücklich. Alles in mir schreit und tobt: Das ist Wahnsinn! Ist das ein Date?

Dann hole ich mich selbst von meinem kurzen Trip runter und atme tief durch. Ruhig angehen lassen. Wir holen uns nur was vom Chinesen.

Der Park ist wahrscheinlich das Hauptmerkmal von Sakura und könnte beinahe als kleine Touristenattraktion durchgehen, obwohl er nicht sonderlich groß ist. Er wird vom Fluss eingebettet, der bereits ganz rosa von den vielen Kirschblüten ist. Zwei Teiche wurden angelegt, in denen einige Kois schwimmen. Auch Enten und Schwäne tummeln sich auf dem Wasser. Die Allee, durch die wir gehen, hat etwas Verträumtes an sich. Wie direkt aus einem Bilderbuch geholt.

In der Mitte thront eine bronzene, lebensgroße Statue von Gründer Yoshida. Die Tafel davor zeigt eine Kurzfassung der Gründungsgeschichte, die mit dem tragischen Tod seiner kleinen Schwester Sakura Yoshida endet – Kais Urururoma. Das ist so krass, wenn ich nochmal darüber nachdenke.

Wir setzen uns auf eine Bank gegenüber des kleineren Teiches und packen unser Essen aus.

»Das ist unfair«, murmle ich, als ich unsere Portionen vergleiche. »Du hast gleich vier kleine Frühlingsrollen bekommen. Ich nur drei.«

Kai setzt sein verwegenes Grinsen auf. »Ich hab ihr wohl besser gefallen.«

Bei der Erinnerung an die hübsche Bedienerin werde ich dezent eifersüchtig. Also habe ich mir ihre koketten Blicke nicht nur eingebildet.

»Idiot«, grummle ich und breche meine Stäbchen auseinander. Die Sonne kitzelt meine linke Gesichtshälfte und ich muss die Augen zusammenkneifen, als ich zu Kai rüber sehe. Nur schemenhaft sehe ich, wie er mit seinen Essstäbchen eine Frühlingsrolle greift und sie in meine Richtung hält.

»Hier«, sagt er, als ich nicht reagiere.

Warte. Ist das sein Ernst?

Als ich die Geste endlich richtig deuten kann, werde ich bestimmt rot und nehme die Rolle verlegen an.

»Ähm, danke«, murmle ich und beiße ab.

»Hörst du jetzt auf zu motzen?«, sagt er und beißt selber in eine Rolle.

Ich nicke zaghaft und er lacht leise. Die Schmetterlinge in mir wachen auf und fliegen stürmisch umher. Wenn etwas noch besser aussieht als sein sexy-ernster Blick, ist es sein süßes Lachen. Dagegen kommt nicht einmal der heißeste Typ an, den ich kenne – und damit meine ich hauptsächlich berühmte Jungs, wie zum Beispiel die *Elevator Boys*.

Gott. Ob alle Mädchen Kai so sehen wie ich? Wenn ja, hätte ich wohl ein großes Problem.

»Sag mal, mit wie vielen hattest du eigentlich schon was?«, platzt es aus mir heraus, nachdem ich runtergeschluckt habe.

Oh nein! Was rede ich nur für einen Blödsinn? Ich hasse mich so sehr dafür! Es ist, als hätte ich manchmal keine Kontrolle über meine Zunge.

Kai sieht mich verblüfft an. »Du bist ziemlich neugierig, Phinchen.«

Ich bekomme leicht Panik. Warum kann ich nicht einmal meinen Mund halten? »Nicht, dass es mich interessieren würde. Also, keine Ahnung warum ich das frage ... wahrscheinlich, weil Noah mal irgendetwas erwähnt hat von einer Zehntklässlerin und dir in einem Club ... ach, vergiss es.« Mein Versuch, die Situation zu retten, hat alles nur noch peinlicher gemacht.

Schnell stopfe ich meinen Mund mit einer Ladung Reis voll, damit ich aufhöre zu reden.

Er schüttelt den Kopf und grinst. »Drei.«

Was drei? Hat er mit drei geschlafen? Oder drei geküsst? Hatte er drei Freundinnen?

Verdammt. Ich hätte die Frage etwas präzisieren sollen.

134

Laut Viola hatte er ja nur was mit einem Mädchen so richtig am Laufen. Aber alle kleinen Geschichten wird sie nicht mitbekommen haben.

Doch mein Mund ist voll und ich will nicht noch einmal zeigen, wie interessiert ich an seinem Liebesleben bin. Also nicke ich nur.

»Und du?«

Ich verschlucke mich fast, kriege mich aber schnell wieder ein. Bevor ich antworte, trinke ich langsam von meiner Kirschcola, um Zeit zu schinden und nachzudenken. Beziehungen hatte ich bisher keine und geküsst habe ich viermal, wenn ich die Sache im Kindergarten und Flaschendrehen mitzähle.

Na ja, und geschlafen habe ich mit einem …

Kai nickt leicht. »Oh, das heißt, keinen?«

»Doch!«, platzt es aus mir heraus. »Ich zähle noch.«

»Wow«, lacht er. »Wer hätte das gedacht.«

»Ja, ich bin ziemlich begehrt, weißt du.«

Seine Augen blitzen belustigt auf. »Bist du das?«

»Mhm«, sage ich und esse weiter. Nein, bin ich nicht. Aber das muss er nicht wissen.

Wir versinken in kurzes Schweigen, doch Kais leicht spöttisches Grinsen auf seinen Lippen lässt mir keine Ruhe. Ich will das Thema nicht nochmal ansprechen, also überlege ich mir was anderes. »Guckst du eigentlich Dragons Heart?«

Kais Grinsen erstirbt und seine Augen leuchten kurz auf. Dann legt sich ein freundlicher Zug um seine Lippen. Etwas ganz anderes, als ich seit diesem Jahr von ihm kenne. »Ja. Du etwa auch?«

Ich nicke hastig und verschlucke mich fast vor Aufregung. »Die ersten drei Folgen sind echt gut.«

»Stimmt«, sagt er. »Hast du schon einen Lieblingscharakter?«

135

Ich überlege kurz.»Hm, ich denke Theo mag ich ganz gern.«

Kai lacht leise.»Warum? Soll der nicht einen Antagonisten darstellen?«

»Er wird nur missverstanden. Er hatte eine schwere Vergangenheit und man kann gut nachvollziehen, warum er so ist, wie er ist. Und deiner?«

Kai holt Luft, doch ich komme ihm zuvor.»Nein, warte. Es ist Goldie, stimmts?«

Seine Stirn legt sich in Falten.»Gott, nein. Wie kommst du darauf?«

»Sie ist hübsch und in der letzten Folge gab's 'ne kurze Nacktszene von ihr.«

Kai legt seine Box zur Seite und sieht mich mit einem sarkastischen Grinsen eindringlich an.»Ja, Silva. Wir Jungs sind so leicht zu durchschauen.«

Ich werde rot und stochere in meinem Reis herum.»Also nicht Goldie?«

»Nope«, seufzt er und nimmt die Box wieder in seine Hände.»Ich mag Kiki irgendwie.«

»Kiki?«, frage ich überrascht.»Die Prinzessin?«

»Sie ist nicht *nur* eine Prinzessin. Die Kleine kann einfach mit Drachen reden. Außerdem ist sie witzig und … süß. Kiernan Shipka spielt die Rolle echt gut.«

Ich beiße mir auf die Lippen. In der Serie trägt sie eine dunkle Perücke, aber in echt hat sie blondes Haar. Wäre interessant zu wissen, welchen Typ er besser findet …

Wir reden noch über belanglose Dinge, bis wir schließlich auf Lana kommen.

»Das hat mich voll umgehauen. Ich meine, wer rechnet denn damit?«, sage ich und schaufle mir den letzten Rest vom

136

Reis in den Mund. »Lana hätte was Besseres verdient. Sie ist echt in Ordnung.«

»Das ist sie, ja«, murmelt Kai und hat sich auf der kleinen Parkbank lang gemacht, die Ellbogen an der Lehne abgestützt.

Er hat den Blick auf nichts Bestimmtes gerichtet. Mir kommt ein Gedanke und mein Herz wird schwer. Aber ich muss es wissen.

»Sag mal, wie gut versteht ihr euch eigentlich?«, frage ich und werfe unsere leeren Schachteln in den Eimer neben der Bank.

Er runzelt die Stirn. »Wir sind Freunde. Was meinst du?«

Entweder er ist ein guter Schauspieler oder er blickt wirklich nicht durch.

»Ach nichts«, sage ich und gebe auf. Das bringt, denke ich, nichts.

»Sie scheint dich ja sehr zu mögen«, erzählt er plötzlich und nun bin ich es, die die Stirn runzelt. »Ach, echt?«

»Ja, sie findet dich *cool*, hat sie letztens gemeint«, murmelt er. Als ich ihn verdutzt ansehe, lacht er leise. »Ja, voll schräg, ich kann das auch nicht nachvollziehen.«

»Ha. Ha«, äffe ich und boxe ihm in den Oberarm. »Gib's zu, tief im Inneren magst du mich auch.«

Er schweigt. Doch der Scham, der sich in mir ausbreitet, bringt mich dazu, weiter zu plappern, anstatt meine Klappe zu halten: »Also … zumindest war das vor Neujahr noch so. Oder?«

Doch damit hab ich wohl zu viel gewagt. Sein Lächeln ist gänzlich verschwunden und er schweigt nach wie vor.

Oh nein. Warum sage ich immer das Falsche?

»Was ist denn?«, frage ich kleinlaut, halte die Stille nicht länger aus.

137

Sein Kiefer spannt sich an. Und ich werde auch langsam wütend.

»I-Ich will doch nur wissen, was seit diesem Jahr los ist. Du benimmst dich echt seltsam und ich weiß nicht ...«

»Oh«, lacht er trocken und unterbricht mich damit. »Tun wir jetzt so, als wär nie was passiert?«

Nun bin ich vollkommen verwirrt. Hilflos ringe ich mit Händen und denke nach, versuche, mich an etwas zu erinnern.

»Ich check's nicht. Du hast doch mit diesem ganzen Mist angefangen und behandelst mich seit Neuestem wie Scheiße.«

»Willst du mich verarschen?«, fährt er mich plötzlich an und erhebt sich. Ich zucke bei dem scharfen Ton zusammen. Kai ist normalerweise nicht der Typ, der aufsteht und herumschreit – im Gegenteil. Habe ich ihn überhaupt schon jemals schreien oder so richtig wütend gesehen? Das ist einer der Dinge, die ich immer so an ihm bewundere. Deshalb schockiert mich seine Reaktion nur noch mehr.

»Schön und gut, dass du das vergessen kannst, aber ich kann's nicht! Das hat mich damals verletzt!«, fährt er fort. »Was hast du denn gedacht? Weißt du, wie viel Überwindung mich das gekostet hat? Und dann ... und dann bekomme ich so eine Antwort. Es wär besser gewesen, du hättest ihn ignoriert.«

Aufgelöst stehe ich ebenfalls auf. »Was redest du da?!«

Er macht einen Schritt zurück und sieht mich wieder so kühl an... nein... nicht dieser Blick. »Wow. Gefällt dir das?«

»Was denn?«, frage ich wieder und muss so dämlich dabei klingen.

Enttäuscht schüttelt er den Kopf, dreht sich um. »Egal, was du da für ein Spiel spielst, ich bin raus.« Und er geht.

Der Schock schnürt mir die Kehle zu und momentan bin ich unfähig, etwas zu sagen. Doch ich fange mich schnell wieder.

138

»Kai! Was soll das?!«, schreie ich ihm nach. Tausend Fragezeichen schwirren in meinem Kopf. Ich höre mein Herzklopfen mittlerweile in meinen Ohren pochen.

Doch seine kühle Art hat mir den Wind aus den Segeln genommen und aus Verzweiflung wird Wut. Rasende Wut.

»Ja, geh ruhig! Ich renn dir bestimmt nicht nach!«

Er geht weiter und dreht sich nicht um. Fast will ich aufstampfen wie ein Kleinkind. Das gibt's ja nicht!

»Du ignorantes Arschloch! Ich hasse dich!«

Er bleibt stehen und dreht sich um. Es sind bestimmt schon zehn Meter zwischen uns.

»Weißt du was?«, höre ich ihn sagen. »Und du bist mir einfach egal.«

Während er davongeht, spüre ich, wie meine Beine schwach werden. Schluchzer durchrütteln mich, ohne dass ich es will. Wütend trete ich gegen die Bank, Tränen verschleiern meine Sicht und ich sehe nicht, ob jemand an mir vorbeigeht und meinen Anfall mitbekommt.

Schlussendlich vergrabe ich mein Gesicht in meinen Händen und lasse mich auf der Bank nieder, versuche vergebens, diesen tiefen nagenden Schmerz in meiner Brust loszuwerden. Es tut so weh. Nichts tut so weh wie seine Worte. Wenn er mich doch wenigstens hassen könnte. Aber wie kann er nur sagen, dass ich ihm egal bin? Was meinte er mit seinen Anspielungen? Das passt alles nicht zusammen. Ich habe ihm nie etwas getan!

***

»Er ist so ein Arsch.«

»Ich kann mir sein Verhalten auch nicht erklären. Was ist schon dabei, darüber zu reden?«, meint Emma und nippt an ihrem Latte Macchiato. Draußen haben sich dunkle Wolken vor die Sonne geschoben und es sieht so aus, als hätte sich das schöne Wetter für den restlichen Freitagnachmittag verabschiedet.

Viola hat ihr Kinn auf den Händen abgestützt und sieht aus dem Fenster des Cafés. Sonst stört es mich nicht, dass sie so verträumt ist, aber jetzt gerade nervt es mich.

»Kannst du nicht irgendeinen Zwillingstrick anwenden und nachsehen, was sein Problem ist?«, frage ich sie.

Viola zuckt zusammen und fährt sich durch ihr schwarzes Haar.

»Sie könnte versuchen, mit ihm zu reden«, schlägt Emma vor.

Doch sie schüttelt den Kopf. »Wie sich das anhört, triggert ihn da irgendwas. Er will offensichtlich nicht daran erinnert werden oder darüber reden. Ich kann da auch nichts machen, da blockt er vollkommen ab.«

»Aber du könntest ihm sagen, dass ich nichts gemacht habe«, versuche ich es weiter.

»Er glaubt dir nicht, so wie sich das anhört«, murmelt Viola und schlürft an ihrem Eiskaffee. Dann senkt sie ihre Stimme. »Nimm's ihm bitte nicht übel, aber er … er hat manchmal gewisse Vertrauensprobleme.«

»Großartig«, fluche ich. »Das heißt, es ist hoffnungslos.«

Viola schüttelt den Kopf leicht. »Nein, das nicht. Ich spür ja auch, dass da etwas ist zwischen euch. Und er mag dich ja irgendwie … aber da ist etwas, das zuerst geklärt werden muss. Gib ihm einfach Zeit und sprich ihn nicht weiter darauf an. Irgendwann wird er bereit sein, darüber zu reden. Vertrau mir.«

Ich seufze leise und muss wieder an Lana denken. »Ich weiß nicht, ob ich die Zeit dazu habe.«

140

Wie soll das alles denn gut gehen? In mir herrscht ein völliges Gefühlschaos. Und überhaupt - was will ich denn genau? Meine Probleme scheinen sich wie Dominosteine vor mir aufzureihen. Wäre eines gelöst, wird automatisch ein anderes ausgelöst und so weiter.

Die Verzweiflung knotet mir die Kehle zu ...

Nachdem wir uns getrennt haben, mache ich noch einen Abstecher ins Drogeriegeschäft, um mir einen neuen Lockenschaum zu besorgen. Als ich gerade die Reihen abgehe, um die Haarpflegeabteilung zu finden, treffe ich auf ein bekanntes Gesicht. Kinnlange Locken, markantes Gesicht und obwohl ich bestimmt zwei Meter weit wegstehe, rieche ich den bekannten abgestandenen Zigarettengeruch.

»Hey, Noah«, sage ich. Dieser dreht sich zu mir um und hebt den Kopf als Begrüßung. Als ich sehe, vor welchem Regal er steht, steigt mir Hitze in den Kopf.

Er bemerkt offenbar meine roten Wangen und fängt an zu grinsen. »Morgen is' die Party. Man muss für alles gerüstet sein.«

»Ja, äh, sehr vernünftig«, lache ich und greife mir in den Nacken, will weitergehen. Doch da kommt mir ein Gedanke, und ich bleibe doch stehen. »Kann ich dich was fragen?«

Noah greift nach der *Durex*-Packung und nickt abwesend. »Geht's um Kondome?«

»Nein!«, entkommt es mir peinlich berührt und ich verschränke die Arme. »Um Kai.«

Noah hebt interessiert die Brauen und wendet sich mir ganz zu. »Um Kai?«

Ich weiß nicht, warum ich nicht schon früher darauf gekommen bin, einen seiner Freunde zu fragen. Bei irgendwem muss er seine Gedanken ja loswerden, wenn nicht bei seiner

141

Schwester. Aber ich denke, vor ein paar Tagen hätte mir auch definitiv der Mut dazu gefehlt. Ich bin weder mit Noah noch mit Elias gut befreundet. Und wahrscheinlich würde ich mich auch etwas wohler fühlen, mit dem schüchternen Elias zu reden als mit Noah – aber das hat sich bisher nicht so ergeben.

»Du weißt nicht zufällig, was er in letzter Zeit für ein Problem mit mir hat?«

Noah runzelt die Stirn. »Disst ihr euch nicht gegenseitig?«

Ich seufze. »Ja, schon. Aber er hat damit angefangen.«

Er nickt. »Okay, is' mir gar nicht aufgefallen.«

Gut, das bringt, glaube ich, nichts. Ich schüttle den Kopf und will mich umdrehen.

»Seit Neujahr, stimmt's?«

Ich bleibe stehen und nicke schnell.

»Ich weiß nur, dass er in den Weihnachtsferien nie Zeit hatte, wenn Elias oder ich etwas mit ihm machen wollten. Er hat nicht mal Fortnite oder Call of Duty mit uns gezockt.«

Ich verziehe das Gesicht und erinnere mich an Violas Worte vor gut einer Woche. *Er hatte zu Weihnachten ein ziemliches Down.*

»Aber zu euch ist er ja ganz normal, oder nicht?«, frage ich und Noah nickt.

»Außer, dass er danach für etwa zwei Monate jede Woche diese Therapiestunden hatte.«

Jegliche Farbe weicht aus meinem Gesicht. »Therapiestunden?«

»Oh, wusstest du das nicht? Die hatte er schon in Berlin. Du weißt schon, wegen-«, Noah unterbricht seinen Redefluss und räuspert sich. »Ich weiß gar nicht, ob ich das erzählen darf.«

Am liebsten hätte ich ihn gebeten, mir alles zu erzählen, was er weiß. Doch das wäre nicht fair und ich will Noah nicht in eine unangenehme Situation bringen. Außerdem hat Kai

142

bestimmt einen guten Grund, das Ganze nur mit seinen Freunden zu besprechen.

»Schon gut«, sage ich also und senke den Blick.

»Warum ist dir das eigentlich so wichtig?«, fragt Noah und grinst schief, als würde er etwas ahnen.

Ich fahre mir nervös durch die Locken. »W-Wir haben uns immer gut verstanden. Ich finde es nur schade.«

Noah nickt und grinst immer noch ein bisschen. »Ich sag' dir Bescheid, wenn ich etwas weiß.«

»Das wäre nett«, murmle ich und grinse verlegen.

KAPITEL 14

Nur Flaschendrehen

Da Emma den Vorschlag hatte, uns bei ihr für die Party fertigzumachen, fahren mich meine Eltern am Nachmittag zu ihr. Ihre Mutter wird uns wiederum von Freddys "Treffen" (wie Emma ihren Eltern erzählt hat) um Mitternacht abholen und mich und Viola heimfahren.

»Trink nicht zu viel und benimm dich«, sagt meine Mutter, während Papa etwas von »Und passt aufeinander auf«, murmelt. Meine Mutter verdreht daraufhin die Augen. »Sie sind ja nicht bei irgendwem, Paul. Freddy wird sich schon um sie kümmern.«

Ja, klar. Hundertprozentig sogar.

Ich sage nichts dazu.

Bei Emma angelangt, übernehme ich das Haarstyling von uns und Emma das Make-up. Viola nehmen wir uns daher gleichzeitig vor und haben unseren Spaß daran, die sonst so graue Maus aufzubrezeln. Emma nimmt sich wirklich zurück beim Make-up, aber da Viola sich sonst nie schminkt, erkennt man trotzdem einen gewaltigen Unterschied.

»Du bist so hübsch«, haucht Emma, während Viola wieder ihre Brille aufsetzt. Zuerst sieht sie sich im Spiegel erschrocken an, doch dann hüpfen ihre Mundwinkel nach oben. »Ja, das sieht gar nicht so schlecht aus.«

»Nicht schlecht? Du siehst aus wie eine Prinzessin!«, quietscht Emma stolz.

144

Ich drehe Violas sonst etwas buschiges Haar zu großen Locken und auch mit meinem Werk ist sie zufrieden.

Emmas silbriges Haar bearbeite ich auf ihren Wunsch hin zu leichten Wellen und flechte ihr zwei Strähnen nach hinten, was ihr wirklich gut steht. Ich selbst überlege zuerst, bei meinem üblichen Lockenlook zu bleiben.

»Hey, mach du auch was anderes«, sagt Emma und überredet mich schließlich, sie zu glätten. Ich denke zuerst, es würde blöd aussehen, aber es stellt sich heraus, dass ich mich geirrt habe. Da ich so viele Haare habe, sieht es trotz der Glättung voll und voluminös aus. Sie sind natürlich auch länger und gehen mir kurz bis unter die Schultern.

»Wow, echt heiß«, sagt Viola und ich nehme das als Anlass und mache den Rachel-Move und werfe mein Haar zurück, klimpere mit meinen Wimpern.

Die beiden krümmen sich vor Lachen.

Klamottenmäßig unterscheiden wir uns ziemlich. Viola trägt schlichte Jeans und ein helles Shirt – was Emma schließlich mit einer blauen Kette etwas aufhübscht, damit es nicht ganz so langweilig aussieht.

Emma trägt ein hochgeschlossenes Kleid mit langen Ärmeln und einigen Glitzerdetails. Ihre hellen Haare sehen an dem dunkelgrauen Stoff unglaublich gut aus.

Ich hingegen trage ein schwarzes Top mit einem transparenten langärmligen Oberteil, das ebenfalls glitzert, aber nicht auf die verspielt-süße Art wie Emmas Kleid.

Elias' Haus ist gleich neben der Arztpraxis seines Vaters und daher nicht weit vom Stadtkern entfernt. Es hat viele Holzapplikationen und ist ziemlich groß für ein Einfamilienhaus. Als uns Emmas Mutter absetzt, klopft mein Herz wie wild und ich habe Probleme beim Atmen. Gleichzeitig fühle ich eine angenehme Aufregung und wenn ich an Kai denke, kitzeln mich tausende Schmetterlinge im Bauch. Emma sieht aus, als würde sie vor Aufregung gleich umkippen, während Viola ihre langen Haare wie einen Vorhang vor ihr Gesicht fallen lässt und unsicher auf ihre Füße starrt. Ich nehme sie an einem Arm und Emma am anderen. Viola atmet tief durch und lächelt.

Elias öffnet uns die Tür und fängt sofort an zu stottern, während er die ganze Zeit versucht, nicht zu auffällig zu Emma zu glotzen. Ich muss ein Kichern unterdrücken. Mal sehen, ob sie heute von selber draufkommt, dass er sich wohl in sie verguckt hat.

Auch das Innere seines Hauses ist mit vielen Holzstaffelungen an der Wand und mit Holzbalken versehen. Wir durchqueren den weitläufigen Flur und gehen die Treppen nach unten. Dort höre ich bereits laute Musik.

Elias führt uns in einen großen Partykeller. Ein weitläufiger Tisch steht in der einen Ecke, in der anderen ein Ecksofa mit Wohnzimmerstühlen und Tisch. Auf der einen Wand hängt eine Dartscheibe und er hat sogar einen Billardtisch, der neben der Bar steht.

»Woah, nicht schlecht«, murmle ich, was aber durch die laute Musik niemand hören kann. Der Raum ist schon gut besucht, am Tisch sitzen Rachel, Lana, Noah und Cem, die Karten spielen. Hinter der Bar toben sich Yua und Finn aus und auf dem Sofa sitzen Emily und Tiana und diskutieren über irgendetwas.

»Wie viele kommen denn noch?«, fragt Emma Elias und beugt sich zu ihm, woraufhin der einen knallroten Kopf bekommt. Ich stupse Viola an, die das ebenfalls mitbekommen hat und wir grinsen uns wissend an.

»K-Kai fehlt noch, sonst sind alle da, die zugesagt haben«, stottert Elias.

146

Ich hole tief Luft und fahre mir durch die ungewohnt glatte Haarmähne. Cool bleiben, Phina. Ganz cool bleiben.

Wir setzen uns zu Emily und Tiana, nachdem wir unsere mitgebrachten Getränke und Snacks an die Bar gestellt haben. Emily hat ihr rotes Haar zu einem lässigen Seitenzopf gebunden und ihre Sommersprossen überschminkt. Tiana hingegen trägt einen mutige Leopardenbody, welcher sehr gut zu ihrem dunklen Hauttyp passt.

»Ich dachte, wir spielen nachher eine Runde *Wahrheit oder Pflicht*. Also, wenn alle da sind«, sagt Emily.

Viola verzieht das Gesicht. Emma hingegen nickt aufgeregt und schielt kurz zu Noah rüber. Ach, Emma …

Ich zucke mit den Schultern. Das habe ich schon ewig nicht mehr gespielt. Aber jetzt, da wir älter sind, könnte es doch ganz interessant werden.

Ein schriller Glockenton übertönt die Musik und Elias rennt zur Treppe. Das muss wohl Kai sein.

Während ich mit nervösem Magen warte, stellen uns Yua und Finn Getränke hin.

»Ist noch kein Alkohol drinnen«, sagt Yua zu Emma. Yua kann man vertrauen. Sie ist ziemlich vernünftig.

Es schmeckt fast wie Orangensaft, nur etwas säuerlicher. Emily und Tiana haben dasselbe bei sich stehen.

Als Elias schließlich mit Kai im Schlepptau ankommt, passiert natürlich wieder das Unvermeidbare. Ich verschlucke mich. Mann. Warum kann ich mich nicht mal normal verhalten?

Kai trägt wieder seine Lederjacke, seine Haare sind gestylt und er hat seinen sexy ernsten Blick aufgesetzt, während er mit Elias redet. Er lässt den Blick schließlich durch den Raum gleiten und bleibt bei mir hängen. Mein Herz setzt aus. Wir sehen uns an.

Eins.

Zwei.

Drei.

»Wer ist das?«, fragt Kai schließlich und runzelt die Stirn.

Wow. Das fühlt sich an wie ein Tritt in den Magen.

Ich spüre, wie meine angespannten Gesichtszüge locker werden und ich ihn mit meinem »Ist-das-dein-Ernst«-Blick anstarre.

Ihm scheint ein Licht aufzugehen, bevor Elias ihm antworten kann, der selber sehr perplex über seine Frage ist.

Kai durchquert den Raum, kommt auf uns zu und beugt sich zu mir.

»Phina?«, fragt er ungläubig.

»Kai?«, äffe ich ihn nach. Das gibt's ja nicht. Will er mich verarschen?

»Was ist mit deinen Haaren los?« Gibt's noch eine blödere Frage?

»Da gibt es so ein Ding«, rufe ich, um die laute Musik zu übertönen, spreche provozierend langsam, als würde er es sonst nicht verstehen und zeichne mit meinen Fingern in der Luft ein längliches Rechteck. »Das nennt sich Glätteisen.«

Er lacht kurz auf und ich merke ihm an, dass er mit sich kämpft. Ihm ist es zuwider, dass er lachen muss. Ha.

»Das sieht echt scheiße aus, Silva«, sagt er, bevor er sich umdreht, um zu Lanas Tisch zu spazieren.

»Ist mir doch egal, was dir gefällt! Du siehst scheiße aus, verdammt!«, überkommt es mich und vor lauter Wut springe ich auf. Emma und Viola zerren mich wieder nach unten.

»Das ist seine Art zu zeigen, dass du sexy aussieht«, lacht Emma in mein Ohr. Ich sehe sie ungläubig an.

»Wie er dich einfach am Anfang angeschmachtet hat, oh Mann. Er hat das jetzt nur überspielt, damit er nicht blöd dasteht«, sagt Viola wiederum und kichert.

Ich kann nicht glauben, was die beiden sagen und sehe stattdessen zu Lana, die Kai umarmt. Sie trägt ein kurzes Kleid mit langen Stiefeln und sieht echt heiß aus.

Die Musik wird plötzlich leiser.

»Leute, zu Emilys Vorschlag: Wer will denn jetzt bei Wahrheit oder Pflicht mitmachen?«, ruft Elias.

Lana und Rachel heben sofort die Hand und auch Emma neben mir hebt sie schüchtern. Die Jungs sehen alle nicht sehr begeistert aus. Noah und Kai werden schließlich von Lana und Rachel gezwungen und ich wiederum von Emma. Elias sagt ebenfalls zu. Alle, die mitspielen wollen, setzen sich zu uns ans Sofa. Cem und Finn starten daraufhin eine Runde Billard, während Viola sich zu den übriggebliebenen Mädels an den Tisch gesellt und sie ein Kartenspiel beginnen. Viola wirkt etwas angespannt, aber für sie wäre das Spiel die Hölle gewesen, wie sie mir kurz vorher noch ins Ohr geflüstert hat.

Ich spüre, dass die Konstellation hier nicht gut gehen kann. Lana ist hier. Kai ist hier. Und Rachel. Emma hingegen wirkt ganz glücklich damit und lächelt Noah an, der gerade eine leere Flasche auf den Tisch platziert.

»Die Regeln kennt jeder?«, fragt Noah und alle nicken.

»Ich würde sagen, der Älteste beginnt«, schlägt Rachel vor und sieht zu Noah, der schmunzelt.

Er entscheidet sich für Wahrheit.

»Peinlichster Moment deines Lebens?«, fragt Lana, die sich neben mich gesetzt hat. Sie trinkt bereits einen *Lillet*.

»Ähm …«, beginnt Noah und kratzt sich am Kopf. »Ich hab mal im Supermarkt die Hand einer völlig Fremden genommen, weil ich dachte, das wäre meine Mum. Da war ich zehn.«

149

Noah dreht die Flasche und sie zeigt auf Kai. Ich trinke einen Schluck und muss mich ablenken. Die Nervosität lässt mich beinahe hyperventilieren.

»Pflicht«, murmelt er und starrt auf die Flasche. Alle reden plötzlich durcheinander und man hört gar keinen Vorschlag. Kai verzieht ein paar Mal das Gesicht, als die Wörter ‚küssen‘ und ‚Toilette‘ fallen.

»Hey!«, schreit Noah schließlich und alle werden still. Emma seufzt neben mir leise auf. Ja, ja, die Alphatier-Nummer gefällt ihr natürlich.

»Kai, nenne fünf Dinge, die du an Phina magst«, sagt er, lehnt sich lässig zurück und setzt sein schiefes Grinsen auf.

Kai lacht freudlos auf. »Mir fällt nicht mal eine Sache ein.« Autsch.

»Ach komm, das ist nicht schwer«, sagt Lana und verdreht die Augen.

Die anderen scheinen den Vorschlag ebenfalls gut zu finden. Doch Kai verschränkt die Arme, sieht zur Decke hoch und lässt sich nach hinten fallen. »Noah, du bist ein Idiot.«

»Jetzt stell dich nicht so an.«

»Fünf Dinge? Die fallen dir ja nicht mal bei mir ein«, zischt Kai in seine Richtung.

»Bei dir nicht, nein. Aber bei Phina würden mir einige einfallen.«

Oh wow. Da ist ja nett.

Emma hingegen beißt sich auf die Wange. Das hat ihr wohl nicht so gefallen. Ich zupfe an meinem Oberteil herum und lege meine Lippen wieder an den Strohhalm.

»Von mir aus«, seufzt Kai schließlich und richtet sich wieder hoch. Es ist still, die Musik ist nur noch halb so laut wie eben noch aufgedreht. Ich schlürfe weiter an meinem Glas. Wir sehen uns an. Das fiese blubbernde Geräusch ertönt, das einem

150

ankündigt, dass das Glas leer ist. Ich sauge weiter, weil ich zu nervös bin und nicht weiß, was ich sonst machen soll.

»Kannst du bitte aufhören, Nervensäge?«, murrt Kai.

»Nette Dinge«, ermahnt ihn Noah.

Ich höre auf und sehe zum Strohhalm, der jetzt eine dunkelrote Umrandung hat.

»Na schön«, ärgert sich Kai. »Du bist gut in Mathe.«

»Das ist ein Fakt, und keine ‚nette Sache‘, die man jemandem sagt«, kichert Emma.

»Gut, okay. Ich mag an dir ...«, presst er hervor und scheint nachzudenken, beißt sich auf die Lippen. »Dass du mir trotz allem in Mathe hilfst. Ich hatte in der Oberstufe noch nie 'ne 3 in Mathe im Zeugnis.«

Mein Herz erwärmt sich. Das Spiel könnte mir tatsächlich gefallen. Er bricht unseren Blickkontakt ab, als ich ihn dankend anlächele. Ihm scheint es weniger zu gefallen.

»Du ...«, sagt er und überlegt weiter. »Du bist manchmal ziemlich mutig. Und trotzdem nicht dumm dabei. Ich frage mich immer noch, wie du so viele Nachsitzstunden haben kannst und trotzdem einen guten Erfolg hast.«

»Ja, aber Französisch hätte es mir fast verdorben«, lache ich.

Kai grinst leicht. »Ja, in Französisch bist du echt eine Niete.«

»Merci beaucoup«, flöte ich mit absichtlich hörbar deutschem Akzent und bringe ein paar zum Lachen.

»Du hast, denke ich, denselben Humor wie ich«, kommt es wenig später von Kai. »Und ich mag deine ehrlich-direkte Art, die sonst niemand so recht leiden kann.«

»Ach ja?«, frage ich. »Scheint mir ja manchmal nicht so.«

Er zuckt mit den Schultern. »Kommt natürlich auf die Situation an und ob du mich gerade beleidigst. Aber grundsätzlich mag ich, wenn jemand ehrlich zeigt, was er von jemandem hält und man weiß, woran man ist.«

Ich nicke. Vermutlich liegt er dabei etwas daneben. Bei ihm bin ich kaum ehrlich mit meinen Gefühlen und er weiß nur teilweise, woran er bei mir ist.

Den Rest der Gruppe habe ich bereits ausgeblendet. Es ist, als würden nur er und ich hier sitzen. Ihm scheint es ähnlich zu gehen.

»Außerdem, wenn wir schon bei ehrlichen Meinungen sind: Ich finde es echt klasse, dass du immer die verteidigst, die du magst. Egal, was die Konsequenz daraus ist. Emma und meine Schwester können sich echt glücklich schätzen, dich als Freundin zu haben.«

Seine Worte berühren mich und ich muss den Blick abwenden, um nicht emotional zu werden.

»Oh, und ich finde …«

»Das waren schon fünf«, höre ich Lana neben mir. Sie hat sich nach hinten fallen lassen und die Beine überkreuzt am Tisch abgestützt, sieht abwesend an die Decke. So, als wäre sie etwas gelangweilt von der ganzen Sache. Oha. Ist sie eifersüchtig?

Ich werde aus dieser Blase geholt und spüre wieder die Anwesenheit aller anderen. Mir ist unglaublich heiß geworden. Wow. Ist das gerade wirklich passiert?

Kai hat ebenfalls Farbe im Gesicht und sieht etwas beschämt zur Seite.

Was war das gerade? Mann, ich weiß gar nicht mehr, was ich denken soll! Gibt es doch noch Hoffnung?

Er dreht die Flasche und sie zeigt auf Emma. Diese nimmt Pflicht und da Kai spontan nichts einfällt, schlägt Emily vor, sie müsse ein Getränk exen, das Finn ihr zubereitet. Mit Alkohol. Für Emma natürlich ein absolutes No-Go, aber sie tut es trotzdem, weil sie, denke ich, Noah beeindrucken will.

Die Flasche landet als Nächstes bei Rachel. Diese wählt Wahrheit und Emma fragt sie, mit wem sie das erste Mal rumgemacht hat. Ich sehe Emma überrascht von der Seite an. So kenne ich sie gar nicht.

»Mit Lucy aus der Nebenklasse«, sagt Rachel schnell und ich hebe überrascht die Augenbrauen, begegne ihrem Blick. »Ja, ich steh' auch auf Mädchen«, fährt sie mich an. Ich nicke und hebe abwehrend die Hände. »Ja, schon gut, ich wusste es nur nicht.«

Lana ist dran. Diese nimmt ebenfalls Pflicht.

»Du musst mit Kai rummachen«, ruft Rachel sofort, als wäre es ausgemacht. Ich fühle mich plötzlich, als stünde ich neben mir. Außerdem dreht sich alles und ich muss meine Hände in das Kissen neben mir krallen, um irgendeinen Halt zu haben.

Lana grinst und sagt mit ihrer hohen Stimme: »Okay.«

Gerade als sie aufstehen will, runzelt Kai die Stirn. »Sorry, aber da mach ich nicht mit.«

Lana setzt sich verdutzt und mit roten Wangen wieder. »Oh.«

Ich hingegen versuche, ein Grinsen zu unterdrücken. Ha. Er will sie nicht küssen. Vielleicht steht er echt nicht auf sie?

Oh Mann, ich muss mit meiner Schadenfreude aufpassen. Ich glaube ja nicht an viele Dinge, aber Karma ist ein Phänomen, das ich für durchaus realistisch halte.

»Sei nicht so ein Weichei«, sagt Emily und verdreht die Augen.

»Ich bin kein Weichei, aber ich mach doch nicht vor allen mit jemandem rum«, erklärt Kai. »Von mir aus geb' ich ihr n'Kuss.«

153

Oh. Karma ist schneller da als gedacht.

Lana spannt sich neben mir an und kämpft offenbar mit sich selbst, um keinen Freudenschrei auszustoßen.

Kai erhebt sich, umrundet den Tisch und beugt sich ohne Zögern zu Lana. Ich will wegsehen, kann aber nicht. Es ist kein langer Kuss, sondern nur ein sittlich gehaltener Schmatzer, wenn man so will. Trotzdem zerreißt mich der Anblick innerlich. Ich sehe weg und direkt in das Gesicht von Noah, der mir gegenüber sitzt. Er weiß, was ich fühle. Er weiß, dass ich in Kai verknallt bin.

Lana seufzt leise, als Kai wieder auf seinem Platz sitzt.

»Du musst die Flasche drehen«, lacht Rachel und reißt Lana in die Realität zurück. Sie dreht die Flasche und sie zeigt auf Elias. Dieser entscheidet sich sofort für Wahrheit und muss sagen, wen er für das heißeste Mädchen unserer Klasse hält. Während er mit hochrotem Kopf überlegt, beugt sich Lana zu mir.

»Kai küsst echt gut«, flüstert sie.

»War doch nur ein Küsschen«, murmle ich genervt.

Lana sieht mich irritiert an. Schnell versuche ich, meine Eifersucht zu überspielen, und lächle sie an. »Hey, willst du was trinken? Ich hol uns was von der Bar.« Ich muss schnell hier weg.

Lana lächelt. »Ja, gern.«

»Emma willst du auch was?«, frage ich. Emma schüttelt den Kopf. »Nur ein Wasser bitte.«

»E-Emma«, stottert Elias dann. Ich verkneife mir ein Grinsen. Emma sieht ihn stirnrunzelnd an. »Ja, Elias?«

Einige kichern und auch ich kann mir ein Lachen nicht verkneifen, auch wenn mir die Eifersucht über den Kuss dabei noch im Hals steckt.

154

»Emma, er musste sagen, wer das heißeste Mädel in der Klasse ist«, sage ich zu ihr, bevor ich zur Bar gehe. Sie realisiert die Situation und wird rot.

Während ich davon trotte, spielt sich die Kussszene mehrmals in meinem Kopf ab – und mit jedem Mal wird sie intensiver. Das hat ganz danach ausgesehen, als hätten sie das schonmal gemacht. Oder? Es war so … ohne Zögern. Kai war so entspannt dabei. Ich wette, sie haben sich schon vorher geküsst. Oder haben sie generell schon was am Laufen und wollen nur noch damit warten, es offiziell zu machen?

Die Schmetterlinge in meinem Bauch, die ich immer spüre, wenn ich an Kai denke, fühlen sich an, als wären sie kurz vor'm Verrecken. Mieses Gefühl.

Lana wirkte aufgeregt, aber auch ziemlich gefasst. Sie haben das so… perfekt gemacht. So wie einer dieser Filmküsse. Ich muss ein Seufzen unterdrücken. Wenn ich ehrlich bin, passen sie einfach toll zusammen. Warum will ich mich da überhaupt noch einmischen? Kai hat mir offensichtlich schon mehrmals gezeigt, dass er mich nicht leiden kann. Es ist doch armselig, da immer etwas hineinzuinterpretieren, wenn er mal was "Nettes" sagt. Oder mich auf diese gewisse Weise ansieht. Das hat bestimmt nichts zu bedeuten …

Ich sehe zu Viola, die meinen Blick kurz erwidert und dann unauffällig auf ihr Handy zeigt. Sie spielt gerade ein Kartenspiel mit den anderen Mädels.

Während ich hinter der Bar stehe und nach einer Flasche Hugo greife, nehme ich mein Handy in die Hand und lese Violas Nachricht.

Es ist nur ein Spiel. Das war kein echter Kuss.

Sagt sich so leicht. Trotzdem tut es verdammt nochmal weh. Ich schreibe nichts zurück und gehe mit zwei Gläsern Hugo und einem Glas Wasser zurück zum Tisch.

155

Gerade als ich mich setzen will, zeigt der Flaschenhals auf mich.

»Wahrheit oder Pflicht, Phina?«, fragt Rachel. Offenbar haben sie weitergespielt.

»Wahrheit«, sage ich. Auf Pflicht habe ich keine Lust.

»Bist du noch Jungfrau?«, kommt es von Rachel. Ich fühle mich zu leer, um mich über die Frage aufzuregen. Mein Blick kreuzt Rachels, die mich unschuldig anblickt. Ein kleines verschmitztes Lächeln legt sich auf ihre Lippen. Sie hat also mein Gespräch mit Freddy wirklich gehört. Scheiße nochmal.

Ich atme tief durch und leere das Glas mit einem Zug bis zur Hälfte. Dann sehe ich zu Kai, der mich gerade noch angeschaut hat. Schnell wendet er den Blick ab.

»Also?«, fragt Rachel weiter.

Ich werfe Rachel ein gespieltes Grinsen zu und stelle das Glas ab. »Nein.«

Sie tut überrascht, aber ich erkenne, dass das nur Show ist. »Was? Du bist keine Jungfrau mehr? Aber du hattest doch noch nie einen Freund?«

Ich schnaube leise auf und versuche, sie immer noch anzugrinsen. »Ja, süße Rachel, stimmt. Zufrieden?«

Sie lacht kurz auf und schüttelt dann den Kopf. »Schlampe«, höre ich sie murmeln.

Bevor ich etwas sagen kann, höre ich einen empörten Laut zu meiner Rechten. Nicht etwa von Emma, der scheint etwas schlecht zu sein von ihrem vorigen Getränk. Es kommt von Lana. Ihr sonst so fröhliches Gesicht hat sich verdunkelt und sie sieht Rachel böse an. Wow. Wusste gar nicht, dass sie sowas kann.

»Wie kannst du nur so etwas sagen, wenn du gar nicht die Hintergründe kennst?«, verteidigt mich Lana, bemüht sich aber, freundlich dabei zu klingen und die Fassung zu

156

bewahren. Doch ich merke ihr an, dass es sie viel Kraft kostet. Ja, die Selbstbeherrschung hätte ich auch gern.

Rachel wird blass und verstummt.

Ich sehe zu Lana und sie lächelt mich an.

»Danke«, murmle ich. Sie zwinkert mir nur zu.

Unauffällig luge ich zu Kai, will seine Reaktion sehen. Er ist allerdings über sein Handy gebeugt und scheint ganz darauf fixiert. Hat ihn wohl nicht interessiert. Warum auch?

Den Hugo so schnell zu leeren, war keine gute Idee. Der Alkohol fährt ein und ich spüre ein unangenehmes Kribbeln, das meine Beine hinab wandert. Schlimmer wird es, als ich dann auch noch ein Gläschen Wein zu meiner Lieferpizza trinke. Okay, das mit dem Alkohol lasse ich wohl lieber sein.

Um kurz vor halb zehn brechen wir auf. Meine Laune hat sich wieder etwas gehoben – oder das Glas Wein ist schuld.

Freddys Haus ist etwa zwanzig Minuten zu Fuß entfernt. Die Sonne ist bereits untergegangen und wir wandern daher im Finstern durch die Straßen von Sakura – was, muss ich sagen, ziemlich witzig ist. Wie ein Wandertag bei Nacht.

Die Straßenlaternen beleuchten die rosafarbenen Kirschblütenbäume, die neben dem Fluss *Leine* wachsen und sich über den Gehweg und die Straße erstrecken. Der Wind fegt einige Blüten herunter und sie verfangen sich in meinem Haar. Der Asphalt neben uns ist nass und in den Pfützen spiegelt sich der weiß-rosa Blütentraum.

»Wow, hier ist es so hübsch«, höre ich Lana sagen, die hinter mir geht. Kai schlendert neben ihr und mit der Zeit wird der Abstand zwischen ihnen und der restlichen Gruppe größer und größer.

Sie unterhalten sich und scherzen etwas miteinander. Ich drehe mich immer wieder um, versuche, es so gut wie möglich unauffällig zu halten, was aber gar nicht so einfach ist. Als ich mich das nächste Mal umdrehe, sieht mich Kai direkt an. Schnell wende ich mich ab. Das war auffällig …

»Eine Spionin darfst du mal nicht werden«, lacht eine raue Stimme neben mir. Noah.

»Ja, ich weiß«, murmle ich und stecke meine Hände in meine Jackentasche.

»Wie geht's dir?«, fragt er und sein Zigarettenqualm bläst mir ins Gesicht. Unter anderen Umständen hätte ich ihm gesagt, dass mich das stört. Aber jetzt passt es kaum. Nicht, wenn er so zuvorkommend ist.

Emma, die neben Viola hergeht, sieht plötzlich zu uns. Ich sehe kurz zu ihr rüber und begegne einem Blick, den ich sonst nicht kenne. Er macht mir Angst.

Ich schüttle den Kopf und wende mich Noah zu. »Frag nicht.«

»Hey, Kopf hoch. Wird schon«, sagt er und schließt sich wieder den anderen an. Das war so ziemlich die flachste Aufmunterung, die ich kenne, aber irgendwie hilft es. Besser, als die Sachen, die Emma und Viola vorher zu mir gesagt haben. Ich kann nicht erklären, warum. Aber ich kann tatsächlich wieder lächeln.

»Seid ihr jetzt beste Freunde, oder was soll das?«, zischt Emma und ich merke ihr an, dass sie schon zu viel Alkohol erwischt hat. Scheiße, was hat Finn ihr in das Glas getan?

»Mach keine Szene«, sage ich und rolle mit den Augen.

»Mich wundert das manchmal wenig, dass ich deine einzige Freundin bin.«

»Emma!«, unterbricht Viola sie und drängt sich zwischen uns.

Ich sage nichts zu Emmas Kommentar – irgendwie hat sie ja recht. Und ich will mit ihr nicht streiten.

158

»Meine Fresse, das ist ja 'ne Villa«, kommt es von Cem.

»Ist Freddy eigentlich gerade single?«, fragt Tiana und spielt mit ihren langen Strähnen.

»Hattest du nicht schon zweimal was mit ihm?«, lacht Finn und Tiana sieht ihn böse an.

Das Talisman-Haus gleicht einer Villa. Es ist groß, modern, hat einen weitläufigen Garten, der von einem Gärtner jede Woche gepflegt wird und einen Außenpool. Als ich noch jünger war, war ich oft hier. Es hat sich kaum etwas verändert.

KAPITEL 15

Nur eine Party

Es ist ein Wunder, dass unser Läuten überhaupt jemand hört, trotz der lauten Musik. Freddy hat auf jeden Fall Glück, dass sie in unmittelbarer Nähe keine Nachbarn haben. Die würden sich gewaltig über den Lärm beschweren.

Die Tür geht wenige Sekunden später auf und vor uns steht Freddys jüngere Version Alvin.

Ich stehe vorne und sehe seinen kleinen Bruder überrascht an. Er ist erst dreizehn oder vierzehn, soweit ich weiß.

»Hey, Leute, kommt rein«, sagt Alvin gut gelaunt mit einem Becher in der Hand.

Während die anderen reingehen, nehme ich mir Alvin kurz zur Seite.

»Sag mal, dein Bruder ist ja nicht sehr verantwortungsbewusst, oder?«, frage ich ihn und nehme seinen Becher, rieche daran. Ich tippe auf ein einfaches Bier. Gut, das ist jetzt nicht so schlimm.

»Jetzt tu doch nicht so, Phina. Lass mich ein bisschen Spaß haben«, sagt Alvin und nimmt mir den Becher wieder weg.

»Trink nicht zu viel«, rate ich ihm und schließe mich Viola und Emma an, die etwas hilflos in der Ecke stehen und auf mich warten. Die Musik dröhnt in meinen Ohren, alle Türen stehen offen und ich erkenne das Haus kaum wieder. Bunte Lichter erfüllen die Luft und man fühlt sich nicht wie auf einer Hausparty. Das hier könnte als Disco durchgehen. Außerdem

160

ist das Haus randvoll – keine Ahnung, wie viele Leute Freddy eingeladen hat. Sogar im ersten Stock tummeln sich Menschen. Die meisten erkenne ich von unserer Schule. Oh Mann. Der Typ ist echt verrückt.

Emma und ich nehmen Viola in die Mitte und kämpfen uns durch die Menschenmasse. Mittlerweile sind wir – denke ich zumindest – in der Küche angelangt. Dort entdecken wir Noah mit Yua und ein paar aus unserer Nebenklasse. Auf Emmas Drängen hin stellen wir uns zu ihnen und schenken uns Cola in Becher ein.

»Wollt ihr etwas Rum dazu?«, fragt Noah und will uns bereits etwas einschenken, doch ich winke schnell ab. Ich habe wirklich keine Lust, mich auf Freddys Party abfüllen zu lassen.

»Ein bisschen«, sagt Emma, stellt sich gleich neben ihn und nutzt die Gelegenheit, um ihn in ein Gespräch zu verwickeln. Ein bisschen Sorgen mache ich mir ja schon. Emma scheint ja nicht sehr viel zu vertragen. Aber wenn ich jetzt etwas zu ihr sage, wird sie das bloß falsch auffassen. Also halte ich meine Klappe.

Yua dreht sich daraufhin zu Viola und mir. Lana steht plötzlich auch bei uns, gefolgt von Rachel. Diese beugt sich kurz zu mir und murmelt eine undeutliche Entschuldigung. Ich sehe zu Lana, die mich fröhlich angrinst.

»Schon gut«, sage ich, obwohl ich es nicht so meine. Denn Rachel hat sich, denke ich, nur entschuldigt, weil Lana sie darum gebeten hat.

Plötzlich werde ich von hinten an den Hüften gepackt und herumgewirbelt. Stahlblaue Augen blitzen mir entgegen.

»Wo sind deine süßen Löckchen hin?«, sagt Freddy laut genug, um die Musik zu übertönen.

Ich rolle mit den Augen und schiebe seine Hände weg.

161

Er lässt sich nicht beirren und beugt sich zu mir. »Sieht ziemlich heiß aus«, raunt er mir ins Ohr. Mein Herz klopft wie wild gegen meine Brust. Sein aufdringliches Parfum, das ich einmal so gut fand, umgibt mich und ich fühle mich zurückversetzt in die Zeit von letztem Sommer. Sofort nehme ich Abstand zu ihm. Ich will das nicht mehr.

Er wirkt einen Augenblick enttäuscht. »Ich möchte gern mit dir reden.«

»Nein«, sage ich sogleich und will mich zurück zu meinem Platz an der Theke drehen, doch da schnappt er sich meine Hand und kommt mir wieder viel zu nahe. »Bitte, Phina. Nur reden.«

»Ich will aber nicht«, zische ich. Als ich allerdings in sein Gesicht sehe, werde ich weich. Er hat diesen unschuldigen Dackelblick aufgesetzt, den er sich wahrscheinlich von mir abgeguckt hat. Nur bei ihm sieht es irgendwie noch glaubwürdiger und besser aus.

»Verdammte Scheiße, ja von mir aus«, fluche ich. Ich flüstere Viola kurz ins Ohr, was ich vorhabe, und sie nickt. Bei Yua ist sie in guten Händen. Auf Emma ist gerade nicht so viel Verlass, wenn Noah bei ihr ist.

Ich lasse zu, dass Freddy seine Hand auf meinen Rücken legt, mich aus der Masse führt und die Treppen hochsteigt. Schätzungsweise will er in sein Zimmer.

Die dröhnende Musik und der Lärm der ganzen Leute werden leiser, als wir sein Zimmer betreten und er die Tür schließt. Ich atme tief durch und erkenne viele Dinge hier wieder. Das Aquarium zum Beispiel. Und die Fußballposter an der Wand.

Sein Bett ist anders. Vor fünf Jahren hatte er noch sein schmales, mit hunderten kleinen Stickern vollgeklebtes Bett.

162

Das ist jetzt viel breiter und die kindliche Fußballbettwäsche wurde durch eine dunkle ausgetauscht.

Ich ignoriere das Bett und gehe zum Aquarium, das mich schon damals so fasziniert hat. Es hat so eine beruhigende Wirkung auf mich und auch jetzt fühle ich, wie mein Puls langsamer wird und sich die Aufregung legt. Ungefähr drei Mal habe ich mir zu Weihnachten ein Aquarium gewünscht, doch meine Eltern sind im Allgemeinen keine Fans von Haustieren.

Den lustigen Saugfisch, der die Scheibe immer putzt (mir ist der Name entfallen), hat mir schon immer am besten gefallen. Und auch diesmal kann ich mir ein Grinsen nicht verkneifen.

Freddy stellt sich direkt neben mich, und ich kann seinen Arm neben meinem fühlen. Es fühlt sich dummerweise gut an. Es ist so ein prickelndes Gefühl, fast ein bisschen wie ein sanfter Stromschlag. Und doch ganz anders als dieses warme Kribbeln, das ich sonst bei Kai spüre.

»Hast du denn schon eins?«, fragt Freddy leise.

»Nope«, sage ich und nehme etwas Abstand von ihm.

»Arme Phina«, lacht er und streicht mir eine Strähne hinters Ohr. Ein angenehmer Schauer rasselt über meinen Rücken und die Stelle, die er berührt hat. Ich drehe mich zu ihm und versuche, mich zu beherrschen. »Was willst du?«

»Ich will mit dir reden.«

»Dann rede«, sage ich und setze mich auf seinen Schreibtischstuhl, verschränke die Arme. Neben mir sehe ich einen dicken Schmöker liegen. Ich stöhne entnervt auf. »Echt jetzt? Du liest auch dieses *Stolz und Vorurteil*?«

Er lacht leise und zuckt mit den Schultern. »Ist ein gutes Buch.«

»Wenn du meinst.«

Freddys Blick geht zu Boden und er lässt sich am Bettrand nieder, spielt mit seinen Daumen. »Weißt du, das letzten

163

Sommer ... es hat mir etwas bedeutet. Du bist mir wichtig und ich hasse mich dafür, wie ich dich danach behandelt habe.«

Ich rolle nur mit den Augen. Freddy ist ein guter Lügner. Er will mich nur weichkochen, um mich nochmal ins Bett zu bekommen. Das sind seine Spielchen.

Ich schenke ihm mein sarkastisches Lächeln. »Mhm, Freddy, klar doch.«

Er sieht mich eindringlich an. »Ja, Phina. Das ist kein Scherz.«

Ein trockenes Lachen entkommt mir. »Bitte. Ich war nicht anders als die anderen Mädchen, die dir verfallen sind. Halt mich nicht für dumm.«

»Du bist nicht wie die anderen. Ich kenne dich, seit ich klein bin. Natürlich warst du mir schon immer wichtig, Phina.«

Was ich an Freddy irrsinnig hasse, ist seine Überzeugungskraft. Dieser vertrauensvolle Blick, die einlullenden Worte und die sanften Berührungen. Er weiß, wie er jemanden um den Finger wickeln kann.

Ich schüttle den Kopf, zwinge mich, den Blick abzuwenden. »Na und? Trotzdem hast du mich verletzt. Scheinbar habe ich dir doch nicht so viel bedeutet.«

Freddy gibt einen belustigten Laut von sich. »Wie ich letztens in der Schule schon gesagt habe, warst du diejenige, die es so weit kommen lassen hat. Ich hätte dich nie dazu gedrängt.«

»Dann hättest du nicht so provokant mit mir flirten dürfen. Oder es nicht zulassen ... oder danach zumindest mit mir reden! Aber du warst einfach zu feige – oder es hat dich nicht interessiert.« Ich spüre, wie ich emotional werde. Verdammt. Ich will nicht schwach wirken. Ich stehe auf und wandere durch das Zimmer. »Du warst der Erste, den ich ... ich bin mir so blöd vorgekommen.« Bei den letzten Worten kippt meine

164

Stimme gefährlich. Verdammt. Ich wollte ihm doch nicht sagen, dass ich noch Jungfrau war.

Ich nehme Abstand und versuche, mich zu beruhigen. Doch Freddy verringert ihn, indem er mir folgt.

»Ich war dein Erster?«, fragt er und klingt plötzlich ganz anders. Ehrlich mitfühlend. Überrascht. Und etwas ernst. »Mann, Phina, das hättest du mir sagen sollen.«

»Hätte es was geändert?«, schluchze ich. »Du hättest mich doch so oder so links liegen lassen.«

Er nimmt meinen Arm. »Es tut mir so leid.«

Das war ehrlich. Hundert Prozent. Mittlerweile erkenne ich den Unterschied.

Ich bringe kein Wort mehr raus und schüttle nur den Kopf. Dann legt er plötzlich seine Hand an meine Wange und kommt mir gefährlich nahe. Sein Daumen berührt meine Unterlippe und ab da weiß ich, dass ich keinen Rückzieher machen kann. Mein Körper ist wie erstarrt und mein Hirn wie mit Watte ausgestopft. Vielleicht, weil meine Gefühle gerade verrückt spielen – oder weil ich den Alkohol spüre.

»Ich werde es diesmal nicht vermasseln. Versprochen«, flüstert er und kurz darauf fühle ich, wie er mich küsst. Und ich ihn. Es ist, als könnte ich meinen Körper nicht mehr kontrollieren. Da küsse ich diesen Kerl, der mein Herz letzten Sommer in tausende kleine Stückchen gerissen hat und es... gefällt mir irgendwie.

Plötzlich weiß ich auch, wieso. Es ist, als würde mein Herz diese kleine Liebesbekundung brauchen, um zu sehen, dass ich es wert bin, geliebt zu werden – dass es da doch einen kleinen Funken Hoffnung gibt, dass jemand meine Gefühle auf irgendeine ähnliche Art erwidern könnte. Da mir der Gedanke so gefällt, stelle ich mir automatisch vor, ich würde Kai küssen. Mein Herz rast plötzlich schneller, mein Verstand schaltet sich ab und ich erwidere diesen wunderbaren Kuss. Bis ich seine Hände an meinem Hosenbund wiederfinde. Panik ergreift mich. Was mache ich hier?

»Warte, hör auf«, murmle ich zwischen zwei Küssen und will seine Hände wegschieben. »Ich will nicht.«

»Ach, komm, diesmal wird's dir gefallen«, raunt er in mein Ohr und lässt nicht von mir ab.

Plötzlich bin ich wieder ganz da und ich werde aus diesem benebelten Gefühl katapultiert. Ekel steigt in mir auf. Das hier ist Freddy. Und er versucht gerade, mich in dieses Bett zu bekommen, in dem schon dutzend andere Mädchen mit ihm geschlafen haben.

Ich trete ihm, ohne länger nachzudenken, mit dem Knie zwischen seine Beine. Und wie erwartet stöhnt er auf und krümmt sich.

»Verstehst du kein Nein?!«, schreie ich trotz meiner engen Kehle.

Freddy richtet sich hoch und sieht mich wütend an. »Du hast echt 'nen Knall.«

»Ach, echt?«, lache ich trocken. »Wenn ein Mädchen nicht mit dir schlafen will, hat sie automatisch einen Knall, oder wie?«

Freddy fährt sich durch sein Haar und sieht verärgert zur Seite.

»Ich bin dir ja so wichtig. Dir tut das alles so schrecklich leid«, äffe ich mit sarkastischem Unterton. »Dir liegt ein Scheiß an mir. Du willst mich nur vögeln!«

Freddy setzt sich auf sein Bett und ringt hilflos mit den Händen. »Sorry, ich bin auch nur ein Kerl. Und du siehst heute echt scharf aus.«

Ich kann mich nicht geschmeichelt fühlen – das ist die flachste Entschuldigung, die es gibt.

166

»Und natürlich liegt mir was an dir.«

»Lüge. Hör auf damit«, zische ich. »Ich bin dir doch egal. Dir geht's nur darum, dass du Jura studieren willst und dir meine Mutter durch ihre Kontakte alles versauen kann, wenn sie herausfindet, was für ein Arsch du bist. Deshalb wolltest du es *wiedergutmachen*.«

Er fährt sich über's Gesicht. »Ich wollte es wirklich wiedergutmachen. Nicht nur wegen des Studiums – ich hab dich echt gern und es tut mir wirklich leid, dass ich dich danach geghostet habe. Aber ich will nichts Festes, und das war einfach die beste Lösung für mich. Und ich wusste doch nicht, dass ich dein Erster war.«

»Man macht das mit keinem Mädchen! Du hast ja keine Ahnung, wie weh so etwas tut.«

»Ich weiß, ich war nicht gerade vorsichtig …«

»Ich meinte gefühlsmäßig, du Idiot!«, sage ich wütend, obwohl er recht hat. Mein erstes Mal ist nicht gerade etwas, woran ich gern zurückdenke.

Ich will das Zimmer verlassen, halte es hier nicht mehr aus.

»Nur ein guter Rat, bevor du gehst«, sagt Freddy, bevor ich mich zum Gehen wenden kann. »Der kleine Schwarzschopf, auf den du so stehst: Ich würde die Finger von ihm lassen.«

Überrascht blicke ich zu ihm. »Was weißt du schon von Kai?« Und woher weiß er, dass ich auf ihn stehe?

Freddy zuckt mit den Schultern und grinst leicht. »Die Leute reden. Außerdem will Miriam den Berliner Straßenköter bestimmt nicht im Haus haben, so wie ich sie kenne.«

Mein Herz macht einen Sprung. »H-Halt dich da raus. Das geht dich nichts an!«

Freddy hebt unschuldig die Hände. »Ich hab dich nur gewarnt, Phina.«

167

Draußen mische ich mich unter die Menge, bin verwirrt und habe etwas Angst. Was weiß Freddy über Kai? Warum sagt er sowas? Und woher will er bitte wissen, dass ich etwas für ihn empfinde? Möglicherweise hat er am Montag in der Sportstunde etwas mitbekommen. Oder hat jemand geplaudert? Aber mit Emma und Viola hat er doch keinen Kontakt! Ich flüchte ins nächste Badezimmer und bin froh, dass es unbesetzt ist. Mein Spiegelbild sieht erschreckend mitgenommen aus. Ich bin blass, selbst meine Lippen, die ich eigentlich mit einem roten Lippenstift bemalt habe. Um mir diesbezüglich wieder etwas Farbe zu verleihen, hole ich den Lippenstift hervor und streiche mir meine Lippen rot. Ich mag die Farbe. Es ist kein knallig auffallendes Rot, aber auch nicht zu dunkel für meinen Hauttyp. Aber er war billig und hält demnach nichts stand.

Außerdem will ich Freddys Kuss wegmalen. Verdammt. Warum hab ich das zugelassen? Ich muss mich zusammenreißen, um in meiner unmittelbaren Umgebung nichts kaputtzumachen. Stattdessen kralle ich mich an den Waschbeckenrand und atme langsam ein und aus. Immerhin habe ich ihm in die Eier getreten. Das wollte ich schon immer mal tun.

Als ich fertig bin, warten schon drei Leute vor dem Bad. Ich entferne mich schnellen Schrittes und halte gleichzeitig nach meinen Freunden Ausschau, insbesondere nach Emma. Irgendwie habe ich das Gefühl, dass sie nicht ganz so vernünftig bleiben wird wie sonst immer.

Ich erblicke Noah auf der Wohnzimmercouch, der eine Vape raucht. Neben ihm sitzt eine Zehntklässlerin mit einem viel zu kurzen Kleid und flirtet offensichtlich mit ihm, was Noah aber nur mit einem kurzen gelangweilten Seitenblick

168

quittiert und ein paar Mal abwesend nickt, während sie weiter plappert.

Da ich sonst nicht weiß, wohin ich soll, bleibe ich stehen und hebe die Hand zu einer Begrüßung. Als Noah mich bemerkt, richtet er sich auf und rückt zur Seite, macht mir wie selbstverständlich Platz. Das Mädchen mit dem kurzen Kleid runzelt beleidigt die Stirn und wird etwas zur Seite geschoben. Eine süße Rauchwolke umgibt mich, als ich mich setze, welche etwas nach grünem Apfel riecht.

»Du siehst n'bisschen mitgenommen aus«, sagt Noah und hält mir die Vape hin. Eigentlich hätte ich sie ablehnen sollen, immerhin sind die Dinger erst ab achtzehn und können schwer abhängig machen. Aber trotz meiner guten Vorsätze greife ich nach dem schmalen Gerät und ziehe einmal an, nur um danach kräftig zu husten.

Noah lacht neben mir. »Kleines, inhalier's nicht gleich am Anfang. Paffen ist auch okay.«

Ich probiere es nochmal und puste schließlich eine weiße und süß schmeckende Wolke aus.

»Wo sind denn die anderen?«, frage ich und Noah zuckt mit den Schultern. Die Zehntklässlerin hat sich zwischenzeitlich verzogen und steht jetzt bei Cem, der mit zwei anderen Mädchen plaudert. »Wenn du Emma und Viola suchst, die hab' ich nicht gesehen.«

»Und Kai?«, frage ich leise, doch Noah versteht mich trotz der Musik. Und er schweigt.

Ich verstehe die stumme Antwort und sauge nochmal kräftig an der Vape. »Mit Lana?«

Noah nickt leicht. »Hab sie vor ein paar Minuten die Treppen hochgehen sehen.«

Meine Kehle schnürt sich zu. Wer weiß, was die beiden gerade treiben.

»Sorry, Kleines.«

Diese letzten Worte sind noch einmal wie ein Tritt in den Magen. Meine Sicht verschwimmt und mein Herz tut weh. Schnell stehe ich auf, schmeiße Noahs Vape auf seinen Schoß und gehe. Mir dreht sich der Magen um und ab liebsten wäre ich auf die Toilette geflüchtet und hätte dieses fiese Gefühl ausgekotzt. Doch meine Beine tragen mich automatisch nach draußen auf die Terrasse. Als ich die Balkontür schließe, ist es plötzlich ganz still. Man hört zwar noch die Musik gedämpft und auch der plätschernde Regen ist nicht gerade leise, aber ich fühle, wie mein Körper langsam herunterfährt.

Ich setze mich auf die überdachte Terrassencouch und beobachte das leuchtende Poolwasser, das mich irgendwie an das Aquarium erinnert. Ich atme tief durch, versuche, den dicken Knoten in meiner Kehle herunterzuschlucken. Doch dadurch quillen nur Tränen hervor. Tränen, die ich nicht zurückhalten muss, weil niemand hier ist. Ich bin allein. Ich kann weinen.

Doch wenn man allein ist, muss man sich selbst trösten. Und das funktioniert meistens nicht so gut. Man ertrinkt in Selbstmitleid und der Schmerz wird nur langsam besser.

So geht es mir auch jetzt. Ich lasse die Tränen fließen und kann nicht mehr aufhören. Meine Gedanken werden immer schlechter und düsterer. Ich verirre mich in ihnen und bin plötzlich todtraurig.

KAPITEL 16

Nur unsere Gefühle

Ein Geräusch neben mir lässt mich hochfahren. Keine Ahnung wie lange ich hier schon sitze, vermutlich zehn Minuten.

Ich traue meinen Augen nicht, als ich sehe, wer sich da neben mir niedergelassen hat.

Er hält mir ein Taschentuch entgegen, das ich völlig perplex annehme und ohne Scham reinschnäuze.

»Was tust du denn hier?«, frage ich, als ich fertig bin.

Kai zeigt auf sein Handy. »Hab 'ne Benachrichtigung von *Clash of Clans* bekommen und ein ruhiges Plätzchen gesucht.«

Ich pruste los. Dieser Kerl ist ja wirklich unverbesserlich. Zockt *Clash of Clans* auf einer Hausparty.

Kai muss mich nun als völlig verrückt abstempeln. Zuerst heule ich wie ein Gartenschlauch und jetzt kann ich nicht mehr aufhören zu lachen.

»Na ja, wenigstens heulst du jetzt nicht mehr.«

»Ja«, lache ich und kriege mich langsam wieder ein.

»Danke für's Taschentuch.« Ich stecke das benützte Taschentuch in meine Hosentasche und wollte ihm damit eigentlich vermitteln, dass er wieder gehen kann.

Er scheint mit sich selbst zu hadern, steckt das Handy aber dann ein und wippt auf seinem Platz nervös hin und her. Er bleibt. Warum bleibt er? Ich bin ihm doch egal …

»Die Party ist irgendwie lahm.«

171

Ich schüttle grinsend den Kopf. »Den anderen scheint es Spaß zu machen«, sage ich und deute in die beleuchtete Stube, in der es ähnlich zugeht wie in einer vollen Disco. Ich war bisher nie in einer, obwohl in vielen der Einlass ab 16 wäre.

»Die sind ja auch alle betrunken«, murmelt er.

»Dann solltest du es ihnen gleichtun«, schlage ich vor.

Es ist einen Moment still. »Ich trinke nicht.«

Ich sehe irritiert auf. »Was? Warum?«

Er sagt nichts dazu. Und ich weiß plötzlich warum, zumindest kann ich es mir denken. Also scheint an dem Gerücht, sein Vater habe ein Alkoholproblem, etwas dran zu sein. Ich frage nicht weiter und schäme mich plötzlich, ihn gefragt zu haben.

Dann räuspert sich Kai und scheint nach Worten zu suchen. »Hast du Liebeskummer?«

Ich zucke zusammen, als hätte mich ein Blitzschlag getroffen. Dann wird mein Kopf heiß und ich sehe ihn entsetzt an. Entsetzt und ertappt.

Ich schüttle den Kopf wütend und verziehe das Gesicht. Will er mir jetzt unter die Nase reiben, dass er gerade mit Lana rumgemacht hat? Das ist ja das Höchste. Wahrscheinlich hat ihm Noah erzählt, dass ich auf ihn stehe. Hat er jetzt Mitleid mit mir, oder was?

»Sorry, dass ich frage, wollte nur nett sein«, murmelt er und sieht etwas beleidigt aus.

»Kannst du dir sparen«, gifte ich ihn an. Das Letzte, was ich brauche, ist Mitleid.

Er wirkt perplex und lacht trocken. »Wow. Der Kerl hat dir wohl das Hirn rausgevögelt.«

Wie bitte? Was hat er gerade gesagt?

»Welcher Kerl?«, frage ich irritiert.

»Na, Blondie. Als er dich in sein Zimmer gezerrt hat, konnte man sich ja denken, was jetzt abgeht.«

172

Rasend vor Wut stehe ich auf und sehe Kai mit dem giftigsten Blick an, den ich besitze. Ich will nicht, dass er das weiß. Verdammt, warum hat er das mitbekommen? »Gar nichts ist abgegangen, du Arschloch!«, knurre ich deshalb.

Auch Kai steht auf und spannt seinen Körper an. »Hört sich für mich schon so an. Würde erklären, warum du jetzt hier sitzt und heulst, wie die anderen Schlampen, die er schon im Bett hatte.«

Schlampe?! Das bin ich also in seinen Augen?

Gleichzeitig realisiere ich, dass er mit dem Liebeskummer gar nicht sich selbst und Lana, sondern Freddy gemeint hat. Doch ich bin bereits zu wütend, um das Missverständnis aufzuklären.

»Scher dich doch einfach zu deiner Lana und lass mich in Ruhe!«

Kai sieht mich irritiert an. »Was soll denn das jetzt?«

»Du weißt genau, was ich meine!«, kommt es viel zu laut und hysterisch von mir. Aber das ist mir egal. »Wie kann man nur so dämlich sein und nicht sehen, was mit mir los ist?« Die Worte sprudeln nur so aus mir raus, ohne darüber nachzudenken. Das ist ziemlich gefährlich – doch ich kann mich nicht beherrschen.

»Erklär's mir doch!«, schreit er zurück und geht einen Schritt auf mich zu.

»DU!« Mehr bringe ich nicht raus. Meine Stimme ist am Versagen vom ganzen Schluchzen und das Atmen fällt mir auch schwer. »Du!«, sage ich erneut, diesmal deutlich leiser.

Kai hebt seine Augenbrauen und deutet auf sich. »Ich?«

Er steht direkt neben den Poollichtern, welche seine blauen Augen blitzen lassen. Er sieht nicht mehr wütend aus, sondern verwirrt. Und sein Anblick bereitet mir ein Gefühl, als würde

173

ich schweben. Gleichzeitig zerquetscht es mein Herz und ich kann kaum atmen, weil es so weh tut.

Kai bewegt sich noch mit einem kleinen Schritt auf mich zu und steht nun unmittelbar vor mir. Ich rieche ihn, ich spüre seine Wärme und obwohl ich ihn hassen sollte, kann ich nur daran denken, wie es wäre, ihn zu küssen.

»Du weinst wegen mir?«, fragt er kleinlaut und klingt, als täte ihm das unendlich leid.

»Kai, ich weine *immer* wegen dir.« Ein Donner kracht hinter mir und der Regen wird noch lauter und aggressiver.

»Ich verstehe nicht«, murmelt er und ich höre ihn nur, weil er so nahe bei mir steht.

Erneut packt mich die Wut. Argh! Wie kann man nur so dämlich und blind sein? Warum versteht er es einfach nicht? Am liebsten… am liebsten würde ich…

Meine Gedanken überschlagen sich und schlussendlich passiert das Gleiche wie vor zwei Wochen, als ich ihn geohrfeigt habe. Mein Körper tut etwas, ohne es mit meinem Kopf abzusprechen. Doch diesmal ist es keine flache Hand, die seine Wange trifft. Es sind meine Hände, die seinen Kragen packen und meine Lippen, die sich auf seine drücken.

Ich höre auf zu atmen und höre auf zu denken. Da stehe ich und spüre Kais erstarrten Mund auf meinem. Ich kann mich nicht bewegen und ihm scheint es ähnlich zu gehen.

Doch plötzlich, nach einer gefühlten Ewigkeit, entspannt er sich und erwidert vorsichtig meinen Kuss. Mein Herz macht einen Dreifachsalto und setzt aus, wiederholt das Spiel und klopft mir anschließend bis zur Kehle.

Er schlingt seine Arme um mich und zieht mich enger an sich. Ich lasse wiederum seinen Kragen los, entkrampfe meine Hände und vergrabe sie in seinem Haar.

174

Nichts auf der Welt kann man mit diesem berauschenden Gefühl vergleichen, das gerade durch meinen Körper zieht. Es ist fast wie Magie. Und deshalb will ich auch nicht, dass es endet. Doch meine Luft wird knapp und auch meine Knie sind mittlerweile zu Pudding geworden. Langsam löse ich mich von ihm und hole tief Luft. Auch er atmet schwer. Seine Wangen sind nass, aber ich schätze, das sind meine eigenen Tränen. Wir sehen uns lange an, sind immer noch eng umschlungen und nur wenige Zentimeter trennen unsere Gesichter. Ich spüre seinen Atem auf meiner Wange und schmecke immer noch seine Lippen auf meinen.

Langsam schaltet sich mein Hirn wieder ein und ich registriere, was gerade passiert ist. Ich hab Kai geküsst. Wir haben uns geküsst. Mein Kopf wird heiß.

»Ich versteh's immer noch nicht«, flüstert Kai.

Ich kann nicht anders, als leise aufzulachen.

»War ich nicht deutlich genug?«, flüstere ich zurück, entlocke ihm allerdings kein Lachen. Er sieht so verwirrt aus, dass es mir glatt leidtut.

»Warum ... warum dann diese Antwort?«, fragt er leise und unglaublich unsicher. Seine Stimme kippt dabei fast.

»Welche Antwort, Kai?«, frage ich und lasse ihn langsam los, fahre über seine Oberarme und nehme seine Hände.

Er hadert mit sich und sieht zu Boden. »Das gibt's ja nicht.« Ich lasse ihm Zeit, will ihn nicht drängen. Nach einem tiefen Atemzug sieht er mich schließlich an. »Auf meinen Brief.«

Langsam schüttle ich den Kopf. »Kai, was für ein Brief?«

Er lacht leise und etwas verzweifelt auf. »Ich hab ihn in deinen Spind geworfen. Du musst ihn doch gesehen haben. Und ... woher kam die Antwort, wenn nicht von dir? Es war deine Handschrift. Zumindest deiner Handschrift sehr ähnlich.«

Es hört sich nicht vorwurfsvoll an und doch bekomme ich Panik. Hunderte Fragen schwirren in meinem Kopf. Doch als er mich ansieht, und meine offensichtliche Verwirrung bemerkt, nimmt er mein Gesicht plötzlich in seine Hände. »Du hast wirklich nichts bekommen, oder?«

Ich schüttle den Kopf. »Was hast du mir denn geschrieben?«, frage ich, obwohl ich die Antwort bereits erahne.

Kai beißt sich auf die Lippen und lässt mein Gesicht los, sieht beschämt zur Seite. »Es ... es war ein ziemlich peinlicher Liebesbrief.«

Mein Herz wird weich und ich spüre Hitze in meinen Wangen. Wieder nehme ich seine Hände, die sich so unglaublich gut in meinen anfühlen.

»Auf den ich schließlich eine sehr patzige Antwort erhalten habe«, setzt er fort und mir vergeht das schöne Gefühl.

Bei dem Gedanken, jemand könnte das Ganze sabotiert haben, was sich ganz danach anhört, werde ich unglaublich wütend. »Wer zum Teufel hat dir da geantwortet?«

»Beruhig dich«, lacht Kai leise.

»Ich soll mich beruhigen? Verdammt, ich bin schon die ganze Zeit verrückt nach dir! Und du hast mir einen Liebesbrief geschrieben, den ich nie gelesen habe«, sage ich aufgeregt. »Wenn ich denjenigen erwische, der sich da eingemischt hat, ich schwöre, der kann ...« Kais Lippen unterbrechen mich. Sofort werde ich ruhig. Doch sie lösen sich schneller von mir, als ich will.

»Ich war dumm, dir nicht zu glauben. Oder nicht mit dir zu reden. Das hätte uns vieles erspart«, sagt Kai. »Aber ... na ja, es ist schwer zu erklären ...«

»Du warst verletzt«, stelle ich verständnisvoll fest.

»Nicht nur das. Es hat mich an was Vergangenes erinnert«, erklärt er leise. Er scheint kurz nach Worten zu suchen. Dann

176

schüttelt er kaum wahrnehmbar den Kopf, als würde er sich es anders überlegen. »Ich will mich nicht rausreden. Es war nicht richtig, wie ich dich behandelt habe. Ich hab mir eingeredet, dich zu hassen und das als Schutzschild benutzt, denke ich. Und es hat gut funktioniert – bis zu diesen Momenten, die mich daran erinnert haben, wir sehr ich dich mag.«

Reflexartig schlinge ich meine Arme um ihn, atme seinen persönlichen Duft ein, der sich mit diesem guten Zedernholzparfum vermischt und will ihn nie wieder loslassen. Er legt ebenfalls die Arme um mich und ich spüre einen kleinen Kuss auf meinem Haaransatz.

»Tut mir leid, Phina. Alles. Das ist richtig scheiße gelaufen.«

Ich schüttle den Kopf, kann einfach nicht glauben, was gerade passiert ist. Es fühlt sich an wie ein schöner Traum. Und deshalb kann ich nicht böse auf ihn sein, obwohl mir noch so viele Fragen im Kopf herumschwirren, auf die ich unbedingt eine Antwort brauche.

»Kannst du mir verzeihen?«

Ich löse mich von ihm und lächle ihn an. »Jetzt würde ich zu allem ja sagen.«

Er lacht und schüttelt den Kopf. »Wenn ich dich also frage, ob du mich nochmal küss-«

Ich lasse ihn nicht ausreden, berühre seine Wange und küsse ihn. Die Schmetterlinge in meinem Bauch fangen an zu tanzen. Und ich kann nicht aufhören zu grinsen.

Ich habe mittlerweile jegliches Zeitgefühl verloren, spüre nur innerliche Ruhe und Kais Lippen, die so unglaublich weich sind und perfekt auf meine passen.

»Äh, Leute?«

Fast zeitgleich schrecken wir auseinander. Da steht Elias und glotzt uns verdattert an.

»S-sorry, dass ich störe, aber Emma geht's nicht gut.«

Meine Gedanken ziehen sich wie Honig und ich realisiere Elias' Worte zuerst gar nicht. Doch als ich endlich schnalle, worum es geht, nicke ich rasch. Elias lotst uns ins Wohnzimmer.

So gern ich diesen Moment mit Kai jetzt fortgesetzt hätte – Emma ist wichtiger.

Die lauten Partygeräusche und die stickige Luft erinnern mich, wo ich eigentlich bin. Und wieder einmal wird mir auf einen Schlag bewusst, was gerade alles passiert ist. Ich kann es einfach nicht glauben.

Schnell schiebe ich meine Gedanken wieder zu Emma. Elias führt uns in den ersten Stock und in ein Badezimmer. Dort hockt Emma, weinend zusammengekauert, neben ihr sitzt Yua und streichelt ihr tröstend über den Rücken.

»Was ist denn?«, frage ich und gehe vor ihr auf die Knie. Es riecht streng nach Erbrochenem und ich ahne, was los ist.

»Phina«, heult Emma mit erstickter Stimme und fällt mir um den Hals. Ihr Haar ist zu einem schlampigen Zopf nach hinten gebunden. Ich drücke sie an mich.

»Ich wollte ihn küssen. Und dann hat er gesagt, dass er das nicht will, wenn ich so voll bin«, schluchzt Emma in mein Ohr. Ich muss genau hinhören, da sie die Worte etwas lallt.

»Das ist doch nett. Er will dich nicht ausnutzen«, flüstere ich, weil ich nicht will, dass die Jungs das hinter uns mitbekommen. Doch Emma scheint das egal zu sein. »Das war nur 'ne billige Ausrede.«

»Sollen wir euch allein lassen?«, fragt Kai hinter mir.

Ich nicke, ohne mich umzudrehen.

»Warte«, lallt Emma und lässt mich los, sieht hinter mich. »Ihr habt geknutscht?«

178

»W-Was?«, stottere ich überfordert und mit viel zu hoher Stimme. Yua neben mir beißt sich auf die Lippen und grinst leicht. Woher ...?

Ich drehe mich um und als ich sehe, wie sie darauf kommt, werde ich bestimmt knallrot.

Kais Mund ist völlig mit meinem billigen Lippenstift verschmiert. Hier im grellen Badezimmerlicht sieht man das viel zu gut.

Kai bemerkt meinen Blick und die Anspielung und geht zum Waschbeckenspiegel. Auch er bekommt daraufhin ordentlich Farbe und versucht, es abzuwaschen.

»Hab doch gesagt, dass da was laufen wird«, kichert Emma und fängt plötzlich an zu gähnen. »Ich will ins Bett.« Und schon lässt sie alles hängen und fängt auf meiner Schulter an zu schnarchen.

Panik überkommt mich. Emmas Eltern werden durchdrehen, wenn sie ihre Tochter so sehen.

Ich überlege fieberhaft. Bei mir kann sie nicht bleiben, ohne dass sie es erfahren. Mama würde ihre Mutter sofort anrufen.

»Wo ist Viola?«, frage ich in den Raum. Keiner sagt etwas. Scheiße. Ich hätte keine der beiden allein lassen sollen.

Echt eine tolle Freundin bin ich. Emma lasse ich volllaufen und Viola, die bei jeder größeren Menschenmenge Angstzustände bekommt, lasse ich allein stehen – für ein unnötiges Gespräch mit Freddy!

»Ich schreib ihr. So wie ich sie kenne, liest sie die Nachricht gleich«, sagt Kai und tippt bereits auf seinem Handy. Die rote Farbe auf und um seinen Mund ist blasser geworden, aber man erkennt sie immer noch gut. Wow. Hatte gar nicht gemerkt, wo meine Lippen da überall waren. Bei dem Gedanken wird mir warm und mein Bauch kribbelt angenehm – schnell lenke ich meine Gedanken zu Emma.

179

»Denkst du, Emma und ich könnten bei euch übernachten? Emmas Eltern würden sie umbringen, wenn sie sie so sehen.«

Ich könnte theoretisch meine Eltern anrufen, dass sie mich abholen, aber das würde erstens Verdacht schöpfen, da ja ausgemacht worden ist, dass Emmas Mutter uns heimfährt. Und zweitens glaube ich fast, dass sie bereits im Bett liegen und schlafen.

Kai nickt. »Klar. Vio hat sicher nichts dagegen. Na ja, außer Emma kotzt in ihr Bett.« Er sieht wieder auf sein Handy. »Ah, seht ihr, sie kommt gleich.«

Wenig später geht die Tür auf und Viola kommt herein. Heil und unversehrt. Sie trägt sogar ein kleines Lächeln auf den Lippen. Als sie Emma allerdings sieht, wird sie blass.

Violas und Kais Opa ist in wenigen Minuten da und fährt uns ohne viele Fragen zu ihnen nachhause.

Ich tippe schnell einen Text an Papa, dass ich spontan bei einer Freundin schlafe und hoffe, er (und Mama) lesen die Nachricht erst morgen früh.

Bei Emma tue ich dasselbe, doch da ruft zwei Minuten später schon ihre Mutter an. Da Emma schon wieder ihre Augen zumacht, und sie ohnehin nur zusammenhangslose Sätze lallen würde, übernehme ich das Gespräch. Es ist ziemlich schwierig, ihre Mutter zu überzeugen. Ich behaupte, sie hätte sich plötzlich nicht mehr wohlgefühlt und Kreislaufprobleme bekommen (was Emma tatsächlich häufiger hat, vor allem während ihrer Periode) und wäre daraufhin mit mir zu Viola gefahren, um sich schlafen zu legen. Es dauert etwas und kostet mich viele Nerven, aber ihre Mutter lässt sich schlussendlich überzeugen, dass es das Beste wäre, sie erst morgen abzuholen. Da Emma ihr zudem erzählt hat, dass es sich bei Freddys Party nur um eine kleine Feier unter Freunden ohne

180

Alkohol handelt, geht sie wahrscheinlich nicht von etwas Schlimmerem aus.

Wir bringen Emma in Violas Zimmer, die daraufhin anfängt, wegen Noah zu weinen. Sie lässt sich kaum trösten, unsere einzige Rettung ist ihre Müdigkeit, die sie irgendwann überkommt. Als sie schläft, sehen Viola und ich uns erleichtert an.

KAPITEL 17

Nur meine Mutter

»Es ist ihre Schuld. Sie hat einfach viel zu viel getrunken«, flüstert Viola und fängt an, sich abzuschminken. Ich stehe neben ihr und mache es ihr gleich.

»Ich hoffe, sie hat sich nicht zu sehr aufgeführt«, sage ich, als ich das Wattepad wegschmeiße. »Das mit Noah ist hoffentlich das Schlimmste.«

Viola nickt.

»Hey, wo warst du eigentlich?«, frage ich und sehe ihr Spiegelbild an.

Sie stößt bei meiner Frage beinahe das Fläschchen Makeup-Entferner um.

»Achso?«, frage ich und fange an zu lachen. »Also bei einem Kerl?«

Viola wird nicht so schnell rot wie ich, aber ich merke es an ihrem Gesichtsausdruck, dass ich ins Schwarze getroffen habe. Ich hüpfe aufgeregt auf und ab. Das graue Mäuschen hat einen Kerl kennengelernt!

»Wie heißt er?«

Viola schüttelt den Kopf. »Ich … wir haben uns nur kurz unterhalten, aber … er wirkt sehr nett.«

»Hast du sein Insta? Oder seine Nummer?«, frage ich und Viola legt ihren Finger an die Lippen.

Ich senke meine Stimme. »Oder Snapchat?«

»Seine Nummer.«

182

Ich quietsche vor mich hin und freue mich einfach so unendlich für sie. Doch Viola ist blass und starrt auf ihre Füße.

»Ich dachte, er ist nett?«, frage ich irritiert.

»Ja. Aber … jetzt mach mal nicht so einen Wirbel. Vielleicht passt es gar nicht.«

Ich werde still – allerdings nicht lange. »Irgendwie habe ich das Gefühl, dass das alles meine Schuld ist. Das mit Emma.« Viola zuckt mit den Schultern. »Sie hat sich dazu entschieden.«

»Ja, aber nur wegen Kai und mir.«

Viola schmunzelt. »Na ja, scheint ja geklappt zu haben.«

Ich beiße mir auf die Lippen. »Fällt der Lippenstift immer noch so auf?«

»Nicht sehr, aber eure Blicke, als wir auf Opa gewartet haben, haben Bände gesprochen.«

Ein angenehmer Schauer legt sich auf meinen Rücken und ich kann nicht aufhören zu grinsen.

»Ich finde es immer noch schräg, dass gerade *er* einen Liebesbrief geschrieben hat. Mein Bruder schreibt doch keine Liebesbriefe … ich meine, das ist so *out of character*. Kenne ich ihn überhaupt?«

Ich schmunzle. »Traut man ihm gar nicht zu. Hey, kann ich deine Zahnbürste ben-«, beginne ich, doch Viola verzieht das Gesicht und unterbricht mich, indem sie heftig mit dem Kopf schüttelt. »Igitt, nein!«

Ich hebe unschuldig die Hände. »Ja, stimmt, sorry. Bei dir darf man ja nicht mal aus derselben Flasche trinken.«

Viola zuckt mit den Schultern. »Kai hat bestimmt nichts dagegen, wenn du seine nimmst.«

»Na ja, ohne zu fragen will ich sie dann auch nicht benutzen«, lache ich nervös.

183

»Und?«, fragt Viola, grinst leicht. »Habt ihr schon geklärt, was ihr jetzt seid?«

Ich schüttle den Kopf und spüre, wie mich Panik ergreift. »Dafür blieb keine Zeit.«

»Worauf wartest du dann?«

»Aber Emma ...«, beginne ich, will aber eigentlich nur eine Ausrede finden. Ich fürchte mich irgendwie vor dem Gespräch – und vor den Antworten auf meine Fragen. Was das mit Lana zum Beispiel ist ...

»Ich bin ja hier. Und wenn irgendwas ist, weiß ich ja, wo ich dich finde.« Viola zwinkert mir zu.

Ich sehe mich im Spiegel an, fahre mir durchs Haar. Abgeschminkt sehe ich unglaublich jung aus.

»Phina?«, hält sie mich noch zurück, bevor ich nach draußen gehen kann. »Unsere Wände sind wirklich ziemlich dünn.«

Mein Kopf fängt Feuer. »Keine Sorge.«

Und dann stehe ich vor seiner Zimmertür und traue mich nicht zu klopfen. Aus Angst, was danach sein wird. Ich versuche, alles auszublenden und mich auf das Hier und Jetzt zu konzentrieren. Dann klopfe ich. Und es ist still. Und bleibt still.

Ich warte also davor. Wahrscheinlich minutenlang, ohne mich zu bewegen. Alles Mögliche kommt mir in den Kopf. Und dann kommt meine Lebensretterin – die Katze. Sie hüpft die Stufen hoch und kommt auf mich zugelaufen, stupst ihren Kopf gegen mein Bein.

»Kannst du bitte an seiner Tür kratzen? Dir macht er bestimmt auf«, flüstere ich und schiebe die Katze vor seine Tür. Doch sie sitzt nur da und fährt mit der Zunge über ihre Pfote.

184

»Ach komm, Pikatchu«, seufze ich und knie mich hin, nehme ihre weichen Pfoten. Ich lege sie auf die Tür und mache die Bewegung nach. Die Katze lässt es sich gefallen, fährt aber ihre Krallen nicht aus, und somit bleibt das kratzende Geräusch weg.

Ein leises Lachen neben mir lässt mich hochfahren. Als ich Kai über mir sehe, der ebenfalls vom Erdgeschoss gekommen ist, lasse ich Pikatchu los und springe auf. Er trägt diesmal ein schwarzes Shirt, das unglaublich heiß an ihm aussieht. Ich muss schlucken.

»Hast du dich verirrt?«, fragt er und nimmt die Katze in den Arm, die sich sofort an ihn schmiegt. Oh Mann. Da werde ich ja glatt eifersüchtig.

Ich schüttle den Kopf. »Wollte zu dir«, gebe ich kleinlaut zu.

Kai lächelt. So süß und glücklich, dass mein Herz schmilzt. Dann sieht er zur Katze. »Was sagst du, sollen wir sie rein-lassen?«

Als hätte sie ihn tatsächlich verstanden, gibt sie einen leisen schnurrartigen Laut von sich. Kai runzelt gespielt ernst die Stirn. »Mhm, interessant.«

»Du ärgerst mich wohl nach wie vor gern«, flüstere ich und kann durch die Aufregung ein Zittern in der Stimme nicht ver-hindern.

Er zuckt grinsend die Schulter. »Macht der Gewohnheit.« Dann öffnet er die Tür. »Komm rein.«

Sein Zimmer ist kleiner als Violas, aber dafür um einiges cooler. Das Licht ist gedimmt und hinter dem Schreibtisch, auf dem ein breiter Bildschirm steht, scheint irgendwo eine LED-Leiste versteckt zu sein, die blau leuchtet – ähnlich wie die Tastatur. Sein Bett ist direkt daneben, und in einem Bodenregal unter und neben dem Schreibtisch stehen einige Bücher, Mangas, aber auch Spiele, wie ich vermute. Das kann man auf den ersten Blick nicht auseinanderhalten. An der Wand hängen einige Poster von Filmen und Animes, die er schätzungsweise am liebsten hat (*One Piece* und *Fluch der Karibik* erkenne ich sofort) und dazwischen ist die weiße Wand mit Sprüchen oder kleinen Zeichnungen bekritzelt.

Was mich allerdings verwundert, ist die Tatsache, dass es hier drinnen ziemlich ordentlich aussieht. Ich meine zu wissen, dass Kai schon öfter das ein oder andere Arbeitsblatt beziehungsweise Buch verschlampt hat, weshalb ich davon ausgegangen bin, er wäre ziemlich chaotisch.

Also sehe ich ihn von der Seite an und schmunzle. »Ziemlich ordentlich hier drin.«

Kai setzt die Katze auf den Boden und greift sich in den Nacken. »Hm, ich hab vielleicht etwas aufgeräumt, während ihr euch um Emma gekümmert habt. Wie geht's ihr eigentlich?«

Geschickter Themenwechsel. Bei dem Gedanken, er hätte extra für mich sauber gemacht, wird mir ganz warm ums Herz.

»Sie schläft wie ein Baby«, antworte ich.

»Gut«, sagt er. »Wie viel hat sie eigentlich getrunken?«

Ich schüttle den Kopf. »Keine Ahnung. Zu viel auf jeden Fall.«

Es ist eine Weile still und ich fühle die unangenehme Anspannung, die von uns beiden ausgeht. Mann. Was soll ich denn machen? Was soll ich sagen? Mir brennen zwar hundert Fragen auf der Zunge, aber sie alle passen jetzt nicht.

»Willst du was trinken?«, fragt Kai und setzt sich auf sein Bett.

»Nö«, murmle ich. »Viola hat mir schon was angeboten.«

186

Er nickt. Erneutes Schweigen. Mein Kopf ist leer und deshalb sage ich das Erste, was mir in den Sinn kommt. »Und, wer küsst eigentlich besser, Lana oder ich?«

Kais Augenbrauen zucken hoch und auch ich kann nicht glauben, wie dämlich ich eigentlich sein kann. Jetzt wirft er mich bestimmt raus. Ich bin so blöd. Argh. So peinlich! Doch dann entspannen sich seine Gesichtszüge und er fängt an zu lachen. Ich lache mit, obwohl mir wirklich nicht danach ist. Dann wird er leiser und setzt sein freches Grinsen auf. »Hm, gute Frage.« Er steht auf und geht nach vor. Mit rasenden Herzen will ich ihm Platz machen, doch er steuert auf mich zu, so lange, bis ich hinter mir den Kleiderschrank spüre und sein Gesicht nur noch wenige Zentimeter von meinem entfernt ist. Mein ganzer Körper prickelt und ich muss mich zusammennehmen, um die letzten Zentimeter, die uns trennen, nicht zu überbrücken. Ich sehe zu ihm auf, in sein hübsches Gesicht und diese satten blauen Augen, die plötzlich ganz dunkel geworden sind.

»Um das ehrlich zu beantworten …«, flüstert er und wickelt eine Haarsträhne von mir um seinen Finger. »Muss ich das nochmal austesten.«

Ich schlucke schwer und kann nichts erwidern, denn da legen sich seine Lippen schon auf meine und ich fange wieder an zu schweben. Er küsst mich so, als wäre ich ein langersehnter Wunsch, der endlich in Erfüllung geht. So sanft und geduldig. Plötzlich spüre ich seine Zunge, die über meine streicht und ab diesem Zeitpunkt schaltet mein Hirn ab. Das Nächste, an das ich mich erinnere, ist ein stechender Schmerz an meinem Rücken. Ich stöhne auf und stoße mich gleichzeitig nach vor. Kai lässt von mir ab. »Sorry, geht's?«

Ich reibe mir die Stelle und sehe hinter mich. Kai hat mich wohl gegen den spitzen Griff des Schrankes gedrückt.

»Schon okay«, sage ich und versuche, den pochenden Schmerz zu ignorieren. Dann sehe ich in sein Gesicht und auf diese göttlichen Lippen. »Du küsst echt gut.«

Warum zum Teufel muss ich immer sagen, was ich mir denke? Ein kokettes Grinsen hätte gereicht.

Kai zuckt grinsend mit den Schultern. »Danke. Aber ich dachte, es ging um dich?«

Ich verdrehe die Augen. »Und? Überleg dir deine Antwort gut, Nox.«

Er grinst und tut so, als müsste er gründlich darüber nachdenken. Ich gebe ihm einen sanften Schubs. »Du bist ja so witzig«, murmle ich sarkastisch.

»Du bist eine wunderbare Küsserin, Seraphina Silva«, lacht Kai und nimmt meine Hände. »Was soll die Frage überhaupt? Bei Lana war's ja nur ein erzwungenes Küsschen.«

Ich habe meine Anspannung ebenfalls abgelegt. Doch meine Mundwinkel sinken bei seiner Frage nach unten und ich spüre einen Druck auf meiner Brust. »Was war das dann auf der Party?«

Er sieht mich irritiert an. »Was meinst du?«

»Habt ihr nicht in einem Zimmer wild rumgemacht, oder so?«

Er schüttelt den Kopf. »Nein? Wie kommst du darauf?«

Erleichterung durchströmt mich. »Ach, Noah hat sowas erwähnt.«

Kai verdreht die Augen. »Ja, das dachte er wahrscheinlich. Ich bin mit ihr in ein ruhiges Zimmer gegangen, nachdem sie versucht hat, mich … richtig zu küssen. Nicht, um mit ihr rumzumachen, sondern um ihr zu sagen, dass das nichts mit uns wird.«

188

Wir lassen uns auf seinem Bett nieder.

Krass. Er hat ihr eine Abfuhr erteilt. Ich schäme mich für dieses Triumphgefühl, das ich dabei verspüre.

»Wie hat sie es aufgenommen?«, frage ich.

»Sie war überrascht, hat aber nicht unbedingt verletzt gewirkt. Ich denke, es war ganz okay.«

Ich beiße mir auf die Unterlippe. Das glaube ich weniger. Soweit ich Lana kenne, kann sie ihre Gefühle gut überspielen. Oder macht es ihr wirklich nicht so viel aus?

»Du bist echt seltsam, so jemanden wie Lana abblitzen zu lassen«, murmle ich.

Kai gluckst und schüttelt den Kopf. »Ich meine, sie ist süß und wir verstehen uns an sich gut, aber ich könnte mir nichts weiter vorstellen. Seit …« Er greift sich in den Nacken. »Seit ich dich kenne, gab's da keine mehr, die mich irgendwie interessiert hätte. Selbst nach der Briefsache hat sich nichts daran geändert.«

Ich fühle mich wie schwerelos und grinse unkontrollierbar. So gut habe ich mich noch nie gefühlt.

»Ja, mit dir konnte es bisher auch keiner aufnehmen«, hauche ich.

Doch da sieht er mich ernst an und schiebt seine dunklen Brauen hoch. »Was ist mit Blondie? Ihr ward ja nicht umsonst in seinem Zimmer, oder?«

Schnell schüttle ich den Kopf. »Nichts. Echt gar nichts.« Ich will nicht, dass er weiß, dass ich einmal was mit ihm hatte – und auf der Party beinahe wieder etwas passiert wäre, hätte ich mich nicht beherrschen können.

Kai nickt, scheint aber mit meiner Antwort nicht zufrieden. Doch er sagt nichts weiter. Und ich kann ihm nicht mehr dazu sagen.

»Mach dir keine Sorgen, ich hab nichts mit irgendwem«, murmle ich dann nur.

Es ist eine Weile still. Dann stupst er mich sanft an. »Und hättest du gern was mit wem?«

Als ich sein Grinsen sehe, entspanne ich mich und lache. Dann küsse ich ihn und er mich. Und wir fallen zurück in das Bett, das so gut nach ihm riecht.

Es ist so still, dass ich nur das Summen des gedimmten Lichtes und Kais regelmäßige Atemzüge hören kann.

Ich zeichne mit meinen Fingern vorsichtig seine schönen Gesichtszüge nach. Seine Mundwinkel zucken hoch. Er schläft also nicht.

Mein durchsichtiges Oberteil habe ich ausgezogen und trage obenrum nur noch mein Top.

Ich kuschle mich etwas enger an ihn und spüre, wie er mit seiner Hand über mein Haar streichelt. »Bleiben die jetzt eigentlich so?«

Ich lache leise. »Nein. Beim nächsten Mal waschen sind sie wieder lockig.«

Er stößt erleichtert die Luft aus. »Es sieht nicht schlecht aus, aber ich denke, ich mag den Lockenlook lieber.«

»Gut zu wissen«, glucke ich. »Aber was, wenn ich diesen Look besser finde?«

»Egal. Du siehst so oder so heiß aus.« Er küsst meine Stirn. »Und verdammt, du riechst immer so gut.«

»Du auch«, hauche ich und lege mich auf seine Brust, sehe zu ihm hoch. Dann kommt mir ein Gedanke. »Kann ich dich was fragen?«

»Klar«, sagt er und wirkt so friedlich und glücklich. Es ist, als wären wir plötzlich miteinander verbunden und würden uns eine Gefühlswelt teilen – ich fühle mich genau so.

190

»Warum genau ein Brief? Du hättest mit mir reden können oder mir eine WhatsApp schreiben. Oder mir mal hin und wieder snappen.«

Plötzlich spannt sich Kai an und ich fühle sofort, dass ich einen wunden Punkt getroffen habe.

»Sorry«, murmle ich hastig und lege mich wieder neben ihn. »Ist 'ne blöde Frage.«

Kai schüttelt den Kopf und sieht zur Decke hoch. Seine Kiefermuskeln sind angespannt. »Ist keine blöde Frage.«

»Du musst sie aber nicht beantworten.«

»Ich will, dass du es verstehst«, murmelt er und fährt sich übers Gesicht.

Eine Weile vergeht, in der er immer wieder Luft holt, um mir meine Frage zum Brief zu beantworten, und es dann doch nicht über's Herz bringt.

»Schon gut«, flüstere ich irgendwann und gebe ihm einen Kuss auf den Mund. »Es ist nicht wichtig.«

Doch dann räuspert er sich. »Ein Brief fiel mir leichter. Er sollte ursprünglich gar nicht zu dir gelangen, es war nur eine Art, mir über meine Gefühle klar zu werden. Das habe ich in den Therapiestunden gelernt.« Den letzten Satz flüstert er nur noch.

Ich spüre, wie sich mein Herz zusammenzieht. »Du hattest Therapiestunden?«

Er nickt leicht. »Ich weiß nicht, ob dir Vio schon mal davon erzählt hat, aber als wir zwölf waren, da hat uns unsere Mutter verlassen. Na ja, was heißt verlassen? Sie ist mitten in der Nacht abgehauen, kurz vor Weihnachten. Und nie wieder gekommen. Keine Ahnung, wo sie jetzt ist.«

Er sagt es so, als würde er etwas vorlesen. Völlig emotionslos, fast schon ein bisschen gelangweilt. Es bereitet mir eine Gänsehaut.

191

»Ich hab davon gehört, ja«, murmle ich schließlich. »Aber ich wusste nicht, dass sie abgehauen ist.«

Wie muss sich das anfühlen? Ich kann es mir nicht vorstellen … und will es ehrlich gesagt auch gar nicht.

»Es war damals ziemlich schlimm für uns. Ich habe Schlafprobleme bekommen und Vio ihre ersten Panikattacken. Man hat uns schließlich zu Therapeuten geschickt, als es einigen Lehrern aufgefallen ist. Papa hatte eigene Probleme. Aber das ist ein anderes Thema.« Er richtet sich auf und ich rutsche nach, sodass ich auf etwa gleicher Höhe bin. Ich nehme seine Hand und küsse abwesend seine Finger, während er weiterredet. »Ich hatte etwas namens emotionale Taubheit – ich denke, der Name beschreibt schon ganz gut, was das ist. Meine Therapeutin gab mir schließlich auf, meine Gefühle in ein Buch zu schreiben, um den Verlust sozusagen zu verarbeiten. Es half. Und ich bin dann beim Schreiben hängengeblieben – ich führ' Tagebuch. Aber sag's Vio nicht, sie kann so neugierig sein …«

Ich schmunzle bei Letzterem. Gleichzeitig fühle ich mich geschmeichelt. Heißt das, dass er mir vertraut? Immerhin könnte ich genau so gut neugierig darauf sein – was ich auch bin. Aber niemals so neugierig, dass ich seine Privatsphäre verletzen würde.

»Da ich vor den Weihnachtsferien das Gefühl hatte, dass du mich auch magst, habe ich den Brief – besser gesagt die Tagebuchseite – in deinen Spind geworfen, weil ich zu feige war, es dir sonst irgendwie mitzuteilen.«

Ich versuche, mich an einen fremden Zettel zu erinnern oder ein zusammengeknülltes Papier, das ich möglicherweise weggeschmissen habe – aber mir fällt nichts ein. Es wäre wirklich interessant, wie der Brief – oder die Seite – in die Hände einer anderen Person gelangen konnte.

192

»Ich hab mir immer eingeredet, dass meine Mutter uns verlassen hat, weil sie uns nicht mehr liebt. Das war einfach … ein mieses Gefühl. Ich bin mir so wertlos vorgekommen. Irgendwie nutzlos. Und ich konnte nicht aufhören damit. Es hat echt lange gedauert, bis ich nicht mehr so gedacht habe.« Er lacht bitter dazwischen.

Anders als sonst fehlen mir die Worte. Zu sagen, dass ich seinen Schmerz verstehe, wäre gelogen. Ich denke, niemand, der nicht dasselbe mitgemacht hat, kann verstehen, wie sich Kai fühlt. Deshalb drücke ich seine Hand und sehe ihn bedeutungsvoll an. Du bist es wert. Natürlich bist du es wert, will ich sagen, schweige aber. Doch ich denke, er versteht mich auch so, denn er lächelt dankbar.

Er beugt sich nach rechts, öffnet die Schublade seines Nachtkästchens und holt ein dickes Buch mit schlichtem schwarzem Einband heraus. Als er eine Seite öffnet, fällt ein gefalteter Zettel heraus. Er gibt ihn mir. Ich streiche über das glatte Papier, öffne ihn aber nicht.

»Als ich diesen Brief hier als Antwort auf meinen Liebesbrief an dich bekommen habe, da kam alles wieder hoch. Es war der ultimative Trigger.«

Meine Finger umklammern dieses dumme Stück Papier auf meinem Schoß, das Kai so sehr gequält hat. Ich weiß, dass er will, dass ich ihn lese. Doch es kostet mich so viel Überwindung. Schließlich, nach einem kräftigen Atemzug, entfalte ich ihn.

Lieber Kai,

es ist wirklich süß, dass du auf mich stehst, aber du bist echt nicht mein Typ.

Versteh mich nicht falsch, aber dachtest du wirklich, du hättest eine Chance bei mir?

Das ist tatsächlich ziemlich armselig. Nie würde ich mich mit so jemandem wie dir in der Öffentlichkeit zeigen lassen, das müsstest du eigentlich wissen.

Ich hoffe, wir können das Ganze für uns behalten. Das wäre immerhin ziemlich peinlich, wenn das jemand erfahren würde.

Phina

Wütend zerknülle ich das sauber gefaltete Stück Papier und boxe Kai kräftig in den Oberarm. Er reibt sich verwirrt die Stelle. »Was?«

»Hast du wirklich geglaubt, *ich* würde sowas schreiben?«, knurre ich ihn an und beiße die Zähne zusammen. »Mann! Du Idiot! Das ist nicht mal meine Handschrift!«

Das alles ist so unfair und eine sägende Wut lässt meinen ganzen Körper kochen. Er hat die ganze Zeit geglaubt, *ich* hätte das geschrieben! Wer zum Teufel hat sich da eingemischt?! Derjenige kann sich auf was gefasst machen, verdammt nochmal!

Kein Wunder, dass er nichts mehr mit mir zu tun haben wollte. Er hat den Mut gehabt, mir ein Liebesgeständnis zu schreiben und dann bekommt er *so* eine Antwort!

Kai zuckt mit den Schultern. »Was sollte ich denn glauben? Immerhin weiß ich, wie unterschiedlich unsere Familien sind. Es kam mir plötzlich ziemlich logisch vor, dass du dich nie mit mir abgeben würdest.«

»So ein Quatsch! Ich bin ja nicht meine Mutter.« Ich räuspere mich. Das kam schneller raus als gewollt.

194

»Außerdem kenne ich sonst niemanden mit so einer Handschrift«, sagt Kai. »Du etwa?«

Ich seufze und studiere die geschwungenen Linien. Man hat sich offensichtlich bemüht, meine Schrift nachzuahmen. Viele Buchstaben sind meinen sehr ähnlich, vor allem das S und B. Aber ich schreibe das kleine G anders. Und ich schreibe etwas größer.

»Leider nein. Jemand hat absichtlich anders geschrieben«, sage ich. Spontan fällt mir nur Freddy ein, der sich zwischen uns drängen könnte, aber da das Ganze passierte, als er in Australien war, ist das nicht möglich.

Ohne noch länger darüber nachzudenken, zerreiße ich den Zettel und lasse meinen Hass somit an der unbekannten Person aus. Kai sieht mir zu und ich mache weiter, bis nur noch konfettigroße Stücke übrigbleiben.

»Vergiss diesen scheiß Brief«, zische ich und versuche, mich zu beruhigen. »Ich schreib dir einen neuen. Einen echten.«

Kai schmunzelt und nickt leicht. »Dafür brauchst du aber auch einen Brief, um zu antworten.«

»Du hast nicht zufällig noch eine Kopie von deinem?«, lache ich und er küsst mich kurz auf die Lippen. Ich beruhige mich – schneller als sonst. Kai hat irgendetwas an sich, was meinen inneren Wutpegel senkt. Er ist aber auch derjenige, der ihn schnell wieder anheben kann. Das ist so krass – er hat die volle Macht über meine Gefühlslage. Ich weiß noch nicht, was ich davon halten soll.

»Brauche ich nicht – ich weiß in etwa noch, was ich geschrieben habe.«

»Gut«, lächle ich und wir sehen uns an. Lange und ohne Worte. Ein warmes Gefühl überkommt mich.

Dann senkt Kai den Blick. »Sorry, dass ich dir nicht geglaubt habe. Wenn ich so zurückdenke, war es ziemlich offensichtlich, dass du nichts davon wusstest.«

»Ist okay. Jetzt glaubst du mir ja.«

Kai nickt leicht und beugt sich zu mir. Bevor wir uns allerdings küssen können, ertönt ein grässliches Vibrationsgeräusch. Ich sehe auf das Nachtkästchen und seufze.

»Wer ruft denn mich jetzt noch an?«, murmle ich und beuge mich über Kai, greife nach meinem Handy. Als ich den Namen lese, erstarre ich.

»Ist ja nur deine Mutter«, sagt Kai.

Mein Kopf leert sich auf einen Schlag und ich weiß nicht, was ich tun soll. Oder sagen soll. Da hört das Vibrieren auf und ich atme tief durch.

Doch zwei Sekunden später ruft sie nochmal an. Fuck. Ich hebe ohne irgendeinen Plan ab.

»Hi, Mama«, sage ich gut gelaunt. »Wie geht's?«

»Wo bist du? Das war nicht ausgemacht«, ertönt es auf der anderen Seite.

»Keine Sorge. Ich hab ja Papa geschrieben, dass ich bei einer Freundin schlafe.«

»Das war aber nicht ausgemacht!«, donnert sie erneut und ich versinke in Scham. »Wo ist Emma?«

»Die schläft auch hier. Ihr ist etwas schwindelig geworden, vermutlich wird sie krank und da dachte ich-«

»Emma hat getrunken?«, unterbricht sie mich geschockt.

»Nein!«, lüge ich. »Hör zu, ich komme morgen früh nachhause, okay?«

»Nein, Fräulein, du kommst jetzt nachhause. Wo bist du?«

Ich seufze.

»Du bist wieder im Nox-Haus, stimmt's?«

196

Ich spüre, wie mir die Hitze in den Kopf steigt. Kai sieht zur Decke hoch und scheint meine Mutter nicht zu hören.

»Bei Viola, ja«, sage ich kleinlaut und meine Mutter gibt einen verärgerten Laut von sich. »Willst du mich ärgern? Du weißt genau, dass ich von den beiden nichts halte.«

Während sie das sagt, springe ich auf und gehe quer durchs Zimmer, aus Angst, Kai könnte doch etwas hören. »Sie ist meine Freundin.«

»Das diskutieren wir nachher aus. Ich bin in fünf Minuten da.«

Dann höre ich den Piepton. Sie hat aufgelegt.

Ich habe angefangen zu zittern und meine Knie schlottern gefährlich. Deshalb setze ich mich auf den Schreibtischstuhl.

»Was ist los?«, fragt Kai.

»Ach«, murmle ich und setze ein gespieltes Grinsen auf. »Sie mag es nicht, wenn was nicht nach ihrem Plan verläuft. Ich werde gleich abgeholt.«

Kai greift nach meiner Hand und zieht mich an sich. Ich lache vor Schreck auf und sitze plötzlich auf seinem Schoß.

»Wie viel Zeit haben wir?«, murmelt er in mein Ohr und fängt an, meinen Nacken zu küssen.

»Weiß nicht, zehn Minuten?«, seufze ich und hoffe nur, dass es ganz lange zehn Minuten werden.

Nach fünf Abschiedsküssen verlasse ich das Nox-Haus, als meine Mutter vorfährt. Es regnet immer noch, doch ich spüre die Tropfen kaum auf mir. Dafür bin ich viel zu angespannt.

Als ich ins Auto einsteige, sagt sie nichts und fährt schweigend heim. Diese Momente sind die schlimmsten. Denn das bedeutet, dass sie sich innerlich vorbereitet und mir zuhause eine ordentliche Predigt halten wird. Das sehe ich an ihrem Gesichtsausdruck.

Doch es kommt nichts. Wir betreten unser Haus und sie geht ohne ein Wort ins Schlafzimmer. Also hatte ich die ganze Zeit umsonst Bauchschmerzen und Herzklopfen. Großartig.

Natürlich war das ziemlich naiv von mir. Denn am nächsten Morgen steht sie auf einmal in meinem Zimmer und schließt die Tür. Ich erstarre und halte die Luft an.

»Machen wir daraus keine große Sache«, beginnt sie und wirkt noch ziemlich harmlos. »Das nächste Mal halte dich einfach an unsere Abmachung.«

Ich nicke wie ferngesteuert. Dann atmet sie tief durch und ich spüre, dass das nicht das Einzige ist, worüber sie sprechen will.

»Seraphina, nur damit wir uns richtig verstehen und keine Missverständnisse herrschen: Ich will dir nicht vorschreiben, wer deine Freunde sein sollen. Aber ich will nicht, dass irgendwer einen schlechten Einfluss auf dich hat. Viola mag ein liebes Ding sein, aber bitte halte dich von dem Jungen fern.«

Ich schaue sie mit großen Augen an. »Inwiefern soll Kai einen schlechten Einfluss auf mich haben?«

Ihre sanfte Miene wird hart. »Abgesehen davon, was du mir alles über ihn erzählt hast, hat mir heute Morgen Freddy gesagt, dass-«

»Du hast mit Freddy telefoniert?!«, fahre ich sie an. »Wolltest du mich ausspionieren, oder warum rufst du diesen Idioten an?«

»Nicht in diesem Ton!«, schreit meine Mutter. »Ich habe mir Sorgen gemacht und ihn gefragt, warum du so plötzlich gegangen bist. Er sagte, du hättest die ganze Party mit dem Nox-Jungen verbracht und wärst mit ihm nachhause gefahren.«

»So ein Scheiß!«, schreie ich und muss aufpassen, dass ich nicht mit dem Fuß aufstampfe wie ein kleines Kind. Ich hasse

198

Freddy. Dafür wird er büßen. »Ich bin wegen Emma zu Viola gefahren.«

Sie ignoriert mich einfach. »Und er hat mir erzählt, dass sich der Junge ziemlich aufgeführt hat. Völlig betrunken war er und hat sogar eine Schlägerei angefangen.«

»Freddy lügt doch!« Meine Stimme ist zu hoch und zu laut. Zu wütend. »Kai tut so etwas nicht!«

»Woher willst du das wissen, wenn du angeblich nicht mit ihm zusammen warst?«, fragt sie und kann sich besser kontrollieren als ich. »Und wieso verteidigst du ihn? Du redest seit Wochen schlecht über ihn. Was ist denn jetzt anders?«

Ich versuche, mich zu beruhigen, atme tief durch. Wenn ich mich so aufführe, mache ich es nur auffällig.

»Ich mag nur nicht, wenn jemand Lügen verbreitet«, sage ich deutlich ruhiger. »Und Freddy ist der beste Lügner, den ich kenne.«

Meine Mutter streicht sich eine Strähne hinters Ohr. »Freddy ist ein guter Junge, der dich wirklich mag.«

Ich verdrehe die Augen. Fast will ich ihr erzählen, was letzten Sommer passiert ist. Aber nein. Auch dafür würde Freddy etwas erfinden, sodass ich schlecht dastehe und er nicht. Und sie würde natürlich ihm glauben, weil er ja *so* ein guter Junge ist.

»Egal, was gestern Nacht passiert ist. Ich will diesen Nox-Jungen niemals in meinem Haus sehen. Hast du mich verstanden?«

Das ist so unglaublich unfair und am liebsten hätte ich sie wieder angeschrien und sie beschimpft. Stattdessen nicke ich wie ferngesteuert und beiße die Zähne zusammen. »Keine Sorge, das wirst du nicht. Kai ist nur ein Klassenkamerad. Und er wird auch nie etwas anderes sein.«

Ich kann ihr nicht mehr in die Augen sehen, drehe mich um und lasse mich auf der weich gepolsterten Sitzbank vor dem geöffneten Fenster nieder.

Die feuchte Morgenluft weht mir entgegen und ich spüre, wie ich langsam runterkomme. Als ich mich das nächste Mal umdrehe, ist sie weg.

KAPITEL 18

Nur das Sakurafest

»Du siehst … motiviert aus«, sage ich, als ich Emma zwischen den ganzen Leuchtgirlanden und Plastik-Sakuras sehe. Sie ist leichenblass und sieht mich mit glasigen Augen an.

»Tja, das hab ich davon«, sagt sie und hakt etwas auf ihrer To-Do-Liste ab. Das Gras ist immer noch feucht von letzter Nacht und doch tummeln sich bereits viele Leute im Park und veranstalten ganz traditionell ein Nachmittagspicknick, bevor das Fest am Abend losgeht. Meine Eltern und Lola sind noch zuhause. Da ich Mama so gut wie möglich aus dem Weg gehen wollte, und ich mir schon dachte, dass Emma möglichst viel Unterstützung gebrauchen könnte, habe ich ihr meine Hilfe angeboten.

»Wenigstens haben deine Eltern nicht geschnallt, was gestern mit dir los war«, will ich sie aufmuntern und ziehe mir das Arbeitshemd über, das Emma mir bereitgelegt hat. Darunter trage ich eine weiße Bluse – so wie man traditionell auf dem Sakurafest erscheint.

»Ja, aber sie hätten mich heute fast nicht hingehen lassen – oder als Prinzessin kandidieren. Allerdings könnte ich im Sterben liegen und würde mir das trotzdem nicht nehmen lassen.«

Ich lache leise. Typisch Emma.

Dann senkt sie den Blick und beißt sich auf die Lippe. »Hey, ähm … tut mir übrigens leid. Ich war ein bisschen grob zu dir. Noah ist das echt nicht wert.«

201

Ich winke ab.»Kein Thema. Wie oft war ich schon grob zu dir?«

Sie grinst.»Ich bin schon abgehärtet. Aber du bist sicher verweichlicht von meiner ständigen liebenswürdigen Art.«

»Ja ja, halt die Luft an«, lache ich und werfe ihr eine dieser handgroßen Plastikblüten an die Brust.»Hast du was von ihm gehört? Von Noah?«

Emma seufzt auf.»Nein. Ich hoffe, es wird jetzt nicht irgendwie komisch zwischen uns.« Dann lächelt sie schwach. »Aber seit gestern ist mir klar geworden, dass ich das nicht will. Ich kann zwar meine Gefühle nicht ganz abstellen, aber das zwischen Noah und mir würde nie funktionieren. Und ich wäre ohnehin noch nicht bereit für eine Beziehung. Denke ich.«

»Wow«, sage ich.»Hört sich ziemlich … vernünftig an.«

Emma zwinkert mir zu.»Das Gegenteil von dem, was du bist.«

Ich werde bei ihrer Anspielung bestimmt rot.»Kai und ich haben nur etwas rumgemacht …«

»Viola hat erzählt, dass sie dich einmal ziemlich laut stöhnen gehört hat.«

»D-da hab ich mich bei seinem Schrank … ach, vergiss es! Wir haben nichts gemacht!«, verteidige ich mich und ärgere mich über Emmas Kichern.

»Seid ihr jetzt eigentlich ein Paar?«, fragt sie und drückt mir eine Rolle Leuchtgirlanden in die Hand.

»Wir haben nicht darüber gesprochen«, murmle ich und folge Emma zu der Baumallee.»Aber nach der Ansage meiner Mutter heute können wir es ohnehin nicht offiziell machen.«

Emma verzieht mitleidig das Gesicht.»Und wenn du mit ihr redest? Sie kann ihn ja zumindest kennenlernen und sich ein eigenes Bild machen.«

202

Ich schüttle den Kopf. »Keine Chance.«

In Wirklichkeit kann ich ihre Reaktion nicht einschätzen. Doch mir wird bei dem Gedanken alleine schon schlecht, sie könnte mich mit diesem enttäuschten und ablehnenden Blick ansehen, wenn ich ihr sage, dass ich mich in Kai verliebt habe.

»Hast du schon einmal darüber nachgedacht, generell mit ihr zu reden? Du verbirgst so vieles vor ihr und verstellst dich, nur um die perfekte Tochter zu spielen, die sie haben will. Du versteckst sogar deine Comiczeichnungen, weil sie einmal sagte, dass sie Comics sinnlos findet.«

Emma hat recht. Aber es hört sich einfacher an, als es ist.

Viola kommt kurze Zeit später auch dazu und wir beginnen, die Leuchtgirlande an das Geländer der kleinen Bogenbrücke zu hängen, die über dem größeren Teich verläuft.

Ich blicke mich immerzu um. Seit gestern Nacht habe ich nichts mehr von Kai gehört. Doch ich habe mich nicht getraut, ihm zuerst zu schreiben, und habe ihm stattdessen einen unverbindlichen Snap geschickt, damit er sieht, dass ich hier bin. Doch auch den hat er nicht beantwortet.

»Ich will gar nicht wissen, was ihr beide gestern getrieben habt. Er war heute morgen so gut gelaunt. Ich meine, er hat mich umarmt. Einfach so«, erzählt Viola munter und streicht sich eine lose Strähne aus dem Gesicht.

Mein Herzschlag beschleunigt sich bei ihren Worten. Er ist glücklich. Das ist schön zu hören.

»Nicht das, was du meinst«, murmle ich verlegen. Viola verzieht das Gesicht. »Nein, aufhören, ich will es nicht wissen.«

»Was ist eigentlich mit deinem Lover? Kommt er heute?«, frage ich und wackle mit meinen Augenbrauen. Viola erstarrt. »Ähm … ja.«

203

Ich grinse breit. »Schade, dass du daraus so ein Geheimnis machst.«

Sie wird blass und wendet den Blick ab.

»Warum reagierst du immer so?«, frage ich.

»Weil ... weil ich glaube, dass du schnell Vorurteile ziehen wirst«, sagt sie atemlos.

»Inwiefern?«, frage ich. »Wir sind doch Freundinnen. Es sind alle Jungs okay, solange du glücklich bist«, sage ich und kichere dann auf, als mir ein Gedanke kommt. »Na ja, außer es wäre Freddy oder irgend so ein Fuckboy.«

Viola lässt die Girlande los, und da ich sie nur über die Schulter geworfen habe, fällt sie ins Wasser.

»Hey!«, schreit Emma. »Euer Ernst?!«

»Ja«, sagt Viola und sieht mich aus diesen eisblauen Augen nervös an. »Es ist er.«

Zuerst reagiere ich nicht. Dann lache ich. Und dann verschlucke ich mich an meiner eigenen Spucke.

»Was?«, frage ich mit zu hoher Stimme. »Er? Geht's auch etwas präziser?«

»Freddy«, haucht Viola und senkt den Blick.

»Willst du mich verarschen?«, lache ich weiter, kann oder besser gesagt will nicht glauben, was ich da höre.

»Wir ... ich habe ihn am Dienstag unabsichtlich mit meinem Kaffee überschüttet und er war danach ziemlich sauer. Aber irgendwie hat sich das Gespräch auf eine ganz andere Weise entwickelt und ... und auf der Party hat er mir mit meiner Panikattacke geholfen. Das war so schräg, das konnte bisher niemand.« Violas Worte sprudeln nur so aus ihrem Mund, es ist schwer, ihr zu folgen – vor allem, wenn man unter Schock steht, so wie ich.

Viola, die stille graue Maus und Freddy, der arrogante Mädchenmagnet? Sind wir in *Eine wie keine* gelandet oder was geht gerade ab?

»Dann haben wir uns geküsst. Und wir haben irgendwie viele Dinge gemeinsam, das würdest du gar nicht …«

»Stopp«, unterbreche ich sie harsch. In der Zwischenzeit ist Emma neben uns aufgetaucht und hat das Gespräch mitverfolgt. Doch sie sieht gar nicht überrascht aus. Sie weiß es offenbar schon – doch darüber kann ich mich später noch ärgern.

»Mädchen, Freddy ist ein riesiges Arschloch«, sage ich eindringlich. »Ich dachte, das wüsstest du.«

Viola nickt leicht. »Ich kenne die Geschichten, aber … er ist ganz anders.«

Ein knurrartiger Laut verlässt meine Kehle, der verärgert und genervt zugleich klingt. »*Er ist anders*«, spotte ich ihr nach. »*Er ist im Grunde kein böser Kerl.* Ich kotz gleich, Viola.«

»Phina, beruhig dich«, sagt Emma und kommt zu mir, will eine Hand auf meine Schulter legen. Ich schlage sie weg.

»Du brauchst dich nicht über mich lustig machen«, sagt Viola etwas schärfer als sonst und verzieht ihre Mundwinkel nach unten.

»Dann sei nicht so bescheuert!«, zische ich zurück.

»Leute«, seufzt Emma, als Viola die Arme verschränkt und sich eine Furche zwischen ihre Augenbrauen zieht. »Habe ich mich etwa einmal darüber lustig gemacht, dass du meinen Bruder daten willst?«

»Das ist doch nicht dasselbe!«, entkommt es mir. »Weißt du überhaupt, was Freddy getan hat? Was er *mir* angetan hat?«

Viola wirkt einen Moment perplex und schweigt. Emma sieht auf ihre Füße.

»Ich war jahrelang in ihn verknallt«, beginne ich und versuche, meine Stimme unter Kontrolle zu halten. »Und dann, als ich endlich von ihm loskam, da hat er mir im Sommer letzten Jahres schöne Augen gemacht. Er hat's geschafft, ich hab mit ihm geschlafen. Und dann, nachdem er mich entjungfert hat, hat er mich geghostet. Aber das Beste kommt noch. Denn ihm war gar nicht bewusst, dass mich das verletzt hat, und er hat sich erst entschuldigt, als ich ihm deutlich gesagt habe, dass ich noch wütend auf ihn bin. Er hat sich aber nur entschuldigt, weil er es sich nicht leisten kann, dass meine Mutter sauer auf ihn ist. Und auf der Party wollte er mich wieder nur so aus Spaß vögeln.«

Ich spüre, wie sich mein Magen umdreht – die ganze Geschichte noch einmal laut zu wiederholen, bestätigt mir nur nochmal, wie blöd ich war. Wie leicht ich wieder *Ja* gesagt hätte, wenn meine Gefühle für Kai nicht so stark wären.

Viola ist blass geworden und sieht mich erschrocken an.

»Muss ihm ja wahnsinnig viel bedeutet haben, das mit euch«, füge ich leise hinzu. »Wer weiß, wen er noch so alles auf der Party geküsst hat.«

Ich sehe nach vorn, doch Viola schweigt und sieht mit geweiteten Augen hinter mich. Emma hat denselben Gesichtsausdruck aufgesetzt.

Als ich mich umdrehe, rutscht mir mein Herz in die Hose – oder besser gesagt in den Jeansrock, den ich trage. Da steht Kai. Er trägt ein weißes, leicht zerknittertes Hemd, die Ärmel hochgekrempelt und die oberen Knöpfe offen.

»Hey«, sage ich und hoffe nur, er hat nichts bis fast nichts von meiner Erzählung mitbekommen. Er wirkt etwas steif, nicht so lässig wie sonst, und nickt nach hinten. Meine Hoffnungen werden kleiner.

»Hey. Können wir kurz reden?«

206

Ich sehe Emma an und hoffe, sie würde etwas sagen wie »Sie kann gerade nicht, sie muss uns helfen.« Doch sie nickt nur.

Danke, Emma.

Als wir auf derselben Bank sitzen wie am Donnerstag bei unserem gescheiterten Date, schweigen wir beide. Es ist bereits später Nachmittag und die meisten freiwilligen Helfer haben ebenfalls eine Plane oder Decke ausgebreitet und essen und trinken etwas unter den zartrosa Kirschblütenbäumen.

Die Sonne scheint direkt auf unsere Bank und unter meinem Arbeitsshirt wird mir langsam warm. Emma und Viola befestigen gerade die zweite Leuchtgirlande und sind fast fertig.

Ich hole schließlich laut Luft, als ich es nicht mehr aushalte. »Es tut mir leid.«

Kai sieht mich an. »Hm?«

»Na die Sache. Das mit Freddy. Ich würde verstehen, wenn du sauer bist oder … oder mich nicht mehr willst.« Der Satz tut weh beim Aussprechen. Aber ich würde es irgendwie verstehen. Ich hab ihn nicht nur angelogen – ich bin jetzt in seinen Augen wohl auch nur noch ‚eine von Freddys Schlampen'. Vielleicht habe ich jetzt einen gewissen Wert verloren. Bestimmt habe ich das.

Doch Kai lacht auf. »Was? Denkst du echt, ich wär so oberflächlich?«

Ich sehe überrascht auf und zucke mit den Schultern.

Kai entspannt sich etwas und streckt den Arm hinter mir auf der Banklehne aus. »Ich will nicht deshalb mit dir reden. Deine Vergangenheit geht mich nichts an. Und wenn, dann bin ich sauer auf ihn und nicht auf dich. Ist echt scheiße, wie er dich behandelt hat.«

Ich zwinkere mit beiden Augen, kann nicht glauben, dass das wahr ist. Er gluckst und küsst mich kurz. »Und wenn du mich mit deinen unschuldigen Bambiaugen ansiehst, ist es sowieso unmöglich, wütend auf dich zu sein.«

Ich beiße mir auf die Lippe und grinse.

»Warum hast du das Vio eigentlich erzählt?«

Ich winke ab. »Nicht wichtig.«

Kai hebt die Brauen.

»Also, worüber wolltest du reden?«, frage ich, bevor er mich näher ausfragen kann. Das mit seiner Schwester und Freddy habe ich selbst noch nicht ganz verarbeitet. Und ehrlich gesagt will ich nicht diejenige sein, die ihm das erzählt. Das kann ruhig Viola übernehmen.

Er sieht zur Seite. »Na ja, ich wollte über uns reden.«

»Über uns«, wiederhole ich und bekomme leicht Panik. Will er mich etwa fragen, ob ich seine Freundin werden will? Vor ein paar Tagen wäre ich noch glücklich in die Luft gesprungen, doch jetzt verkrampfe ich mich und beiße mir meine Lippe blutig. Das kann ich jetzt nicht beantworten. Nicht nach Mutters Ansprache gestern …

»Seraphinaaa!«

Eine hohe Stimme unterbricht unser angehendes Gespräch und ich drehe mich um. Eine zierliche junge Frau mit honigblonden Locken steuert direkt auf uns zu.

Ich spanne mich an und sehe mich um. Ist es schon so spät? Sind Mama und Papa etwa auch schon hier?

»Tante Bi, hey«, sage ich. Sie grinst mich offen an, wie immer trägt sie auffälligen Blush und dieses aufdringliche, süße Parfum umgibt sie, das mich etwas an Zuckerwatte erinnert. Und obwohl heute eine Kleidervorschrift gilt, trägt meine Tante einen knallpinken Blazer mit dazu passendem

208

Rock, türkisen Federohrringen und ... oh, da ist die weiße Bluse. Aber eine Bluse mit zu tiefem Ausschnitt.

»Ist das etwa dein Freund?«, fragt sie kichernd. »Hat mir Miriam gar nicht erzählt.«

»A-ach, nein, nur ein Klassenkamerad«, stottere ich und bekomme einen halben Herzinfarkt, als ich von Weitem meine Eltern mit Lola sehe. Ich stehe ruckartig auf und sehe zu Kai, der mich überrascht mustert.

»Ähm, wir seh'n uns, ja? Ich muss los«, sage ich knapp und gehe, ohne auf eine Antwort zu warten, in Richtung Eingang.

Ich fühle mich völlig zerrissen. Klar ist mir bewusst, was ich da gerade gesagt habe. Nein, Kai ist nicht nur ein Klassenkamerad. Er ist der Junge, in den ich so verknallt bin, dass es beinahe schon wehtut. Und der Junge, den meine Mutter niemals dulden würde.

Tante Bi folgt mir schnellen Schrittes, stolpert dabei beinahe, weil sie – wie immer – viel zu hohe Absätze trägt. »Der hat dich aber nicht so angesehen, als ob ihr nur Klassenkameraden wärt, Kleines.«

Ich spüre, wie mein Gesicht heiß wird und sich gleichzeitig mein Magen umdreht.

Meine Tante lacht. »Wo ist denn meine wortgewandte Nichte hin?«

»Es ist etwas kompliziert«, murmle ich schließlich. »Sei so gut und erwähne diesbezüglich nichts vor Mama, ja?«

Sie verdreht die Augen. »Würde ich nie wagen. Du weißt, dass ich unser kleines Geheimnis auch nie ausplaudern werde.«

Ich werde etwas langsamer. »Was hat Frau Polli gesagt? Sie hat dich ja am Freitag angerufen, stimmt's?«

»Dass du deine Aggressionen unter Kontrolle bringen sollst oder so etwas in die Richtung. Ich musste aufpassen, nicht loszulachen, als sie mir einige deiner Aussetzer aufgezählt hat.«

209

Sie holt ihre E-Zigarette aus ihrer Tasche und zieht einmal an. »Du hast wirklich einen Jungen geschlagen?«

»Es war eine harmlose Ohrfeige«, sage ich und schmunzle bei der Erinnerung. »Und es war der Junge von eben.«

Sie kichert. »Also ein Tätscheln?«

»Pscht«, sage ich, denn wir sind beinahe bei meiner Familie angekommen. Bei Lolas Anblick bekomme ich große Augen.

»Du trägst schon deine Perücke?«, frage ich und bewundere die taillenlangen rabenschwarzen Haare, deren Pony ihre blonden Augenbrauen verdecken.

Sie nickt stolz. »Ich muss früh genug in meine Rolle eintauchen, damit ich das Beste aus mir raushole. Es ist immerhin eine große Ehre, heute Sakura Yoshida sein zu dürfen.«

»Es ist nur ein Theaterstück. Und Sakura hat fast keinen Text«, sage ich, doch Lola lässt sich nicht beirren und hat immer noch das Kinn stolz erhoben.

Das Stück wird jedes Jahr von den Siebtklässlern vorgetragen und zeigt die Geschichte rund um die Gründung der Stadt. Obwohl Sora Yoshida die Stadt gegründet hat, ist dennoch seine Schwester die Hauptfigur, da ihr junger Tod mit gerade mal siebzehn Jahren dazu geführt hat, dass Sora zu ihren Ehren die Stadt Sakura getauft und all die Sakura-Setzlinge pflanzen ließ. Auch die jährliche Prinzessinnenwahl, an der nur 17-jährige Mädchen teilnehmen dürfen, geht auf sie zurück.

Wie sich wohl die Nox-Oma fühlt, wenn sie das Theaterstück jedes Jahr sieht? Ich sehe mich nach ihnen um – mittlerweile ist der Park von vielen weißgekleideten Bewohnern gefüllt. Als ich sie neben einem Teestand finde, sehe ich auch Kai und Viola. Sofort nagt das schlechte Gewissen an mir. Ich muss nachher unbedingt mit ihm reden und ihm alles erklären.

210

Mittlerweile sind auch die letzten Vorbereitungen getroffen und der Park wird langsam voll. Ich habe mein Arbeitsshirt mittlerweile ausgezogen und mich mit meiner Familie an einen der Picknicktische niedergelassen. Es dämmert bereits. Von der Bühne, welche vor einem weitläufigen Zelt aufgebaut wurde, hört man bereits leise Musik.

Der Park sieht fast magisch aus und mir kommt es so vor, als hätten sie sich heuer mehr bemüht als sonst. Es gibt viel mehr Lichter, die sich an den Baumstämmen hinaufschlängeln und sich im Wasser spiegeln. Papierlaternen hängen zwischen den Blüten in den Bäumen und kleinere Versionen davon schwimmen auf dem spiegelglatten Wasser der beiden Teiche.

Lola verschwindet im Zelt, um sich mit ihren Klassenkameraden auf das baldige Stück vorzubereiten und ich folge ihr, um Emma zu besuchen, die sich bestimmt für ihre Wahl fertigmacht. Ich plane, danach unauffällig nach Kai zu suchen, habe ihn mittlerweile aber aus den Augen verloren.

Es ist ziemlich voll vor dem Zelteingang und ich stoße gegen jemanden. Als ich aufsehe, verschlucke ich meine Entschuldigung sofort. Freddy kämpft augenscheinlich mit sich selbst, als er seinen Teebecher auf dem Stehtisch abstellt und mit angespanntem Kiefer sein bügelglattes Hemd betrachtet, das jetzt einen kleinen matchagrünen Fleck trägt.

»Oh nein«, murmelt ein zierliches Mädchen gegenüber von ihm und zieht scharf die Luft ein. Ich erkenne sie vom Eisessen vor gut einer Woche wieder. Sie versucht mit einem Taschentuch, den Fleck zu entfernen, und kommt ihm dabei gefährlich nahe.

Bei dem Gedanken, er könnte mit ihr etwas am Laufen haben und Viola schon nach einer Nacht verarschen, kann ich nicht anders, als ihn am Arm zu packen. »Komm mal, wir müssen kurz reden.«

Er lässt sich ohne Widerrede mitzerren, bis wir etwas außerhalb des Geschehens stehen. Er grummelt nur etwas, weil ich sein Hemd zerknittert habe.

»Wer ist denn das?«, zische ich und zeige auf das Mädchen, das sich mittlerweile zu einer Blondine in der Nähe gewandt hat.

Freddy zieht eine Braue hoch. »Mira? Sie ist in unserer Fußballmannschaft.« Dann grinst er leicht. »Bist du eifersüchtig?«

»Nein! Aber ich musste vor gut einer Stunde erfahren, dass du meiner Freundin den Kopf verdreht hast und ich hab echt keine Lust darauf, dass du ihr schon nach einem Tag das Herz brichst.«

Dann passiert etwas Merkwürdiges. Freddys Wangen schimmern rot und er wirkt... verlegen?

»Ihr den Kopf verdreht? Also mag sie mich?«, murmelt er.

»Sie ... ja«, sage ich perplex. »Was soll die Frage?«

Er sieht auf seine Schuhe. »Na ja, ich ... ich mag sie auch.«

»Oh. Mein. Gott«, zische ich wütend. »Du denkst ja echt, du könntest alle verarschen.«

Freddy sieht mich verärgert an. »Ich weiß, wie sich das anhört. Und ich wollte nicht, dass es so weit kommt. Aber sie hat mich gestern einfach geküsst und ich konnte nicht anders-«

»Argh, hör auf!«, rufe ich. »Du willst mir doch nicht erzählen, dass du dich ausgerechnet in Viola Nox verknallt hast?«

Freddy schweigt. Und ich will es nicht glauben, aber mein Gefühl sagt mir plötzlich etwas ganz anderes. Kann das sein?

Natürlich wundert mich nicht, dass sich jemand in Viola verlieben könnte. Aber muss es ausgerechnet Freddy sein? Die beiden passen doch überhaupt nicht zusammen!

212

Ich beruhige mich und seufze auf. »Dein Ernst? Du willst mir Kai ausreden und krallst dir dann seine Zwillingsschwester?«

Freddy runzelt die Stirn. »Ich *krall* sie mir nicht. Und das ist was anderes.«

»Inwiefern soll das anders sein? Oh, und danke übrigens, jetzt hat meine Mutter noch eine schlechtere Meinung von Kai.«

»Das habe ich nur getan, um dich zu beschützen.«

Ich lache auf. »Beschützen? Vor Kai?«

»Du hast keine Ahnung, was sein Vater aufgeführt hat. Der war mit siebzehn im Jugendknast, Phina!«

»Aber Kai ist nicht sein Vater!«, versuche ich ihm zu verstehen zu geben. Ich ignoriere mein Entsetzen über diese Nachricht. Im Jugendknast. Was muss man dafür denn getan haben?

»Hm, aber auf dem besten Weg dorthin, wenn du mich fragst. Er ist immerhin schon vorbestraft.«

Ich stocke. »Woher... woher willst du das wissen?«

»Ich hab meine Quellen.«

Ich rolle mit den Augen und unterdrücke meine leisen Zweifel. Quatsch. Kai und vorbestraft... das kann doch nicht sein. Was soll er denn schon gemacht haben?

Andererseits ... kenne ich ihn überhaupt? Was, wenn Freddy recht hat?

Während sich meine Gedanken überschlagen, spüre ich Freddys Hand an meinem Oberarm, den er leicht drückt. Er sieht mich eindringlich an. »Ich mach das nicht, um dich zu ärgern. Ich will nur nicht, dass er dir wehtut, Phina.«

»Sieh lieber zu, dass du Viola nicht wehtust. Sonst trete ich dir nicht nur in die Eier«, zische ich nur und lasse ihn stehen.

Ich will das nicht hören. Kai ist doch nicht gefährlich. Ich kenne ihn. Und vorbestraft? Das kann ich mir beim besten

213

Willen nicht vorstellen. Das muss nur wieder ein dummes Gerücht sein, das jemand in die Welt gesetzt hat. Ich beschließe, dabei zu bleiben und Freddys Worte zu verdrängen.

Gedankenverloren drehe ich den Spieß in der Hand und beiße langsam in das grüne Dango. Die wunderschönen Seidenkleider vor mir nehme ich gar nicht mehr wahr – oder das aufgeregte Kichern der Mädchen in der improvisierten Kabine. Ich muss die ganze Zeit an Freddy und Viola denken – und hoffe nur, Viola kann sich nach meiner Geschichte von selbst von ihm fernhalten. Es spielt keine Rolle, ob er in sie verliebt ist oder nicht. Freddy wird ihr früher oder später doch das Herz brechen. Das tut er bei allen. Und Viola hat das beim besten Willen nicht verdient.

Gleichzeitig spekuliere ich die ganze Zeit, wie ich meine Beziehung mit Kai meiner Mutter beibringen soll. Ich weiß, wie sie reagieren wird, wenn sie davon erfährt. Doch ich fühle mich nicht stark genug, ihr entgegenzutreten – noch nicht.

»Ist das gut?«, reißt mich Emma aus meinen Gedanken und dreht sich zu mir um. Sie hat ihren augenscheinlichen Kater gut überschminkt. Ich zeige ihr den Daumen hoch. Ihr Kleid ist bodenlang und umschmeichelt ihre Figur sehr gut. Die Haare habe ich ihr vorhin gelockt und schön hochgesteckt.

»Warum bist du immer noch hier? Es ist hier drinnen eh schon eng genug, auch ohne dich«, zischt Rachel in meine Richtung. Ihr Kleid ist schlank geschnitten und hat an der Seite einen aufreizenden Schlitz.

Statt zu antworten, beiße ich vom zweiten Dango ab und zeige ihr den Mittelfinger.

»Du kannst gehen, Phina. Danke«, flüstert Emma und grinst mich nervös an.

214

Ich erhebe mich langsam. »Viel Glück, Emma. Die Bitches machst du fertig.«

Es kommen empörte Protestrufe von den anderen Mädchen in der Kabine und ich beeile mich, nach draußen zu kommen.

Draußen ist es bereits dunkel und das magische Lichterspiel sieht dadurch nur noch schöner aus. Vor der Bühne haben sich bereits viele Menschen versammelt, die Stühle sind fast alle besetzt.

Doch ich kann mich kaum auf das Theaterstück konzentrieren, das kurze Zeit später aufgeführt wird – meine Augen suchen nach einem bestimmten Gesicht. Doch ich finde Kai nicht. Er sitzt nicht wie gedacht neben seinen Großeltern, neben denen zwei Plätze frei wären. Auch Viola scheint sich verzupft zu haben.

»Suchst du den süßen Schwarzschopf?«, flüstert mir Tante Bi zu. Ich erröte bestimmt und nicke leicht.

»Der ist eben in Richtung des Pavillons verschwunden.«

Ich werde hibbelig. Vielleicht wartet er auf mich? Ich sehe auf mein Handy, doch er hat mir nichts geschrieben. Verdammt. Wie soll ich jetzt gehen, ohne es auffällig zu machen?

»Schätzchen, die Toiletten sind dort hinten«, sagt Tante Bi neben mir, nun deutlich lauter. »Das kommt vom Matchatee. Ich sagte doch, du sollst vor dem Stück nicht so viel trinken.«

Meine Mutter dreht den Kopf zu mir.

»Ähm, ja danke«, murmle ich und stehe auf. Tante Bi zwinkert mir zu und ich grinse leicht, als ich mich durch die Reihen dränge.

Ich gehe in die von ihr gezeigte Richtung, wo sich der Pavillon befindet. Die Lichter werden rarer, natürlich wurde nicht der gesamte Park ausgeleuchtet.

215

Mein Herz klopft wie wild bei dem Gedanken, mich in seine Arme zu werfen und ihn zu küssen. Dann stoppe ich meine Fantasien. Zuerst muss ich mich entschuldigen – und mit ihm reden.

Plötzlich höre ich von der Ferne wütende Schreie.

»Sag das nochmal zu ihr, und ich knall dir eine!« Ist das Freddy?

»Hört auf!«, schreit ein Mädchen kurze Zeit später.

Meine Schritte werden schneller. Im Pavillon tummeln sich drei Gestalten. Ich komme näher und mein Herz bleibt einen Moment stehen. Da ist Kai. Ich sehe gerade noch, wie er zu Boden geht und Freddy vor ihm steht.

Ich hole Luft und will ihn anschreien, doch da steht Kai auf und ehe irgendjemand reagieren kann, packt er Freddy, dreht seine Arme nach hinten und drängt ihn mit dem Gesicht voran gegen eine Säule. Er hält ihn mit einem locker aussehenden Handgriff fest und sieht ihn aus diesen kühlen, ausdruckslosen Augen an, die ich nur allzu gut kenne.

»Schlag mich noch einmal«, sagt er und Freddy zappelt unter seinem Griff.

»Ich warte, Blondie.«

Freddys Augen glühen vor Wut. »Ja, ich hab verstanden. Jetzt lass mich los!«

Kai lässt ihn los und Freddy torkelt etwas zur Seite.

Als Kai näher an das Licht im Pavillon tritt, sehe ich, dass er eine Blessur knapp unter dem Auge hat. Freddy hat ihm ordentlich eine verpasst.

Ich trete neben Kai, doch er sieht mich nicht an. Vorsichtig berühre ich sein Kinn und drehe sein Gesicht zu mir, um zu sehen, ob er noch mehr Blessuren hat, doch das scheint die Einzige zu sein.

»Das war gerechtfertigt. Du hättest hören sollen, was er zu ihr gesagt hat«, verteidigt sich Freddy, der neben Viola steht. Sein Hemd ist unordentlich aus seiner Hose gerutscht und die Knöpfe sind bis zu seiner Brust aufgeknöpft. Und Viola, das fällt mir erst jetzt auf, hat sich ihrer sauberen schlichten Bluse entledigt und obenrum nur noch ihren BH an, der von ihrer langen wallenden Mähne verdeckt wird.

»Verdammt«, entkommt es mir, als mir langsam klar wird, was hier fast passiert wäre. Und was Kai vermutlich gesehen hat.

»Klar, ein Schlag ins Gesicht ist immer gerechtfertigt«, sagt Kai monoton. »Und es ist natürlich auch gerechtfertigt, dass du meine Schwester mitten im Park vögelst.«

»Wir hatten nicht vor-«, beginnt Viola, doch Kai unterbricht sie. »Wusste gar nicht, dass du auf solche Kerle scharf bist. Ich dachte, das Verhalten von Vater hat dich immer angeekelt, wenn er jede Nacht mit einer anderen Schlampe heimgekommen ist, oder mir eine verpasst hat, nur weil ich ihn schief angeschaut habe.«

Viola weint bereits bitterlich. »Du bist so ein Arsch, Kai!«

»Ich weiß. Und du ein Flittchen – aber das Thema haben wir schon durch.«

Freddy nimmt das als Anlass und krempelt seine Ärmel höher, doch ich komme ihm zuvor, und stelle mich zwischen sie. »Ich würde das lieber lassen.« Gleichzeitig ist Viola vorgeprescht und hält Freddy am Arm, der diesen langsam sinken lässt.

Ich sehe Viola an und will etwas sagen. Doch dann schüttle ich den Kopf. Es geht mich nichts an.

Stattdessen nehme ich Kais Hand und drücke sie leicht. Er wirkt abwesend, lässt sich aber von mir aus dem Pavillon führen.

217

»Im Zelt hat bestimmt jemand einen Eisbeutel«, sage ich, als wir einige Meter hinter uns gebracht haben.

»Es ist nicht schlimm«, sagt Kai kühl.

»Es wird dir trotzdem nicht schaden.«

Kai seufzt und lässt meine Hand los. »Bemutter mich nicht, Phina.«

Ich bleibe ebenfalls stehen und sehe ihn verdutzt an. »Ich *kümmere* mich um dich. Darf ich das als deine Freundin nicht?«

»Freundin? Ich dachte, ich bin nur ein Klassenkamerad«, spottet er.

»Das ... das musste ich sagen«, murmle ich und überlege fieberhaft, wie ich ihm die Sache erklären soll.

Er sieht mich an und wirkt plötzlich so verletzt dabei, dass mir das Herz wehtut.

»Kai«, sage ich und komme ihm näher, nehme seine Hände. »Ich weiß, dass es blöd war, das zu sagen, aber ... meine Mutter zieht irgendwie schnell Vorurteile. Und ich habe Probleme damit, sie mit Dingen zu konfrontieren, mit denen sie nicht einverstanden ist, es ist ... es ist schwer zu erklären.«

Kai senkt den Blick und schweigt.

»Aber ich werde es ihr natürlich sagen. Ich will unbedingt, dass das mit uns funktioniert.«

Er sieht hoch und nickt. »Ja, ich auch.«

»Okay«, sage ich und lächle ihn an. »Ich werde bald mit ihr reden. Aber ich will nicht, dass sie es irgendwie anderweitig erfährt. Bis dahin wär es, denke ich, besser, wenn wir das hier noch für uns behalten könnten. Ist das okay für dich?«

Kai reagiert nicht und sieht an mir vorbei. Er hat wieder diesen kühlen Ausdruck in den Augen. Ich drücke seine Hände und spüre eine Gänsehaut, die sich über meine Arme zieht. Plötzlich ist mir wahnsinnig kalt.

218

»Kai?«, frage ich leise.

Er zuckt zusammen und sieht mich an. »Ja, klar.« Ich merke, wie er versucht, sich ein Lächeln abzuringen, es ihm aber nicht ganz gelingt.

Ich weiß, will ich sagen. Ich weiß, es ist scheiße. Und es ist scheiße von mir. Aber ... ich weiß einfach nicht, was ich tun soll.

Stattdessen küsse ich ihn auf die Wange. So oft, bis ihm endlich ein Lachen entkommt. Ich umarme ihn und genieße dieses warme, schöne Gefühl, das mich dabei überkommt, als er auch seine Arme um meine Taille schließt.

Bitte sei mir nicht böse, sage ich gedanklich. Du bist mir wichtig.

»Hat er das eigentlich wirklich gemacht?«, frage ich nach einer Weile leise an seine Schulter.

»Mein Vater?«

»Mhm«, sage ich.

Sein Kopf bewegt sich. Ein Nicken. Mir wird übel.

»Scheiße«, murmle ich und in meinem Kopf spielt sich ein Film von einem jungen Kai ab, der von einer älteren Version seiner selbst geschlagen wird. Und dann kommt mir noch ein Gedanke. Ich löse mich von ihm und sehe ihn erschrocken an. »Tut mir so leid, dass ich dich damals geschlagen habe.«

Zu meiner Überraschung fängt Kai leise an zu lachen. »Du und deine Minihände. Das war doch nichts.«

»Na ja«, murmle ich. »Du warst doch ziemlich perplex.«

»Ja, das schon. Aber, seien wir uns ehrlich, ich hab's verdient.«

»Nein, hast du nicht. Ich hab total überreagiert ... das macht man nicht. «

Kai hebt seine Hand und streicht über meine Wange, bis zu meinem Kinn. Ich bekomme eine Gänsehaut und es ist, als würde sich die Berührung bis über meinen ganzen Körper ziehen.

»Du bist süß.«

Ich strecke ihm die Zunge raus. Und er lächelt.

***

»Nein, Sakura, bitte, du musst durchhalten«, sagt der Junge, der Sora Yoshida spielt. Lola liegt auf dem Boden und hält seine Hand. Sie hustet dramatisch auf. »Bruderherz, lass los. Meine Zeit ist gekommen.«

Der Junge schluchzt auf. »Ich bin nicht bereit, dich loszulassen.«

»Sora, sieh hoch«, sagt sie und zeigt auf den Papiersichelmond, der von der Bühnendecke baumelt. Der Junge sieht hoch.

»Der Mond ist schön heute Nacht, oder?«

»Ja. Heute Nacht ist er besonders schön«, erwidert der Junge.

Dann lässt Lola ihren Kopf nach rechts sinken. Der Junge schreit auf. »Nein! Nein, Sakura!«

Tosender Applaus folgt.

Tante Bi ruft: »Ja, das ist meine Nichte!«

Meine Mutter seufzt und hält sich den Nasenrücken.

Ich klatsche, und doch ist das restliche Stück an mir vorbeigezogen, ohne dass ich etwas davon registriert hätte. Ich kann nur an Kai denken. An diesen Ausdruck in seinen Augen.

Ich will ihn nicht verletzen. Gleichzeitig drückt es mir die Kehle zu, wenn ich auch nur daran denke, meiner Mutter zu erzählen, dass ich in Kai verliebt bin.

220

Warum ist mir das nur so wichtig? Warum kann es mir nicht egal sein, was sie von mir denkt? Ich hasse mich so sehr dafür …

KAPITEL 19

Nur ein geheimer Besuch

»Das Krönchen hast du dir verdient«, lache ich ins Handy, während ich mich im Badezimmer abschminke. Emma auf der anderen Seite des Facecalls macht genau das Gleiche.

»Ich bin so froh. Aber ich hatte echt Glück. Beim letzten Tanz hätte ich beinahe auf meine Schuhe gekotzt. Mir ist den ganzen Tag schon so schlecht.«

»Armes Ding«, sage ich und nehme mein Handy, gehe in mein Zimmer. »Hey, hast du noch was von Viola gehört?«

Emma schüttelt den Kopf, dabei fliegt ihr silbernes Diadem auf den Boden. Sie hebt es rasch auf und inspiziert es. Ihrem erleichterten Gesichtsausdruck nach zu urteilen, ist es nicht kaputt gegangen.

»Denkst du, sie ist bei … bei Freddy?«, sage ich und bei dem Gedanken wird mir übel.

»Warum fragst du nicht Kai, ob sie mittlerweile zuhause ist?«, fragt Emma.

Ich seufze. »Ja, könnte ich. Aber er … er hat seit unserem Gespräch nicht mehr mit mir geredet. Nicht mal verabschiedet hat er sich.«

Emma verzieht ihr Gesicht. »An deiner Stelle würde ich schnellstmöglich mit deiner Mutter reden, Phina. Du verletzt ihn nur damit.«

»Ist das zu viel verlangt, mir Zeit zu lassen? Das ist 'ne große Sache, okay? Immerhin will ich, dass sie es akzeptiert

222

und gutheißt. Dafür muss ich mir eine gute Strategie überlegen. Und die richtigen Worte finden.«

»Und was tust du, wenn sie es nicht erlaubt?«

Ich beiße die Zähne zusammen. Dann atme ich einmal tief durch, um mich zu beruhigen. »Keine Ahnung. Mich heimlich mit ihm treffen, bis ich meinen Abschluss habe und ausziehe?«

Emma sieht mich kritisch an.

»Mann, ich weiß auch nicht.« Ich trete gegen eine Jeans am Boden. »Mama kann so hart sein. Es ist echt schwer, sie von etwas zu überzeugen.«

Plötzlich ploppt eine Nachricht auf – von Kai.

Bist du allein zuhause?

Ich fange an zu grinsen. Emma hebt eine Braue. »Was ist los?«

»Kai fragt mich gerade, ob ich allein zuhause bin. Denkst du, er will mich besuchen kommen? Vielleicht klettert er ja durch mein Fenster oder so. So wie Marcus von *Ginny and Georgia*. Hast du die Serie eigentlich gesehen?«

»Ähm, also erstens, du bist ja nicht allein zuhause, und zweitens, dein Zimmer ist im Dachgeschoss – ich denke, dass das etwas zu waghalsig wäre.« Dann grinst Emma leicht. »Und nein, ich kenne die Serie nicht.«

Während Emma redet, tippe ich eine Antwort.

Ne, aber alle schlafen schon ... Warum?

»Phina, was hast du geantwortet?«, fragt sie.

Kai schreibt und es ploppt innerhalb zwei Sekunden eine weitere Nachricht auf.

Kannst du rauskommen? Würde gern mit dir reden.

Ich quietsche auf. »Emma, ich muss auflegen, Kai steht vor'm Haus.«

Emma hat keine Chance, noch etwas zu sagen, da drücke ich schon auf den Auflegebutton, ziehe mir eine Weste über meinen Pyjama und schleiche nach unten.

Ich öffne die Hintertür, weil diese nicht ganz so laut ist wie die Haustür, durchquere unseren Garten und öffne die Gartentür. Am Gehsteig, gegen den Mast der Straßenlaterne gelehnt, sehe ich Kai. Er bemerkt mich erst, als ich kurz vor ihm stehe. Dann lässt er seinen Blick über mich gleiten und grinst leicht. »Echt heißer Pyjama.«

Ich sehe an mir hinab und grunze. »Ja, Tom Nook ist echt sexy.«

Er gluckst auf und kommt mir entgegen, nimmt mich in den Arm. »Hey«, flüstert er in mein Ohr.

»Hey«, sage auch ich und atme seinen persönlichen Duft und das Parfum ein, das an seiner Lederjacke haftet.

»Du wolltest reden?«, frage ich und grinse zu ihm hoch. Er nimmt mein Gesicht in die Hände und küsst meine Nasenspitze. »Nicht wichtig. Eigentlich wollte ich dich nur sehen.«

»So süß«, gurre ich. »Das kannst du öfter machen.«

Ich küsse ihn auf die Lippen. Seine weichen, schönen Lippen. Ich liebe sie einfach. Und ich liebe ihn. Warte … ich liebe ihn?

»Willst du mein Zimmer sehen?«, sage ich leise, als wir uns voneinander lösen. Er reißt seine Augen auf. »D-Dein Zimmer?« Er sieht zum Haus. »Aber dann muss ich ja da rein.«

»Wir sind leise«, flüstere ich und ziehe ihn hinter mir her. Er seufzt und folgt mir zögerlich.

Als wir im Haus sind und er seine Schuhe auszieht, bekomme ich Herzklopfen. Liebe macht echt mutig. Wenn meinen Eltern jetzt spontan einfällt, ein Glas Wasser zu holen, wäre ich einen Kopf kürzer. Aber mir gefällt die Vorstellung,

224

ihn hier zu haben. Und wer weiß, ob sich die Gelegenheit dazu in nächster Zeit noch ergeben wird.

»Echt schönes Haus«, flüstert Kai, als wir zur Treppe schleichen. »Und echt viele Pflanzen.«

»Gehören Papa«, antworte ich leise und spüre, wie meine Hand in Kais schwitzig wird.

Als wir den ersten Stock erreichen, spüre ich meinen Herzschlag am stärksten – denn hier schlafen Mama, Papa und Lola.

»Nochmal hoch?«, fragt er und gleichzeitig höre ich eine Türklinke, die runtergedrückt wird.

Schnell ziehe ich Kai hoch und verharre, als eine Tür aufgeht. Ich schaue um die Ecke und sehe Lola, die schluchzend aus dem Zimmer stolpert und im Badezimmer verschwindet.

»Geh schon mal hoch. Ich komme gleich«, hauche ich und deute auf die einzige Tür im zweiten Stock. Kai nickt ohne Fragen und schleicht hoch, während ich nach unten gehe.

»Lola?«, frage ich und klopfe leise an die Tür.

»Ich hab sie bekommen«, schluchzt sie sofort. »Da sind nur Tampons, aber die gehen nicht rein.«

Oh je. Lola hat ihre Tage bekommen.

»In meiner alten Kosmetiktasche müssten noch ein oder zwei Binden drinnen sein«, sage ich. »Die Violette mit dem Frosch drauf.«

Ich höre sie eine Schranklade öffnen. »Ja, danke. Die nehme ich.«

»Alles okay? Tut dir was weh?«, frage ich und erinnere mich noch zu gut an mein erstes Mal. Ich habe ebenfalls geheult und war komplett überfordert mit der Situation. Noch dazu passierte das in unserem Sommerurlaub in Griechenland und ich war gezwungen, gleich ein Tampon in mich reinzuquetschen, um schwimmen gehen zu können.

225

»Nein. Aber mein Bettlaken hat einen Blutfleck. Und die Unterhose.«

Ich hole ein frisches Leintuch aus dem Gästezimmer und tausche es aus. Als Lola endlich rauskommt und den Anschein macht, dass es ihr gut geht, gehe ich hoch.

Als ich meine Zimmertür öffne, trifft mich beinahe der Schlag. »Oh, Mann, ich hab total vergessen, dass du hier bist.« Kai hat seine Jacke abgelegt und sitzt auf meinem Bett, hat mein MacBook auf seinem Schoß und fängt an zu glucksen. »Sollte ich jetzt beleidigt sein?«

»Bitte nicht«, sage ich und setze mich neben ihn, klammere mich an seinem Oberarm fest. Er hat mein Netflix-Konto am Bildschirm. »Das mit Lola hat mich gerade etwas aus dem Konzept gebracht. Sie hat ihre Tage bekommen.«

»Oh. Das erste Mal?«, fragt er.

Ich nicke. »Sie war total blass und völlig aufgelöst. Das verstehst du bestimmt nicht, aber es ist irgendwie komisch, wenn man die das erste Mal kriegt.«

Kai sieht mich herausfordernd an. »Ich versteh' das nicht? Darf ich dich daran erinnern, dass ich eine Zwillingsschwester habe und das ganze live miterleben durfte, weil unsere liebe Mutter uns ja kurz vor Pubertätsbeginn verlassen hat?«

»Scheiße …«, murmle ich. »Wie war das?«

Er seufzt tief auf. »Ich musste mit dreizehn kurz vor Ladenschluss eine Tamponpackung besorgen. Das war mir damals so peinlich. Aber Papa war in irgendeiner Bar und Vio war sowieso mit den Nerven am Ende. Und damals bekam sie schon Schweißausbrüche, wenn sie allein in einem Supermarkt eine Packung Milch besorgen musste.«

Arme Viola. Das war bestimmt nicht lustig für sie – und für Kai genauso wenig.

226

»Muss echt hart gewesen sein«, murmle ich und beginne, die Innenseite seines Armes zu streicheln.

Er zuckt zusammen und ich höre auf. »Magst du das nicht?« »Nicht hier.«

Ich erinnere mich an die Narben, die er jetzt geschickt versteckt und ärgere mich darüber, nicht daran gedacht zu haben.

»Haben die Therapiestunden eigentlich geholfen?«, frage ich unbeholfen. »Also, für die Sache ...«

Kai, der gerade noch durch Netflix gescrollt hat, stoppt und spannt sein Kiefer an. »Ich will eigentlich nicht darüber reden.«

»Sorry, ja klar, kein Ding«, sage ich schnell und finde meine Nägel plötzlich irrsinnig interessant. Ich spüre, wie meine Wangen heiß werden und mich der Scham langsam überkommt. Ich bin so blöd! Kein Wunder, dass mich niemand leiden kann.

Kai verschränkt seine Finger mit meinen und streichelt mit dem Daumen über meinen Handrücken. »Sei mir nicht böse. Es liegt nicht an dir, ich will einfach generell das Thema vermeiden.«

Ich nicke rasch und fühle mich immer noch schlecht. Ich will einfach nichts falsch machen, wenn ich bei ihm bin. Aber Kai scheint mir meine Neugier echt nicht krummzunehmen, denn sein ungewöhnlich warmer Blick liegt auf mir und er lächelt schwach. Ich erwidere es nervös.

»Hast du echt ein eigenes Bad?«, fragt Kai leise.

Ich drehe mich in die gezeigte Richtung und nicke schwach. »Jep.«

Er schüttelt den Kopf. »Echt krass. Und ich muss sagen, ich hätte mir dein Zimmer anders vorgestellt.«

»Echt? Wie denn?«

»Nicht so ... *prinzessinnenhaft*.«

227

Ich lache leise. »Hey, gib mir ein Krönchen und ich zeig dir, wie prinzessinnenhaft ich sein kann.«

»Du hättest bei der Wahl heute mitmachen können, dann hättest du eines. Und dann könnte ich dir das auch besser abkaufen.«

»Ne«, sage ich. »Selbst wenn mich das gejuckt hätte, hätte ich Emma die Krone nicht streitig machen wollen. Sie träumt davon, seit wir sechs sind.«

Kai grinst schwach und sieht mich anzüglich an. »Hm, schade, so ein Tüllkleid hätte dir echt gut gestanden.«

Ich erwidere seinen Blick und bekomme nur noch schwer Luft. »Ich hätte sogar eins. Hab letzten Frühling debütiert. Aber es ist echt schwer auszuziehen.«

Er legt den Laptop beiseite und zieht mich auf sich. Ich gebe einen überraschten Laut von mir und sitze schließlich rittlings auf ihm. Ein angenehmer Schauer rieselt an mir herab und mein Herz klopft bei seinem Anblick wie wild. Wie macht er das nur? Ein einziger Blick oder eine einzige Berührung von ihm reicht, um mich um den Verstand zu bringen.

»Das ist ein Problem«, flüstert er und nur wenige Zentimeter trennen unsere Lippen. »Aber ich denke, wir würden das gemeinsam schon hinbekommen.«

Ich bin schließlich die, die den Abstand verringert und ihn küsst. Mein ganzer Körper kribbelt und schreit sofort nach mehr. Mein Gehirn schaltet langsam ab und ich rutsche tiefer in seinen Schoß hinein. Seine Zunge streicht über meine Lippen und ich spüre ein kitzelndes Gefühl unter meinem Bauch. Vielleicht bin ich deshalb auch nicht erschrocken, als ich spüre, dass er auf mich reagiert. Im Gegenteil – es gefällt mir und ich fühle mich gut dabei. Selbstsicherer. Nicht so unsicher und unbeholfen wie damals bei Freddy.

228

Ich nehme Kais Hände und schiebe sie unter mein Shirt. Sie sind warm und fühlen sich wunderbar auf meiner nackten Haut an. Generell fühlt es sich gut an, ihn so nahe bei mir zu haben und ihn zu spüren. Ich vertraue ihm und fühle mich sicher.

Ich lasse von ihm ab und drücke den Lichtschalter neben mir. Es ist dunkel – nur der Bildschirm meines Macs beleuchtet schwach unsere Körper.

Als ich mein Shirt ausziehe und mich entblöße und mich gleichzeitig entscheide, dass ich bereit für mehr bin, fange ich an zu zittern. Nicht, weil mir kalt ist – ich bin nervös. Schrecklich nervös. Und ich habe seltsamerweise etwas Angst. Doch Kais Küsse und sanfte Berührungen machen das Zittern etwas leichter. Ich küsse seine Stirn und atme diesen wunderbaren Duft seiner Haare ein. Es hat irgendetwas von grünem Apfel. Ich ziehe an dem Stoff seines Shirts und eine schnelle Bewegung später hat auch er seinen Oberkörper frei gemacht.

Plötzlich hebt er mich hoch, dreht uns und ich liege mit dem Rücken auf dem Bett – und er auf mir. Diese bekannte Stellung lässt mein Herz rasen und ich spüre, wie das Zittern wieder ansetzt. Ich sehe mich in dem Himmelbett in Südfrankreich liegen, sehe Freddy über mir, wie er gierig an meinen Ohrläppchen knabbert und meine Hose abstreift. Es war alles einvernehmlich und ich habe mich auch bereit dazu gefühlt. Doch als er schließlich in mich eindrang und ich nur noch diesen stechenden Schmerz spürte, der bei jeder seiner Bewegungen durch meinen gesamten Körper zog ... oder als er danach viel zu schnell von mir abließ und in sein Zimmer verschwand, mit der Ausrede, unsere Eltern könnten jeden Moment zurückkommen, da begann ich langsam, die Sache zu bereuen.

Ich will mich nicht wieder so fühlen. Ich habe wahnsinnige Angst davor, erneut verletzt zu werden. Auf mehr als eine Weise.

»Phina?«, fragt mich Kai, lässt von meinen Lippen ab und sieht mich besorgt an. »Alles gut?«

Ich schlucke und nicke schnell. Verdammt. Ich muss aufhören. Das hier ist nicht Freddy. Das ist Kai. Er mag mich. Es wird diesmal nicht wehtun. Und *er* wird mir auch nicht wehtun, oder?

Das Zittern vergeht nicht, genauso wie diese panische Angst, die tief in mir steckt.

Kai rollt sich auf die Seite und liegt jetzt neben mir. Mein Herzrasen legt sich und das Zittern vergeht langsam.

Ich fühle, wie er seinen Arm um mich legt und mir einen Kuss auf die Schläfe gibt. »Du kannst mit mir reden. Ich mache nichts, das du nicht willst.«

Ich seufze leicht und kuschele mich enger an ihn. »Ich will das ja. Aber irgendwie denke ich, dass es besser wäre, noch zu warten … keine Ahnung.«

»Das ist okay«, sagt er.

Ich fühle mich leicht unwohl. Wahrscheinlich ist er jetzt total enttäuscht. Oder er hält mich für prüde oder denkt, ich mag ihn nicht.

»Ähm … wie oft hattest du schon Sex?«, frage ich, um die Stille zu durchbrechen.

Kai stößt die Luft hörbar aus. »Du fragst mich Sachen. Ich weiß nicht. Ein paar Mal.«

Mein Herz zieht sich bei der Vorstellung zusammen und ich bekomme automatisch mehr Druck. War irgendwie klar, dass er schon mit mehreren Mädchen was hatte.

»Aber immer mit derselben.«

Ich sehe ihn überrascht an. »Also hattest du schon eine Freundin?«

Er schüttelt den Kopf. »Sie wollte nichts Festes. Aber das war schlussendlich auch gut so. Nach ein paar Monaten habe

230

ich nämlich herausgefunden, dass sie gleichzeitig mit einem ehemaligen Freund von mir geschlafen hat.« Er schnappt sich eine meiner Lockensträhnen und wickelt sie um seinen Finger. »Das war scheiße.«

»Das kann ich mir vorstellen«, murmle ich und erinnere mich an das Bild, das mir Viola auf unserer Pyjamaparty gezeigt hat. »So 'ne Bitch.«

Er lacht leise. »Oh ja.« Dann deutet er auf meinen Laptop. »Willst du was gucken?«

Ich folge seinem Blick und beiße mir auf die Wange. »Ist es echt okay für dich?«

»Was denn? Dass du in deiner Liste *Miraculous* hast? Ich denke, das kann ich akzeptieren.«

Ein leises Lachen durchrüttelt mich. »Nein, du weißt, was ich meine.«

Er legt seine Hand auf meine Wange und sieht mich an. »Was ist das für eine Frage? Klar ist es okay. Ich hab ja nicht mal erwartet, dass du mich gleich in dein Zimmer lässt.«

»Das war spontan«, sage ich und grinse leicht, nehme seine Hand, die auf meiner Wange ruht. »Denk nicht, ich will das nicht mit uns. Das will ich sogar sehr. Aber ich denke, dass es besser wäre, noch zu warten.«

»Dann warten wir«, haucht er und küsst mich sanft.

Als wir uns voneinander lösen, spüre ich, wie mich die Müdigkeit packt. Ich sehe auf die Uhr des MacBooks. Es ist kurz vor halb 12.

»Ich bin ziemlich müde«, sage ich und lege das MacBook auf den Boden. Gleichzeitig steht Kai auf und macht Anstalten, sich sein T-Shirt über den Kopf zu ziehen.

»Was machst du?«, frage ich.

»Du willst schlafen«, sagt er überrascht.

231

»Willst du nicht hierbleiben? Zumindest, bevor alle aufwachen.«

Er sieht mich lange an, scheint nachzudenken. Dann grinst er und legt sich wieder zu mir. »Klar.«

Es ist ein schönes Gefühl, ihn neben mir zu spüren, atmen zu hören und zu riechen. Ein paar Mal muss ich ein Kichern unterdrücken – einfach, weil mir wieder in Erinnerung gerufen wird, dass Kai Nox soeben neben mir im Bett liegt, mit mir kuschelt und mich küsst. Das ist wie ein Traum und alles, was ich mir je gewünscht habe. Deshalb fällt mir das Einschlafen auch zunehmend schwer.

Kurz bevor die Müdigkeit endgültig meine Gedanken ersticken kann, höre ich dumpfe Schritte, die die Treppe zu meinem Stock hochlaufen. Ich bin wie erstarrt. Kai bemerkt meine Anspannung und richtet sich etwas auf. Gleichzeitig klopft es an meiner Tür und bevor ich irgendwie reagieren kann, geht die Tür auf und das Licht wird angeschaltet.

»Phina, ich kann nicht schla-«, weiter kommt Lola nicht, denn da heften sich ihre Augen hinter mich auf Kai. Ich bin unfähig zu sprechen. Und auch ihr hat es die Sprache verschlagen.

Sie dreht sich kurzerhand um und poltert die Treppe nach unten, lässt die Tür weit offen.

Schnell springe ich auf, ziehe mir das erstbeste Shirt an, das mir in die Hände fällt und folge ihr.

»Lola!«, zische ich und sehe gerade noch, wie sie hinter ihrer Tür verschwindet. Als ich das erste Stockwerk erreiche, geht die Schlafzimmertür auf und meine Mutter kommt raus. Sie trägt ihren Satinschlafanzug und sieht selbst verschlafen noch ziemlich dominant und streng aus.

»Was soll dieser Lärm?«, zischt sie und kommt auf mich zu. Dann mustert sie mich von oben bis unten. »Was ist das für ein Oberteil?«

Ich sehe an mir herab und werde bestimmt knallrot. Offenbar habe ich Kais Shirt erwischt.

»L-Lola hat-«, beginne ich, doch da öffnet sich die Tür zu Lolas Zimmer und sie lugt heraus. Mein Herz pocht mir bis zum Hals. Oh nein. Oh bitte, sag ihr nichts!

»Ja?«, fragt Mutter und verschränkt die Arme. »Lola, was ist los?«

Lola sieht mich lange an und ich wechsle wahrscheinlich von rot auf weiß, spüre direkt, wie mir jede Farbe aus dem Gesicht weicht.

»Hab meine Tage bekommen«, flüstert Lola und sieht nun zu unserer Mutter. Deren Gesichtsausdruck wird plötzlich weich und sie schaut sie sanft an. »Achso. Alles okay?«

Puh! Das war knapp.

Ich will gehen und nach oben schleichen, doch Mutter hält mich zurück. »Ist das wieder einer dieser Oversize-Klamotten, die du so gern hast? Tu mir einen Gefallen und entsorge es. Ich kann diese Dinger nicht mehr an dir sehen.«

»Okay«, sage ich nur und siehe zu, dass ich nach oben verschwinde. Was hat sie nur? Das ist ein schlichtes schwarzes Shirt.

Als ich ins Zimmer trete, ist Kai weg. Enttäuschung macht sich in mir breit und während ich so überlege, wie er es geschafft hat rauszukommen, geht meine Badezimmertür einen Spalt auf.

»Hier drin bist du«, lache ich leise und öffne die Tür ganz. Kai hat seine Jeans angezogen, doch sein Oberkörper ist frei.

»Ich dachte, nur so zum Notfall«, murmelt er und deutet dann auf sein Shirt, das ich trage. »Kann ich es wiederhaben?«

Sein anzügliches Lächeln lässt mich erröten, doch da im Badezimmer das Licht an ist, traue ich mich nicht wirklich, es auszuziehen.

Er merkt mein Zögern und kommt mir etwas näher. »Du weißt schon, dass ich dich bereits gesehen habe?«, flüstert er in mein Ohr.

»Ach, ich dachte, du hast nichts gesehen?«, frage ich und entlocke ihm ein Lachen.

»Ja, das war gelogen.« Er küsst meine Wange. »Und du siehst heiß aus.«

Ich grinse verlegen. »Heiß würde ich jetzt nicht sagen.«

»Du kannst das gar nicht beurteilen.« Plötzlich hievt er mich hoch und ich gebe einen erstickten Laut von mir. Er trägt mich ins Bett.

»Aber bevor ich gehe, will ich's wiederhaben, klar?«

Ich kichere und nicke gleichzeitig.

KAPITEL 20

Nur deine Worte

Einerseits bin ich erleichtert, als ich es schaffe, Kai um vier Uhr früh nach draußen zu bringen, ohne dass es jemand bemerkt. Andererseits werde ich aber auch unglaublich traurig. Es war so schön mit ihm. Wir haben kaum geschlafen, sondern nur gekuschelt und über alles Mögliche geredet.

Mit ihm zu reden, fällt mir wahnsinnig leicht. Es ist, als könnte ich ihm alles anvertrauen und über alles mit ihm reden, ohne dass er mich verurteilt. Oder mich seltsam findet.

Deshalb bin ich dementsprechend müde, als mein Wecker um kurz vor sieben klingelt.

Meine Eltern sind bereits unterwegs, als ich in die Küche komme. Lola sitzt dort fertig angezogen und mit einem fetten Grinsen.

»Hm?«, frage ich und schäle eine Banane.

»Wie war's denn mit Kai?«, fragt sie und wackelt mit den Augenbrauen.

Ich verharre in der Bewegung. Na toll. Das habe ich vollkommen vergessen.

»Was willst du?«, frage ich und beiße in die Banane.

»Nichts«, sagt Lola. »Hmm, warte, vielleicht doch was…«

»Ja?«, frage ich genervt.

»Das Passwort, damit ich bei Netflix nicht mehr im Kindermodus sein muss«, sagt sie. »Oh, nein, ich will, dass du

235

mich, sobald du den Autoführerschein hast, überall hinfährst. Nein, nein, warte ...«

»Mann, jetzt entscheide dich!«, zische ich. Ich bin völlig angespannt. Das ist nicht witzig und kein Spiel. Wenn Lola irgendetwas davon rausrutschen sollte, würde ich bestimmt lebenslang Hausarrest bekommen. Oder Schlimmeres ...

»Ich überleg mir noch was, oke?«, sagt sie und beißt in ihren Nutellatoast. »Hattest du dann gestern ... na ja, du weißt schon ...«

»Klappe!«, zische ich und hänge mir meinen Rucksack über die Schulter. »Beeil dich, ich will jetzt fahren.«

In der Schule angekommen, steigt Lola wie sonst auch vom Roller, übergibt mir ihren Helm und steuert geradewegs auf ihre Freundesgruppe zu, die am Ende des Parkplatzes auf sie wartet. Im Gegensatz zu mir ist Lola in ihrer Klasse ziemlich beliebt. Würde mich nicht sehr stören, doch die riesigen Pyjamapartys von circa sechs 12-jährigen Mädchen sind immer etwas anstrengend.

Ich sehe auf die Uhr. Es ist kurz nach halb acht. Ich hätte also theoretisch noch Zeit, mich irgendwo mit Kai zu treffen – wenn er denn schon da wäre.

Während ich eine Nachricht an ihn tippe und in Richtung Eingang steuere, höre ich lautes Gekicher neben mir. Da steht Lola mit ihren Freundinnen und alle gaffen mich an, als wäre ich ein Affe im Käfig, der gerade ein Kunststück vorgeführt hätte. Als mein Blick düster wird, vergeht den Mädchen das Lachen und sie senken den Blick. Nur Lola grinst mich unschuldig an.

Ich ignoriere sie und gehe weiter in Richtung Schultor, kontrolliere alle zwei Sekunden meine Nachrichten. Doch Kai antwortet nicht.

236

Mich wundert das wenig, denn er kommt normalweise immer kurz vor dem Läuten. Nicht so bald wie ich.

»Hey, du«, begrüßt mich eine hohe Stimme und ich drehe mich um. Lana legt einen Arm um meine Schulter und grinst mich an. Sofort überkommt mich Panik. Das habe ich völlig vergessen. Was würde Lana sagen, wenn sie wüsste, was da zwischen Kai und mir mittlerweile läuft?

»Du warst gar nicht auf dem Fest«, sage ich, weil mir nichts Besseres einfällt. Lana nickt. »Ja, ich war beschäftigt. Aber ich habe gute Neuigkeiten!«

»Hm?«, frage ich und bin verwundert von ihrer offensichtlichen guten Laune – wo sie doch am Samstag einen Korb von Kai bekommen hat.

»Ich habe eine Entscheidung getroffen. Ich werde es nochmal mit den Videos probieren. Und diesmal mache ich sie auf Deutsch.«

»Das ist klasse«, sage ich ehrlich begeistert und Lana nimmt das als Anlass und drückt mich an sich.

»Holen wir uns wieder diese tollen Muffins und essen sie im Hinterhof? Wir haben noch etwa zwanzig Minuten.«

»Ähm …«, sage ich und schaue auf mein Handy. Immer noch keine Nachricht von Kai. »Ja, klar, warum denn nicht.«

Bevor wir allerdings losgehen können, kommt uns eine große brünette Gestalt entgegen.

»Hey, Rachel«, sagt Lana und winkt ihr zu. Ich winke weniger begeistert. Rachel hingegen grinst mich an – schadenfroh, wie ich bei genauerem Hinsehen feststelle.

»Na, Phina, wilde Nacht gehabt?«, lacht sie und gesellt sich zu uns. Ich runzle die Stirn. Hallo? Wie kommt sie darauf?

»Ja, Emma und ich mussten schließlich ihren Sieg feiern«, bluffe ich. Rachels Grinsen wird etwas kleiner.

237

»Hat sich für mich so angehört, als hättest du gestern Nacht heimlichen Besuch gehabt.« Rachel deutet dabei nach hinten. Um Lola hat sich eine größere Traube gebildet. »Die Kleine prahlt da vorne gerade maßlos damit. Ist ja ganz witzig.«

Ich rolle mit den Augen. Dieses kleine Biest kann nachher was erleben.

»Echt? Du interessierst dich für den Klatsch einer 12-Jährigen? Wie traurig«, murmle ich und versuche, das Thema etwas zu verharmlosen.

Doch Rachel lässt sich nicht unterkriegen. »Weißt du, du bist jetzt nicht wirklich als *die* Sexbombe unserer Klasse bekannt. Da würde es mich schon interessieren, wen du da heimlich ins Bettchen geschleppt hast.«

Panik überkommt mich, doch ich lasse sie mir nicht anmerken. »Gibt es nichts Spannenderes in deinem Leben?«

»Ich bin nur neugierig. Eigentlich gibt es da eh nur zwei Kandidaten«, sagt Rachel und streicht sich ihr langes Haar zurück. »Entweder es war Freddy Talisman, mit dem du letzten Sommer schon gevögelt hast – danke übrigens, dass ihr euch letzte Woche so laut in der Garderobe unterhalten habt.«

Ich spüre, wie meine Wangen Feuer fangen. Lana neben mir sieht überrascht zwischen mir und Rachel hin und her.

»Oder es war Kai, mit dem du auf der Party rumgeknutscht hast.«

Fuck. Warum … warum weiß sie das?

»Was?«, fragt Lana und sieht mich stirnrunzelnd an.

Ich schüttle den Kopf, obwohl es wahr ist. Aber ich muss einfach den Kopf schütteln.

»Oh, streit es nicht ab. Yua hat geplaudert«, verrät Rachel und lacht fröhlich. »Tolle Freundin ist sie, nicht, Lana? Da erfährt sie, dass du auf ihn stehst, und dann macht sie mit ihm rum – in der selben Nacht, in der du abserviert wirst.«

238

»I-Ich war betrunken!«, lüge ich und starte einen armseligen Versuch, das alles vor Lana zu rechtfertigen.

»Ich find's ja ganz interessant. Das Silva-Mädchen und der Nox-Junge. Wer hätte das gedacht? Das könnte es sogar auf die Titelseite der Schülerzeitung schaffen«, scherzt Rachel. Lana hingegen sieht aus, als wäre ihr kotzübel geworden. Und auch mir ist unglaublich schlecht. Nicht nur wegen Lana. Rachels Mutter ist die Friseurin meiner Mutter – wenn Rachel auf die Idee kommen sollte, das alles herumzuerzählen, dauert es sicher nicht lange, bis meine Mutter davon weiß. Nicht nur, dass ich auf der Party was mit Kai hatte – auch, dass er gestern bei mir war. Und überhaupt! Ich bin nicht bereit dafür. Ich brauche mehr Zeit. Ich …

»Da ist nichts!«, sage ich panisch, während sich meine Gedanken überschlagen. »Rachel, hör auf damit. Zwischen mir und Kai ist nichts, okay?«

»Sicher nicht?«, fragt Rachel weiter. »Dafür bist du gerade ziemlich rot geworden.«

»Als ob ich wirklich was mit *Kai Nox* anfangen würde. Sei realistisch, Rachel. Ich kann was Besseres haben. Gestern war natürlich Freddy bei mir.« Ich denke, dass ich es so etwas überzeugender machen könnte.

Lana sieht plötzlich hinter mich und bekommt Tränen in den Augen. »Du hast mit Phina rumgeknutscht, gleich nachdem du mir erzählt hast, dass du gerade keinen Kopf für ein Mädchen hast?«

Ich drehe mich um. Kai ignoriert Lana, die daraufhin davonläuft. Er sieht nur mich an. Und sein Blick bricht mir mein Herz.

Wie viel hat er gehört? Und warum taucht er immer in den unpassendsten Momenten auf, verdammt?

»Tja, sieht so aus, als hättet ihr etwas zu klären«, sagt Rachel, nun weniger schadenfroh, und ich höre, wie sie ebenfalls verschwindet.

Wir sehen uns lange an. Zu lange. Es werden stumme Fragen gestellt und mit jeder Sekunde verstreicht eine Chance, sie zu beantworten.

»Es ist wegen meiner Mutter«, beginne ich deshalb zaghaft. »I-Ich brauche mehr Zeit.«

»Zeit wofür?«, fragt Kai traurig. »Um mich noch ein paar Mal heimlich ins Haus zu schleppen? Oder Blondie als Ausrede zu benutzen?« Er fährt sich über's Gesicht. »Ich will dieses Spiel nicht mitspielen. Das tut weh, Phina.«

»Ich weiß«, sage ich und meine Stimme zittert bereits. »Und ich will dir nicht wehtun. Aber es ist kompliziert.«

»Ist es nicht. Es ist ganz einfach.«

Ich schüttle den Kopf.

»Du hast schon irgendwie recht. Warum sollte ausgerechnet das Silva-Mädchen mit mir zusammen sein wollen?«

»Hör auf! Du weißt, dass das nicht so gemeint war.« Ich komme auf ihn zu und nehme seine Hände, drücke sie fest. »Ich will dich, Kai. Mehr zählt doch nicht.«

Kai macht keine Anstalten, meine Berührung zu erwidern. Seine Hände hängen schlaff in meinen. »Das reicht nicht.«

Ich lasse ihn los und fahre mir durch meine Haare, kralle mich fest, so sehr, dass es wehtut. Ich spüre, wie sich etwas in mir auflöst. Die Stelle unter meiner Brust schmerzt fürchterlich und meine Augen fangen an zu brennen.

»Was soll ich denn tun, verdammt?!«, schreie ich und schluchze auf. Ich bin froh, dass wir am äußeren Rand des Schulhofes stehen und uns somit niemand Beachtung schenkt.

»Nichts.«

Ein Wort. Und es tut so weh.

240

Ich schüttle den Kopf und kneife die Augen zusammen. »War's das jetzt oder was?«

Er zuckt mit den Schultern. Doch dann nickt er.

Ich presse meine Hand auf die Stelle, die so sehr schmerzt. Es fühlt sich tatsächlich an, als würde er mir geradewegs mein Herz herausreißen. Aus meinem Mund dringen leise Schluchzer.

Er seufzt auf und nimmt mich in den Arm. Ich kralle mich an ihm fest, als wäre ich am Ertrinken und er der einzige Pfahl in der Nähe, der mich retten könnte.

Ich blicke hoch, sehe ihn durch meinen Tränenfilm allerdings nur verschwommen. »Wir werden das klären, ich werde mit allen reden, es wird gut werden. Bitte.«

Es scheint nicht so, als würde ihn das überzeugen. »Phina, hör auf. Mach mir keine Hoffnungen, wenn es da keine gibt. Tu mir das nicht an.«

Ich vergrabe mein Gesicht in seiner Brust und habe das ungute Gefühl, dass es das letzte Mal sein wird, dass ich ihn so nahe bei mir spüre.

»Es tut mir so leid«, hauche ich und schniefe. »Ich wollte das nicht.«

Wir stehen lange so da. Dann höre ich seine Stimme an meinem Ohr. »Lass mich los«, flüstert er sanft.

Ich schluchze. »Bitte.«

»Phina ...«

Ich lasse ihn widerwillig los. Und ich ertrinke ...

KAPITEL 21

Nur mein Liebeskummer

Der Schokoeisbecher vor mir fängt langsam an zu schmelzen. Ich bin kein Fan von Schokoeis – im Gegenteil. Es gibt keine schlimmere Eissorte, wie ich finde. Und doch habe ich mir geradewegs den größten Schokoeisbecher des Eiscafés bestellt – vielleicht, um mich selbst zu bestrafen.

Nun hocke ich allein im Café und stochere in dem eigentlich liebevoll verzierten Becher herum. Den Schlagobers habe ich bereits mit der Waffel verschlungen.

Tränen sind bisher keine mehr gekommen. Als Kai und ich uns getrennt haben und ich mich dazu entschieden habe, die Schule zu schwänzen, ist irgendwie ein Schalter in mir umgelegt worden.

Ich kann immer noch nicht glauben, was passiert ist – und warum er uns so schnell aufgibt. Natürlich sehe ich ein, dass es nicht richtig von mir war, ihn zu verschweigen. Oder so abwertend über ihn zu sprechen, obwohl ich es doch kein Stück so meinte. Das hat ihn bestimmt mehr als verletzt. Aber hat er denn gar kein Verständnis? Ich fühle mich wie zerrissen. Ich wollte Kai nicht verlieren, aber auch meine Mutter irgendwie erst dann harmlos in die ganze Sache einweihen, wenn die Zeit reif ist.

Oder hat es eigentlich gar nichts damit zu tun? Hat er nur eine Ausrede gesucht, weil ich mich gestern nicht auf ihn ein-

242

gelassen habe? Sind im Prinzip doch alle Jungs gleich und wollen nur das Eine?

Der Gedanke macht mich wütend und ich rühre nur noch heftiger im Eisbecher herum. Jetzt sieht er nicht mehr appetitlich aus.

Plötzlich höre ich das sanfte Klingeln an der Eingangstür und drei Gestalten betreten das Café. Ich schaue nicht hoch und starre weiterhin auf das dunkle Eis.

Mein Taschengeld ist zwar nicht so wahnsinnig hoch, dass ich mir erlauben könnte, einen Eisbecher für fast sieben Euro zu verschwenden, doch mir ist im Moment alles egal. Vielleicht kaufe ich mir nachher auch einfach das Rüschenkleid im Ausstellfenster des kleinen Modegeschäfts, das meine Mutter so gern hat.

»Phina?«

Ich sehe hoch.

»Freddy.«

Er kommt auf meinen Tisch zu und setzt sich zu mir. Seine beiden Begleiter, zwei Jungs aus seiner Klasse, setzen sich etwas abseits auf einen Vierertisch nahe der Bar.

»Warum bist du nicht in der Schule?«

Ich lache leicht auf. »Muss ich dafür einen Grund haben? Du bist auch nicht dort.«

»Ich hab eine Freistunde.«

»Ich auch.«

»Hast du nicht«, sagt Freddy. Ich sehe ihn mit hochgezogenen Brauen an. »Aha, und warum weißt du das?«

Freddy sieht verlegen zur Seite und plötzlich weiß ich, warum. »Das heißt, du hast noch Kontakt mit Viola?«

Er zuckt mit den Schultern. »Kontakt nicht, nein. Seit der Sache am Sakurafest herrscht Funkstille. Aber ich kenne euren Stundenplan – also *ihren*.«

243

Fragen türmen sich in meinem Kopf. Hat Viola ihn danach in den Wind geschossen? Wegen Kai? Oder ist danach noch etwas vorgefallen?

Doch ich habe keine Kraft und entscheide mich dazu, zu schweigen. Im Moment kann ich mich nicht darum kümmern.

»Du magst nicht mal Schokoeis«, stellt Freddy fest und runzelt die Stirn.

»Hatte Lust drauf.«

Freddy rutscht näher zu mir und sieht mich an. »Was ist los? Ich sehe doch, dass du geweint hast.«

Ich wische mir reflexartig über die Wangen. Meine Mascara muss wohl verlaufen sein.

»Ist etwas wegen Kai?«

Sein Name ist der Auslöser – wenigstens weiß ich das für die Zukunft. Mein Damm bricht und mein Körper fängt an zu beben.

»Nein«, will ich sagen, doch es dringt nur ein undeutlicher Laut heraus, der von meinem Schluchzen übertönt wird.

Freddy sagt nichts und legt mir nur eine Hand auf die Schulter – das ist vermutlich das Beste, was er in dem Moment tun kann. Und still vor mich hin zu weinen, ist das Beste, was ich tun kann – nein, das Einzige, was ich in dem Moment tun kann.

Mein Körper ist irgendwie taub geworden – so, als wäre ich gar nicht darin. Freddy hat mir angeboten, mich heimzufahren. Das weiß ich noch. Das ist auch der Grund, warum ich jetzt in seinem schicken Sportwagen sitze und diesen herben Parfumduft in der Nase habe, der mich in letzter Zeit immer abgeschreckt hat. Doch jetzt stört es mich kaum mehr. Es ist mir irgendwie … egal.

244

»Sind deine Eltern zuhause?«, fragt er, als wir aus der Stadt fahren.

»Nope.«

»Hast du einen Schlüssel?«

Ich wackle mit meinem Zeigefinger, ohne ihn anzusehen.

»Fingerprint, okay.«

Es sind nur ein paar Abzweigungen, bis wir in unsere Siedlung einbiegen. Als er in der Einfahrt stehen bleibt, rühre ich mich nicht. Ich kann nicht. Es ist, als wäre ich auf diesem Ledersitz festgewachsen. Wenn ich aussteige, muss ich wieder weinen, das weiß ich. Wenn ich in mein Zimmer gehe, muss ich weinen. Wenn ich mein Bett ansehe, wo wir gestern noch gekuschelt und uns geküsst haben, muss ich weinen. Mein Herz tut so weh. Es ist … es ist, als wäre es gar nicht mehr da.

»Du machst mir echt Angst, weißt du das?«, sagt jemand neben mir. Ich drehe mich um. Freddy sieht mich besorgt an.

»Hm«, sage ich nur und schlucke. Mein Hals brennt, als stünde ich kurz vor einer Erkältung. Kann man von Liebeskummer krank werden? Ich weiß es nicht. Ich habe mich bisher nie so gefühlt.

»Ich hab übrigens was für dich.« Freddy greift nach hinten, holt einen Plüschpanda hervor und drückt ihn mir in die Hand. Er sieht mitgenommen aus und man erkennt deutlich, dass der rechte Arm schlampig an den Körper genäht wurde. Sofort schießen Erinnerungen in meinen Kopf und ich gebe einen erstickten Laut von mir. »Pandababy? Ich dachte, der wäre verschwunden …«

»Nope«, sagt Freddy. »Ich war das. Da war ich zehn und du hast mir deinen Kaugummi auf meine neuen Schuhe geklebt. Ich wollte mich rächen, und dachte, es wäre 'ne gute Idee, dein Lieblingsstoffstier zu zerstören. Hab aber danach ein schlechtes Gewissen bekommen und ihn … na ja, versteckt. Allein zusammengenäht und ihn danach wieder versteckt, weil's so scheiße aussieht.«

Ich streiche über den kleinen Kopf von Pandababy und drücke ihn an mich. »Ich war so traurig, als er weg war. Ich konnte tagelang nicht richtig einschlafen.«

»Tut mir leid«, sagt Freddy. Ich sehe zu ihm. »Also … alles halt.«

Ich nicke nur schwach.

»Das, was ich dir angetan hab, ist mir erst gestern so richtig bewusst geworden. Nicht mit dem Panda, ich meine das mit Frankreich. Und ich verstehe es, wenn du sagst, dass du mir nicht verzeihen kannst. Ich wollte dir nur sagen, dass ich nicht gelogen habe. Du bist mir wichtig.«

Mein Lächeln fällt milder aus als gewollt. »Nett, dass du das sagst.«

Plötzlich klopft es neben mir. Ich zucke hoch und sehe aus dem Fenster. Emmas silbriges Haar blitzt mir entgegen, gleichzeitig öffnet sich die Autotür und dann sehe ich auch Viola vor mir stehen. Warte. Was machen die beiden hier?

»Hey, Süße«, sagt Emma und lächelt mich mitleidig an.

»Was tust du hier?«, frage ich und kann mich endlich dazu aufraffen, auszusteigen.

»Wir wissen, was passiert ist«, sagt Emma nur und nimmt mich in den Arm. Ihre Umarmung tut so gut und ich spüre, wie meine Wangen erneut nass werden.

»Aber wir haben doch Unterricht«, nuschle ich in ihre Schulter. Sie lacht leise auf. »Ach, scheiß doch auf die Schule. Ich tröste lieber meine beste Freundin.«

Ich kann nicht anders, als mitzulachen, obwohl es sich nicht fröhlich, sondern ziemlich tragisch anhört. Im Augenwinkel sehe ich, dass Freddy ausgestiegen ist und sich mit Viola unterhält. Ich höre nicht, was sie sagen, aber ich sehe ihre Blicke.

246

Und ich sehe, dass ich mich geirrt habe. Diesen Ausdruck in Freddys Augen kann man einfach nicht vortäuschen. Mich hat er noch nie so angesehen – er hat noch nie jemanden so angesehen. Was, wenn ich mich geirrt habe?

Es ist niemand zuhause, außer Martha, die das Badezimmer im ersten Stockwerk putzt. Sie ist überrascht, als sie mich und die Mädels sieht, sagt aber nichts. Und soweit ich sie mittlerweile kenne, wird sie Mama und Papa auch nicht sagen, dass ich früher von der Schule heimgekommen bin.

»Woher wisst ihr, was passiert ist?«, frage ich, als wir in meinem Zimmer sind. Emma setzt sich neben mich auf das Bett, Viola auf die Sitzbank vor dem Fenster.

»Rachel hat davon erzählt – sie hat offenbar ein schlechtes Gewissen«, sagt Viola und macht einen Schneidersitz. »Sie hat euch belauscht und dachte, es wäre eine gute Idee, es uns zu erzählen.«

»Und dann hat Viola in der zweiten Stunde eine Nachricht von Freddy bekommen«, setzt Emma fort und öffnet die Kekspackung von *Milka*, die ich so gern habe. »Ich habe dich zwar zigmal angerufen, aber du bist ja nicht rangegangen.«

Ich nehme mir einen Keks und schiebe ihn mir auf einmal in den Mund, sodass ich kaum kauen kann.

»Was ist mit Kai?«, frage ich kaum hörbar, nachdem ich wieder sprechen kann.

Stille.

Viola ist schließlich die, die sich räuspert. »Er hat eine komische Art zu zeigen, wenn ihn etwas belastet – das heißt, er zeigt es gar nicht.«

»Oh«, flüstere ich und senke den Blick. »Ihm ist es also egal.«

»Nein, natürlich nicht«, sagt Viola und verzieht etwas gequält das Gesicht. »Er hat dich echt gern. Und ich fühle, dass es ihm keinesfalls leichtgefallen ist. Aber er hat das getan, um sich selbst zu schützen, glaube ich.«

Ich runzle die Stirn. »Wie meinst du?«

Viola senkt den Blick und ihre Haare fallen vor ihr Gesicht. »Weißt du, er wurde schon einmal so hingehalten. Er ...« Sie scheint abzuwägen, ob sie mir davon erzählen soll, entscheidet sich aber dann offenbar dafür. »Als unsere Mutter abgehauen ist, war er der Letzte, der mit ihr gesprochen hat. Es war mitten in der Nacht, kurz vor Heiligabend und Kai war noch wach und hat sie erwischt, bevor sie heimlich gehen konnte. Und da hat sie vermutlich das Schlimmste getan, was eine Mutter in so einem Moment tun kann: Sie hat ihm Hoffnung gegeben und ihm versprochen, dass sie bald wieder kommt.«

Meine Kehle wird eng. »Nein ...«, hauche ich und mein Herz zieht sich zusammen.

Emma hat sich eine Hand vor den Mund geschlagen und sieht betroffen aus.

»Er hat ein Jahr gewartet und an ihrem Versprechen festgehalten. Das nächste Weihnachten ist er allerdings zusammengebrochen und hat ... ziemlich dummes Zeug gemacht. Seitdem ist Weihnachten für ihn nur eine traurige Erinnerung. Und er hat massive Vertrauensprobleme bekommen.«

Ich fühle mich elend. »Er hat Angst, dass er wieder verletzt wird.«

Viola nickt.

Traurig und mutlos lasse ich den Kopf sinken. »Ich hab's versaut.«

Emma und Viola schweigen, während mich langsam der letzte Funken Hoffnung verlässt. Aber meine Tränen sind leer, also starre ich nur traurig auf meine Bettdecke.

»Tut mir übrigens leid«, bringe ich nach einer Weile mühselig hervor und sehe Viola an. Ihre eisblauen Augen bereiten mir erneuten Herzschmerz, doch ich schlucke ihn vorerst runter. »Ich wollte dich nur vor Freddy beschützen.«

Sie nickt. »Ich weiß.«

»Und ich weiß, dass du ihn jetzt abgeschossen hast, aber ... vielleicht könnte es tatsächlich sein, dass er dich gern hat. Also wirklich gern.«

Viola schmunzelt. »Ja, ich weiß.«

Ich runzle die Stirn. »Was?«

»Ich habe ihn auch gern. Aber mir ist das alles ein bisschen zu schnell gegangen. Ich brauche ein bisschen Abstand«, murmelt sie und beißt sich auf die Unterlippe. »Es ist echt süß, wie anhänglich er plötzlich ist.«

»Typen sind doch alle gleich«, sagt Emma resigniert und bringt uns zum Lachen.

Die beiden bleiben stundenlang hier. Wir reden, gucken Filme und essen Snacks und Instantnudeln von meinem persönlichen Vorrat. Es ist schön und ich weine nicht viel. Ich bin ihnen dafür unendlich dankbar – insbesondere Viola, da sie trotz dessen, was mit ihrem Zwilling passiert ist, hier ist und mich aufmuntert.

Das nächste Mal, als ich auf die Uhr schaue, ist es halb vier nachmittags. Wir beginnen gerade die zweite Runde von *Mario Party* auf meiner Switch. Da öffnet sich meine Zimmertür und Lola lugt herein. Sie hat ihr Schmollgesicht aufgesetzt und ich erinnere mich daran, dass heute Montag ist und sie wahrscheinlich auf mich gewartet hat, da wir zur gleichen Zeit Schulschluss haben.

»Ich musste den Bus nehmen«, sagt sie und verschränkt die Arme vor der Brust. »Hast du etwa geschwänzt?«

249

»Sie ist krank geworden«, lügt Emma.

Am liebsten hätte ich die Tür zugeschlagen. Ich weiß, dass ich dazu keinen Grund habe, da die Trennung ganz allein meine Schuld ist. Aber Lola hätte trotzdem nicht damit herumprahlen müssen, dass ich gestern Kai hier hatte.

»Mama sagt immer, wenn man krank ist, sollte man keine Süßigkeiten essen. Und man kann auch keine Videospiele spielen, weil man zu k.o. dafür ist«, beginnt Lola und hat schon einen Fuß über die Schwelle gesetzt. »Und Freunde sollten einen nicht besuchen kommen, weil man sie ja anstecken könnte.«

»Weißt du, was meine Mama damals immer gesagt hat?«, sagt Viola und steht auf, geht zur Tür. Lola wirkt plötzlich etwas eingeschüchtert und schüttelt den Kopf, macht einen Schritt zurück.

»Nichts, denn sie ist abgehauen, als ich so alt war wie du.«

Mit diesen Worten schlägt Viola die Tür zu.

Ich hebe meine Augenbrauen. »Verdammt.«

»Sie hatte ja richtig Angst vor dir«, stellt Emma fest.

Viola zuckt mit den Schultern. »Als ich das letzte Mal hier war, ist sie mir schon auf den Keks gegangen. Sie wollte mir Tipps geben, wie ich mein *struppiges Haar* besser pflegen kann. Daraufhin habe ich ihr eine Gruselgeschichte erzählt von einem schwarzhaarigen Mädchen-Geist, der nachts die Nieren von kleinen Blondinen frisst.«

Ich kann nicht anders und muss lachen. So sehr, dass mir die Tränen kommen. Emma schließt sich mir an und Viola grinst leicht.

Keine halbe Stunde später klopft es erneut. Doch diesmal ist es Martha, die entschuldigend die Tür öffnet.

250

Hinter ihr taucht ein bekanntes Gesicht auf, von dem ich allerdings nie erwartet hätte, es einmal im Flur vor meinem Zimmer zu sehen.

»Rachel?«, frage ich verdutzt. Martha reißt überrascht die Augen auf. »Oh, ich dachte, du hättest sie eingeladen.«

»N-nein«, sage ich und richte mich kerzengerade auf. Rachel beißt sich auf die Unterlippe und wirkt ganz und gar nicht so selbstbewusst wie sonst.

»Ich wollte mit dir reden«, murmelt sie.

Schnell nicke ich. »Äh, ja, klar.«

Martha verschwindet wieder nach unten und ich mache eine einladende Geste in mein Zimmer, doch Rachel bleibt in der Türschwelle stehen. »Geht das auch allein?«

Ich will aufstehen und mit ihr rausgehen, doch Emma hält mich zurück. »Schon gut, wir gehen nachhause. Meine Eltern werden sich eh schon fragen, wo ich bleibe.«

»Sag ihr, du hättest an einem Projekt gearbeitet. Oder wir hätten in der Bibliothek gelernt und sind-«

»Keine Sorge, ich lasse mir was einfallen.« Emma drückt mich zum Abschied. »Wir seh'n uns.«

»Danke, Leute«, sage ich, bevor die beiden gehen.

Nun bin ich allein – mit Rachel. Und wäre ich nicht so neugierig, was sie mit mir zu besprechen hat, hätte ich mich wahrscheinlich ziemlich unwohl gefühlt. Rachel kenne ich, wie auch Emma, schon seit dem Kindergarten. Und ich konnte sie nie leiden. Wirklich noch nie.

Rachel fährt sich durch ihr langes Haar und setzt sich unbeholfen auf den Schreibtischstuhl. Sie sieht sich in meinem Zimmer um. »Echt nice, dein Zimmer.«

»Was willst du?«, frage ich stattdessen und sehe sie aus verengten Augen an. Ich traue ihr nicht. Irgendetwas hat sie vor. Das hat sie doch immer.

251

»Du weißt ja, dass mein Onkel Hausmeister in der Schule ist«, beginnt Rachel zögerlich und zupft an ihren Nägeln herum.

»Ja«, sage ich.

»Na ja, er …« Sie holt tief Luft und sieht mich dann an. »Er hat vor Weihnachten diesen Brief gefunden. Er lag zerknittert in einer Ecke der Garderobe. Er hat ihn gelesen und ihn so schön gefunden, dass er ihn nicht wegwerfen wollte …«

Ich ahne, auf was dieses Gespräch hinauslaufen wird und spanne mich an.

»Also hat er ihn mir gegeben, mit der Bitte, ihn sozusagen zuzustellen, falls ich die Genannten kenne. Er war zuvor noch ungeöffnet und … und er war für dich.«

»Von Kai«, ergänze ich trocken.

Rachel wird rot und nickt hastig. »Ähm, ja, genau. Du weißt davon?«

»Und dann dachtest du, es wäre lustig, ihm in meinem Namen zu antworten«, sage ich und wundere mich, dass ich meine Stimme so ruhig halten kann. Innerlich koche ich – doch nicht so sehr wie sonst. Die Trauer dämpft das Ganze etwas. Rachel hat echt Glück, dass ich nicht so wütend werde wie sonst.

»Ich … es tut mir so leid«, haucht sie und ihr Gesicht wirkt gequält – so, als täte es ihr wirklich leid.

»Mann, du hast ja keine Ahnung, was du damit angerichtet hast«, lache ich traurig. »Wie kannst du ihm sowas antun? Ich dachte, er wäre dein Freund?«

»Ich hab's nicht aus Spaß getan oder weil mir langweilig war. Ich … ich war eifersüchtig«, murmelt sie und ihre Wangen werden noch röter. »Ich hab gesehen, dass du ihn magst und wollte nicht, dass ihr zusammen seid.«

252

Ich seufze tief auf. »Ja, wer steht nicht auf Kai?«

Rachel schüttelt den Kopf. »Das tu ich nicht.«

»Nicht?«, frage ich und runzle die Stirn. »Was dann?«

Sie antwortet nicht, sondern kramt in ihrer Hosentasche herum und holt einen kleinen Umschlag hervor. Der Liebesbrief. Sie hat ihn noch.

Ich stehe auf und reiße ihn ihr aus den Händen, bevor sie die Möglichkeit hat, ihn mir selbst zu geben. Dann drücke ich ihn an meine Brust, als könnte ich das Loch darin ausfüllen. Doch es funktioniert nicht, der Schmerz und die Leere bleiben.

Rachel erhebt sich und geht in Richtung Tür. Dann dreht sie sich noch einmal um. »Du warst der Grund.«

Ich sehe irritiert auf.

»Ich war eifersüchtig, weil ich *dich* mag.«

Bevor ich ihre Worte verarbeiten kann, hat sie schon das Zimmer verlassen und ich höre, wie sie schnellen Schrittes das Haus verlässt. Mein Mund klappt auf, als ich realisiere, was sie gesagt hat. Dann muss ich mich setzen und schüttle langsam den Kopf. Kann das sein? Ausgerechnet Rachel? Oh Mann. Das ist doch Wahnsinn!

Ich fühle wieder den Umschlag in meinen Händen. Vorsichtig öffne ich ihn und hole den Brief heraus, den ich schon vor gut einem halben Jahr hätte lesen sollen …

Liebe Phina,

weißt du, es ist echt schwer, in Mathe aufzupassen, wenn du direkt neben mir sitzt. Manchmal denke ich, es wäre besser gewesen, Polli hätte mich damals zu Emma gesetzt. Und doch bin ich irgendwie froh, dass sie es nicht getan hat.

Was ist das für ein Gefühl? Es macht mir manchmal ziemlich Angst. Ich weiß, dass ich dich mag. Du bist ziemlich hübsch, klug und witzig. Ich mag, wie du immer die Nase kräuselst, wenn du nicht weiter weißt. Ich mag deine Stimme, dein Lachen und deine Art. Du bist irgendwie süß. Besonders. Faszinierend. Aufregend.

Nein, in Worte kann ich dich einfach nicht fassen. Und da wären wir bei meinem Problem: Ich zerbreche mir zu oft den Kopf darüber – über dich. Viel zu oft. Und ich will das eigentlich nicht zulassen, da ich in meinem Leben gerade echt keinen Platz dafür habe. Und doch bist du da und ich kann dich oder meine Gefühle nicht ignorieren. Dafür sind sie zu stark.

Ich dachte eigentlich, dass ich weiß, wie es sich anfühlt, verliebt zu sein. Aber seit ich dein süßes Grinsen gesehen habe, bin ich mir da nicht mehr so sicher. Dieses Gefühl, das ich dabei spüre, ist viel intensiver. Es sollte verboten werden, so wie sich das anfühlt. Als wäre ich ... als wäre ich auf Drogen. Du machst mich irgendwie glücklich, ohne etwas zu tun. Du bist einfach nur da und mir geht's auf wundersame Weise besser – und es ist schrecklich, wenn du nicht da bist. Es wird von Tag zu Tag schlimmer. Dieses Gefühl ... Einerseits schön, andererseits auch erschreckend. Ich will bei dir sein und gleichzeitig mache ich einen Schritt zurück – aus Angst.

Angst, weil ich weiß, dass ich nicht gut genug für dich bin und auch nicht sein kann. Weil ich dir nicht guttun würde.

254

Ich will dich nicht mit meinen Problemen und meiner Vergangenheit vergiften. Du bist zu rein dafür – für mich.

Doch andererseits bist du der Grund, warum ich mich ändern will – und das vielleicht unbewusst schon getan habe, als ich dich das erste Mal sah. Ich denke, du machst aus mir einen besseren Menschen, ohne auch nur etwas zu ahnen und zu tun.

Vielleicht ist es das Beste, mich fernzuhalten – aber vielleicht auch nicht. Denn was hat das alles sonst für einen Sinn? Vielleicht sollte ich dir das alles einfach sagen – oder vielleicht sollte ich schweigen. Wer weiß das schon?

Um auf den Punkt zu kommen: Ich hab' dich echt gern, Phina. Und ich weiß nicht, ob ich damit aufhören kann.

Kai

KAPITEL 22

Nur etwas Blut

Dieser Brief, diese Worte … dieses Gefühl. Es ist so schön und es tut so gut. Gleichzeitig schmerzt es. Ich fühle mich zerrissen und ich weiß nicht, was ich als Nächstes tun soll. Also entscheide ich, ihn nochmal zu lesen. Und nochmal. Ich lache und ich spüre, wie meine Kehle sich vor Trauer verengt. Plötzlich tropft etwas auf das zerknitterte Papier. Und noch etwas.

Ich schniefe und fahre mir über die Wangen, lege das Stück Papier zur Seite, damit ich es nicht weiter vollsaue. Den Brief, mit dem alles begonnen hat. Der die Leere in meiner Brust etwas gefüllt hat. Meine leisen Zweifel, ob Kai mich vielleicht gar nicht so sehr mag wie ich ihn, sind sofort ausgelöscht. Ich verstehe ihn jetzt. Ich weiß, wie er sich fühlt und ich kann ihm nicht vorwerfen, was er getan hat. Gleichzeitig weiß ich, was ich tun will. Und was ich auch tun werde …

Ich halte das Gefühl fest, nehme den Brief und stecke ihn zurück in seinen Umschlag. Dann reiße ich die Tür auf und trample die Treppen hinunter – so schnell, dass ich beinahe ausrutsche. Martha war mal wieder viel zu gründlich.

Unten angekommen sehe ich meinen Vater, der mit Lola auf der Couch sitzt und in den Fernseher schaut. Dem Ton zufolge läuft *Miraculous* und Lola kommentiert dazu.

»Wo ist Mama?«, frage ich.

»Pscht!«, sagt Lola.

256

»Sie hat noch einen Auswärtstermin«, sagt Papa und unterdrückt ein Gähnen. Lola stoppt die Serie und schnaubt.

Verdammt. Sie ist nicht hier.

»Wann kommt sie wieder?«

»Was ist los? Du wirkst so aufgeregt«, stellt Papa fest und richtet sich auf, sieht mich neugierig an. »In zwei Stunden vielleicht. Es kann aber auch länger dauern.«

Ich seufze und fahre mir durch die Haare. Scheiße. Ich muss es jetzt loswerden. Ich will *jetzt* mit ihr reden.

»Ich dachte, du wärst krank. Auf mich machst du ja einen sehr gesunden Eindruck«, sagt Lola und schiebt sich eine Salzstange in den Mund. »Hm, verdächtig.«

»Mann, ich war nicht krank«, zische ich und sehe auf die Uhr. Es ist kurz nach vier.

»Kann ich dir vielleicht weiterhelfen?«, fragt er.

Ich sehe ihn an. Dann hole ich tief Luft. »Ich geh jetzt zu Kai.«

Wow. War gar nicht so schwer.

»Okay. Gut«, murmelt er etwas irritiert. »Und warum?«

»Weil …«, beginne ich und gehe gleichzeitig meine Schuhe holen. »Weil ich ihm was sagen muss. Etwas Wichtiges.«

Als ich die Schuhe anhabe und meine Schlüssel vom Roller, den Emma mir netterweise hergefahren hat, in den Händen halte, fühle ich mich etwas selbstsicherer.

»Bleib nicht zu lange weg«, sagt Papa und ich weiß, was er mir damit sagen will. Ich soll zurück sein, bevor Mutter etwas mitbekommt, weil sie sich sonst wieder aufregt. Doch ich schüttle den Kopf. »Ist mir egal. Ich … Ich liebe ihn, okay? Und das hat sie zu akzeptieren.«

Ich sehe die Reaktion der beiden nicht, weil ich während des Redens schon in den Flur verschwunden bin. Kurz darauf öffne ich die Haustür und schlage sie hinter mir zu. Jetzt ist es raus. Doch es fühlt sich nur ein bisschen befreiend an.

Ich bekomme plötzlich unter meinem Helm nur noch schwer Luft. Das wird wohl die Aufregung sein. Auch mein Herz klopft wie wild. Zum Glück ist es nicht weit bis zu ihrem Haus, nur der Verkehr ist etwas nervig.

Ich parke in ihrer Einfahrt und schnappe nach Luft, als ich den Helm abnehme. Die Luft ist mild und riecht nach Frühling. Ich mag den Geruch, er kündigt den Sommer an.

Mit zitternden Knien gehe ich zu ihrem Hauseingang. Doch auf der Treppe, die zur Haustür führt, sehe ich eine große Gestalt sitzen. Sie ist zu schlank und jung für den bulligen Opa und zu alt und groß für Kai. Das Haar ist allerdings genauso schwarz wie seins.

»Oh, hallo«, sage ich leise, als ich nur wenige Schritte von der Treppe entfernt stehe.

Der Kopf der Gestalt hebt sich langsam und schleppend. Die Augen werden von einer Sonnenbrille verdeckt. Er trägt eine Lederjacke und ein Dreitagebart ziert das zerfurchte Gesicht. Er sieht nicht unbedingt alt aus, eher etwas … mitgenommen und gezeichnet.

»Äh, ich bin Phina. Wer sind Sie denn?«, frage ich freundlich und lächle. Wenn es ein Verwandter von ihnen ist, will ich keinen schlechten Eindruck machen.

Der Mann nimmt seine Sonnenbrille ab und zwei dunkle Augen blitzen mir entgegen. So dunkel, dass man kaum die Pupille erkennen kann. Dann hebt der Mann, der in jungen Jahren bestimmt attraktiv war, die Augenbrauen und sieht mich an, als würde er einen Geist sehen. Neben ihm sehe ich eine Bierflasche stehen. Und irgendwie kombiniert mein Gehirn dadurch plötzlich und ich ahne, wen ich da vor mir sitzen habe.

258

»Mimi?«, murmelt der augenscheinliche Vater der Nox-Zwillinge und erhebt sich auf unsicheren Beinen. Die Flasche zieht er hinter sich her, als wäre sie Teil seiner Hand. »Bist du das?«

»Mimi? Ich sagte doch, dass ich Phina bin«, sage ich schnippisch und gehe einige Schritte zurück, weil er mir entgegenkommt. Sein Gesicht ist hart, nicht so weich geschnitten wie Kais und Violas Züge. Und doch erkenne ich viele Details wieder. Die gerade Nase, die Augenform, ...

»Du siehst noch so aus wie damals«, lallt er und bleibt plötzlich stehen, als er merkt, dass ich Abstand nehme. »Hey. Hast du Angst vor mir, Mimi?«

»Vielleicht sollten Sie ein bisschen auf Pause drücken, dann würden Sie merken, dass ich nicht *Mimi* bin«, spotte ich und deute auf die Flasche.

Er lacht heiser. »Noch so aufmüpfig wie früher. Das gefällt mir.«

Ich verdrehe die Augen. Doch dann merke ich, wen er mit Mimi meint. Mimi ... so hat meine Mutter nun wirklich nie jemand genannt.

»Ne, langsam wird's unlustig«, sage ich und versuche, meine Angst zu unterdrücken. »So voll kann man doch echt nicht sein, dass man mich für eine mittvierzigjährige Mutter hält oder? Na, klingelt's jetzt? Ich bin ihre Tochter!«

Mittlerweile stehe ich beinahe an der Hauswand. Ich habe gar nicht bemerkt, dass ich mich zurückbewegt habe. Doch das liegt wahrscheinlich daran, dass der Abstand zwischen uns nicht geringer geworden ist, da er mir nach wie vor folgt.

Nun hat sich sein Gesichtsausdruck verändert. Der Nox-Vater sieht mich düster an. »Immer dieses Gemeckere von dir. *Oh, Lukas, hör auf zu trinken. Hör auf damit. Hör auf, mich zu schlagen, Lukas.*«

259

Ich werde blass. Was sagt er da? Heißt das etwa …?

»Ja, Mimi, jetzt sag ich dir mal was«, lallt er weiter und wirkt plötzlich verletzt und verzieht das Gesicht, wie ein getretener Hund. »Ich hätte es auch gern gehabt, dass du aufhörst zu lügen. Oder mit zwei anderen Kerlen ins Bett zu steigen. Ich hab dich geliebt. *Geliebt* hab ich dich. Und du hast mich wie Scheiße behandelt.«

»H-Hey, ich bin nicht-« Weiter komme ich nicht, denn er unterbricht mich wütend.

»Du Miststück!«

Plötzlich wirft er die Flasche in meine Richtung. Ich kann nicht schnell genug reagieren und sie zerbricht mit einem klirrenden Geräusch neben mir auf der Hauswand. Ich schreie auf und halte mir die Hände vor's Gesicht. Doch irgendwie bringt das nichts oder ich war zu langsam, denn ich spüre, wie etwas meine linke Wange und meine Hand erwischt.

»Papa!«

Ich luge vorsichtig aus meiner kauernden Position hervor. Da ist Viola. Sie sieht ziemlich aufgelöst auf und zittert, als sie mit einem Stielbesen rauskommt. Wusste gar nicht, dass man so etwas noch im Haus hat.

Ihr Vater dreht sich irritiert zu ihr um und breitet die Arme aus. »Na endlich! Und ich dachte schon, niemand ist zuhause.«

»Hau ab!«, kreischt Viola und weint dabei, steht mit dem Besen drohend vor ihm.

Er senkt die Arme und wirkt verletzt. »Ich wollte euch nur besuchen kommen. Ich … Ich muss mit euch reden.«

»Dann komm wieder, wenn du nüchtern bist!« Sie holt mit dem Besen aus, aber offensichtlich nur, um ihn abzuschrecken.

Etwas unbeholfen macht er ein paar Schritte zurück. »Pass auf mit dem Ding. Ist deine Oma hier? Kann ich mit ihr reden?«

260

»Die sind in der Kirche«, sagt Viola. »Geh jetzt! Bitte!«

Er senkt den Blick. »Ich schlaf bei einem Freund. Ben Richter, falls sie-«

»Ich ruf die Polizei, wenn du in fünf Sekunden nicht verschwindest!«

Er nickt und geht dann schleppend davon. So mitleiderregend er auch im Moment aussieht, ich kann einfach keine Empathie für ihn empfinden. Nicht, wenn ich weiß, was er den beiden angetan hat. Was er *Kai* angetan hat.

Als er außer Sichtweite ist, entspanne ich mich etwas und spüre erstmals, wie sehr meine Muskeln von der ständigen Anspannung schmerzen.

Viola kommt zu mir und nimmt meine Hände, die ich mir immer noch vor mein Gesicht halte. Sie wird blass, als sie mich ansieht und holt schwer nach Luft.

»Was ist?«, frage ich und spüre ein stechendes Gefühl, das unter meinem Auge beginnt und sich über meine gesamte linke Wange ausbreitet. Sofort verstumme ich.

»Du ... du hast da ... fuck«, murmelt sie und fährt sich einige Male durch die Haare.

»Was denn?«, frage ich und wieder zieht es in meinem Gesicht. Ich sollte aufhören zu sprechen. Plötzlich fühle ich, wie etwas meine Wange hinabrinnt. Ich denke, es wäre eine Träne, doch als ich mit dem Finger darüber wische, sehe ich klebriges Blut.

»Komm, ich hol dir Tücher. Kannst du aufstehen?«, fragt sie und hilft mir gleichzeitig auf die Beine, die sich anfühlen, als könnten sie mich nicht alleine tragen.

Viola führt mich ins Haus und setzt mich auf einen der Stühle. Sie holt ein Taschentuch und hält es mir unter das Auge. Ich zucke zusammen.

»Hier, drück es da drauf.«

261

»Wo ist Kai?«, frage ich und meine Augen wandern gleichzeitig durch die Küche und den offenen Flur.

»Äh, im Hallenbad. Ich hab ihm vorher geschrieben, er dürfte also auf dem Weg sein«, antwortet Viola abwesend und setzt sich mir gegenüber. »Ich denke, das sollte sich ein Arzt ansehen. E-es tut mir so leid, Phina.«

Ich winke ab. »Hast du ein Pflaster da?«, frage ich und versuche, mein Gesicht nicht zu sehr zu bewegen.

Viola schüttelt den Kopf. »Du brauchst mehr als ein Pflaster. Das sieht wirklich übel aus.«

Ich seufze.

Sie steht daraufhin auf und holt ihr Handy von der Küchentheke. Als sie die Innenkamera auf mich richtet, wird mir schlecht. Da ist so viel Blut … und da ragt ein Splitter aus meinem Gesicht, von dem das Blut kommt. Mir wird übel. Und was auch immer den Schmerz vorhin gelindert hat, wird jetzt abgeschaltet und ich fühle das tiefe Brennen und stechende Pochen, das mir Tränen in die Augen treibt. Gleichzeitig beginne ich zu zittern bei dem Gedanken, wie das passiert ist. Und was vielleicht noch passiert wäre, wenn Viola nicht rausgekommen wäre.

»Hey, hey, keine Angst«, murmelt Viola und rückt näher zu mir. »Sobald Oma und Opa zurück sind, bringen wir dich ins Krankenhaus. Das wird nicht mehr lange dauern.«

Ich nicke und spüre kalten Schweiß, der sich auf meiner Stirn sammelt. Sie hätte mir nicht mein Spiegelbild zeigen dürfen. Ich kann kein Blut sehen.

»Oder wäre es dir lieber, ich rufe die Rettung? Du bist ziemlich blass.«

»N-Nein!«, entkommt es mir schnell. Es würde jemand meine Eltern verständigen. Das kann ich jetzt gar nicht gebrau-

262

chen. Es muss niemand wissen, was passiert ist. Und wer dafür verantwortlich ist.

Plötzlich sperrt jemand die Tür auf. Mein Herz stockt und ich spanne mich erneut an, bin versucht, in die kauernde Position zurückzugehen.

»Keine Sorge, das muss Kai sein«, sagt Viola, bevor sie aufspringt und die Tür zum Flur aufmacht. Ich sitze genau so, dass ich nicht raussehen kann.

»Es tut mir leid, dass ich jetzt erst komme, ich schau kaum auf's Handy beim Schwimmen«, höre ich Kai sagen. »Ist er schon weg?«

»J-Ja«, stottert Viola. »Du solltest reinkommen.«

Sie kommt durch die Tür und Kai folgt ihr. Als er mich sieht, lässt er seine Sporttasche fallen und wird schneeweiß. Zwei lange Schritte und er ist bei mir. Seine Nähe macht die Schmerzen sofort erträglich. Er sieht sich offenbar die Wunde an, dann gleitet sein besorgter Blick in meine Augen. Mir wird warm und würde nicht jede Regung meiner Gesichtsmuskeln schmerzen, hätte ich ihn gerne angelächelt, um ihm zu zeigen, dass es mir gut geht – obwohl es nicht so ist.

»Ich hätte gesagt, wir warten auf Oma und Opa«, sagt Viola.

»Ich bring ihn um«, brummt Kai und spannt seine Muskeln an, dreht sich zu Viola. »Wo ist er? Er ist doch bestimmt noch in Sakura, oder?«

»Du weißt, wie das enden wird«, sagt Viola trocken.

»Aber Viola«, sagt Kai und seine Stimme bebt voller Zorn. »Ich war noch nie so wütend.«

Auf einmal tropft es auf mein Knie. Ich sehe an mir herab. Meine Jeans hat einen roten Fleck. Ein dünnes Rinnsal gleitet über meinen Unterarm, beginnt dort, wo das Taschentuch die

Blutung stoppen sollte. Doch dieses hat sich bereits zu sehr mit Blut vollgesogen.

»Fuck«, murmle ich und hebe den Arm. Noch ein Tropfen. »Ich kann kein Blut sehen, Leute.«

»Gut, Planänderung«, sagt Kai. »Viola, wo sind die Autoschlüssel?«

Sie lacht kurz auf. »Willst du mich verarschen? Du hast keinen Führerschein, Idiot.«

»Aber ich kann fahren. Außerdem hat Opa einen Automatikwagen, den könntest sogar du fahren.«

»Nein!«, zischt Viola. »Du bist verrückt. Wir warten oder wir rufen die Rettung, aber das will ja Phina nicht.«

Die Gespräche gehen an mir vorbei und ich realisiere sie gar nicht richtig. Mir ist übel und schwindelig. Ich will mich hinlegen und ich will, dass diese Schmerzen aufhören.

Plötzlich wird mir das blutige Taschentuch aus den Händen gerissen und ich bekomme ein sauberes Stofftuch. Gleichzeitig werde ich hochgehoben und spüre Kais warme Brust an mir, gegen die ich mich sofort lehne. Mir ist ohnehin furchtbar kalt.

»Kai, sei nicht dumm!«, höre ich Viola schnauben.

»Mach mir die Tür auf«, brummt Kai nur. Viola geht seufzend seiner Bitte nach und kurzerhand später sitze ich in einem alten Kombiwagen. Es riecht leicht nach Zitronengras.

Der Motor wird gestartet und wir bewegen uns. Ich verliere keinen Gedanken daran, Angst zu haben, weil Kai den Wagen lenkt, der ja gar keinen Führerschein hat. Ich vertraue ihm. Vermutlich ist das ziemlich dumm und naiv von mir. Aber ich habe das Gefühl, ihm glauben zu können, wenn er sagt, dass er fahren kann. Und ein paar Kreuzungen später bin ich mir da auch ziemlich sicher.

»Warum bist du hergekommen?«, fragt Kai nach etwa fünf Minuten. Wir befinden uns bereits auf der Bundesstraße.

Ich will den Mund öffnen und stöhne auf. Fuck. Es tut so weh.

Er legt seine freie Hand auf mein Knie. »Sorry, stimmt ja. Wir reden später.«

Ich lege meine eigene Hand auf seine. Sie ist so warm und ich fühle mich plötzlich so stark. Was auch immer das zwischen uns ist – es soll sein. *Wir* sollten sein.

Und ich hoffe, er fühlt das auch.

KAPITEL 23

Nur mein Geständnis

Er parkt auf dem halbleeren Parkplatz des Krankenhauses und wir betreten das Gebäude. Es dauert nicht lange, bis die Dringlichkeit der Situation registriert wird und ich in ein Zimmer geführt werde. Ich hasse Krankenhäuser. Es riecht seltsam und alles ist so steril und kalt.

Zum Glück verletze ich mich so gut wie nie und war noch nicht oft hier.

»Einen Moment bitte, der Doktor kommt gleich«, sagt die Krankenschwester und verlässt das Zimmer.

Kai ist nach wie vor hier und wärmt meine kalten Hände. Das Fenster neben uns ist gekippt und eine warme Brise weht herein. Ich sitze auf einer krankenhaustypischen Liege und Kai vor mir auf einem Holzstuhl.

»Ich kann dir gar nicht sagen, wie leid mir das tut«, flüstert Kai und küsst meine freie Hand. »Ich hätte hier sein sollen. Ich hätte dich beschützen müssen.«

Ich schüttle den Kopf. »Nicht deine Schuld«, zwänge ich hervor.

»Oh doch. Alles ist meine Schuld.« Er seufzt. »Hätte ich diesen Brief nicht geschrieben, wärst du nie in diese Scheiße geraten.«

Ich will ihm sagen, dass er aufhören soll. Dass es doch nur ein Glassplitter ist. Eine kleine Narbe, die vielleicht bleibt. Und dass das erträglich ist für die ganzen Dinge, die ich fühle, wenn

266

ich bei ihm bin. Dieses wunderschöne Gefühl, wenn er mich berührt und mich so ansieht, als gäbe es kein schöneres Mädchen auf der Welt.

Stattdessen hüpfe ich unsicher von der Liege und setzte mich auf seinen Schoß, schmiege mich an ihn und kralle meine Finger in sein schönes Haar.

Sein Blick wirkt gequält und ist voller Schuldgefühle.

Ich schüttle sanft den Kopf. Er lächelt leicht.

Dann nähert er sich mir langsam, berührt mein Kinn und küsst vorsichtig meine Nasenspitze.

Jetzt ist mir nicht mehr kalt. Kein bisschen.

Vor der Tür ertönt ein Stimmengewirr. Ich löse mich aus der süßen Umarmung und setze mich wieder auf die Liege.

Kurzerhand später geht sie auf und ein Mann mit Glatze und weißem Kittel kommt herein.

Eine Frau mit schulterlangen Locken folgt ihm. Ich muss zweimal hinsehen, um zu realisieren, wer diese Person ist.

Meine Mutter verliert den besorgten Blick in ihren Augen, als sie Kai sieht.

»Könnten Sie beide draußen warten?«, fragt der Doktor höflich und schließt das Fenster hinter mir.

»Ich bin Ihre Mutter, ich werde ja wohl hierbleiben dürfen.«

Kai erhebt sich vom Sessel und will den Raum verlassen. Doch ich nehme seine Hand und halte ihn vom Gehen ab.

»Und er ist mein fester Freund«, sage ich mit zusammengebissenen Zähnen.

Ich sehe meine Mutter nicht an, weil ich weiß, wie sie mich ansehen wird. Ich sehe stattdessen Kai an. Der blinzelt und scheint gar nicht zu glauben, was ich gesagt habe.

»Schön. Dein *Freund* wird hoffentlich draußen warten können«, sagt sie und betont dabei das Wort Freund so, als würde es gar nicht existieren.

»Sie *beide* werden draußen warten«, sagt der Doktor und die freundliche Miene ist verschwunden. »Ich würde mich gerne um die Wunde kümmern. In Ruhe.«

Zum Glück lässt sich das meine Mutter nicht zweimal sagen. Sie stöckelt nach draußen, zwei Sekunden später geht auch Kai. Mein Herz rast wie wild. Ich hab's ihr gesagt – mehr oder weniger. Es ist raus. Eine Flut der Erleichterung durchströmt mich. Doch es ist noch nicht vorbei. Noch lange nicht.

Der Doktor holt den großen Splitter und die kleineren heraus und versorgt die Wunden, wobei er die tiefsitzende nähen muss. Die Betäubungsspritze wirkt ganz gut, doch ich spüre trotzdem ein unangenehmes Ziehen.

Als ich endlich entlassen werde und in den Warteraum gehe, ist Kai weg – nur Mutter ist noch hier. Sie schaut mich mit diesem enttäuschten und verurteilenden Blick an, den ich so hasse. Und vor dem ich mich so fürchte.

Wir gehen schweigend aus dem Krankenhaus. Als wir ihr Auto fast erreicht haben, dreht sie sich um und verschränkt die Arme.

»Und, bist du jetzt zufrieden?«, fragt sie. »Hat es sich gelohnt, dieser kleine Abstecher zu deinem ach so tollen Freund. Hm?«

Ich schlucke und spüre einen Kloß im Hals. Nein, ich kann nichts sagen. Es tut so weh. Nicht die Wunde - ihre Worte. Ihre ganze Ausstrahlung, die Enttäuschung und Wut in ihrer Stimme.

»Ich will nicht, dass du dich weiterhin mit ihm triffst. Die Sache ist hiermit beendet. Kapiert? Deinem kleinen Freund hab ich das vorhin schon deutlich gemacht.«

Ich werde hellhörig. »Was?«, frage ich und sehe auf. »Was hast du zu ihm gesagt?«

268

»Dass er sich von dir fernhalten soll, weil ich sonst zur Polizei gehe und ihnen stecke, dass er hier ohne Führerschein herumrast, der kleine Wahnsinnige. Wenn er vernünftig wäre, würde er das auch ohne meine Drohung machen – sein Vater hätte dir ein Auge ausstechen können!«

»Er wollte mich so schnell wie möglich ins Krankenhaus bringen, das hat er wegen mir getan!«, sage ich aufgebracht. »Und das mit dem Glas war ein Unfall. Wobei – nein, eigentlich ist das deine Schuld.«

Mutter hebt überrascht die Brauen.

»Weißt du, warum er die Flasche geworfen hat? Weil er dachte, ich wäre du!«

Sie versteift sich. Ich kenne Mutter und sie hat sich immer gut unter Kontrolle, zeigt fast nie Schwäche. Aber dieses kleine Zucken in ihrem Gesicht, die merkbare Anspannung, verrät sie. Dafür kenne ich sie zu gut.

Trotz allem geht sie nicht darauf ein und holt tief Luft. »Das ist doch kein Junge für dich, Seraphina. Sieh dir an, aus welcher Familie der kommt. Sein Vater war sturzbetrunken und hat dich verletzt. Es hätte viel schlimmer ausgehen können!« Sie macht eine ausholende Bewegung. »Und dann fährt der Bursche auch noch ohne Führerschein herum. Ich will nicht wissen, was der noch so alles treibt. Liebling, der hat dich doch nicht verdient. Du bist brav, anständig und unschuldig. Was machst du mit so einem?«

Ich lache auf. So laut und falsch, dass meine Mutter aufhört zu reden. »Du kennst mich doch gar nicht.«

Sie runzelt die Stirn. »Was soll das denn heißen?«

»Brav und anständig, sagst du?«, beginne ich und habe immer noch ein Grinsen auf den Lippen, das meine Haut brennen lässt. »Weißt du eigentlich, wie oft ich dieses Semester schon geschwänzt habe, einfach, weil ich keinen Bock auf

269

Religion oder Geschichte hatte? Weißt du, dass ich dieses Schuljahr schon zig Nachsitzstunden hinter mir habe und weiß Gott wie viele Strafarbeiten? Na, weißt du nicht, oder?«

Sie sieht mich leicht verstört an. So, als hätte ich einen unlustigen Witz oder eine zusammenhanglose Geschichte erzählt.

»Und warum nicht? Weil ich gar nicht deine Handynummer in der Schule angegeben habe. In der Neunten habe ich behauptet, deine Nummer hätte sich geändert. Seitdem bekommt alle Anrufe Tante Bi. Und mein Gott, das waren echt viele dieses Jahr.«

Ich sehe, dass ihr alle Farbe aus dem Gesicht weicht und sie den Mund öffnet, um etwas zu sagen, allerdings stumm bleibt.

»Oder, oh, die Story ist witzig ...«, setze ich fort und breite die Arme aus. »Freddy Talisman. Echt toller Kerl, nicht? Ich hab mit ihm im Ferienhaus in Südfrankreich gevögelt. So viel zu unschuldig. War echt toll. Oh, oder eher nicht, weil er mich danach ignoriert hat, *der gute Junge*. Und weißt du auch, wieso? Weil das Fuckboys so an sich haben.«

»A-Aber das musst du mir sagen!«, entkommt es ihr dann schockiert und sie fährt sich durch die perfekt gelockte Mähne. »Ich hätte dir die Pille besorgt. Hast du ...« Sie schluckt einmal. »Hast du etwa mit dem Nox-Jungen auch geschlafen?«

»Echt jetzt? Das ist das Einzige, was dir dazu einfällt?«, schreie ich verletzt.

»Was soll ich denn sagen? Was willst du hören? Ich bin ... schockiert. Das bist doch nicht du.«

»Doch, das bin genau ich.« Ich deute auf mich und fühle mich, als wäre ich ein Goldkettchen, das sich jetzt doch als gefälschter Billigschmuck herausstellt.

Sie schüttelt den Kopf. »Warum hast du das gemacht? Ich dachte, wir sind ... ich dachte, wir könnten miteinander reden.

270

Ich dachte, ich kenne dich und weiß alles von dir. Warum hast du mir das alles verschwiegen? Warum spielst du mir was vor?« Meine Mutter klingt, als würde sie jeden Moment in Tränen ausbrechen. Ich bin mehr als überrascht. So kenne ich sie gar nicht und eine Welle von Schuldgefühlen überkommt mich. Sie klingt keineswegs enttäuscht wie sonst, sondern einfach nur tief verletzt.

Auch ich spüre, wie mein Kloß im Hals immer größer wird. Zaghaft öffne ich den Mund. »Weil … weil ich mich nie gut genug fühle. Ich weiß, dass ich nicht die Tochter bin, die du dir gewünscht hast«, murmle ich ruhig und senke den Blick. »Und deshalb hab ich versucht, irgendwie den Schein zu wahren. Ich habe diesen Debütantinnenquatsch letztes Jahr zum Beispiel gehasst, habe es aber durchgezogen, weil du es dir so sehr gewünscht hast. Bei der Sakurawahl hatte ich zumindest Emma als Ausrede. Und ich spiele dieses blöde Klavier jedes Jahr zu Weihnachten doch auch nur, weil du es so gern hast und mich dann immer so voller Stolz ansiehst.« Ich räuspere mich dazwischen. »Und ich weiß, dass du dir innerlich erhoffst, dass ich auch einmal Jura studiere, aber, oh mein Gott, ich kann mir kein öderes Studienfach vorstellen.«

Es ist eine Weile still und ich schaue auf meine Schuhe. »Ich würde viel lieber so etwas wie Gamedesign studieren«, füge ich leise hinzu. »Aber ich weiß, dass du sagen würdest, dass das Unsinn ist. Deshalb habe ich nie etwas gesagt.«

Ich weiß nicht, was ich nach meiner Ansage erwarte. Auf jeden Fall rechne ich nicht damit, dass sie ihre Arme um mich schlingt und mich umarmt. Deshalb reagiere ich erst einige Sekunden später und mache es ihr gleich. Ich habe keine Ahnung, was das bedeutet, ob sie mir verzeiht oder das alles nur die Ruhe vor dem Sturm ist. Aber ich kann nicht anders, als in ihre Schulter zu weinen. Es tut so gut, sich das alles von der

271

Seele geredet zu haben. Emma hatte Recht. Ich hätte das schon viel früher tun sollen.

»Du musst das alles nicht machen, wenn du nicht willst«, höre ich sie leise sagen. »Und du musst natürlich auch nicht Jura studieren. Das Letzte, was ich will, ist, dass du unglücklich bist.«

»Aber ich ertrage es nicht, in deine Augen zu sehen und zu spüren, dass du dir wünschst, ich wäre anders«, weine ich und schniefe. »Und das tust du immer, wenn ich etwas anders machen will. Zum Beispiel bei meinen Klamotten.«

Sie nimmt mein Gesicht in die Hände und sieht mich an. Sie weint nicht, aber ihre Augen sind glasig. »Ich würde mir doch nie wünschen, du wärst anders. Und ich wollte dir nie das Gefühl geben, dass du nicht gut genug bist. Seraphina, du bist meine Tochter, mein Mädchen. Bitte verstell dich nicht.«

Ich nicke und dabei laufen nur noch mehr Tränen über meine Wangen. Der Verband ist hoffentlich halbwegs wasserdicht.

»Ich liebe dich genau so, wie du bist, hast du gehört? Nichts könnte das je ändern.«

Ich wende meinen Blick ab und beiße mir auf die Lippe. »Und wenn ich mit Kai zusammen sein will?«

Sie seufzt leise.

»Es tut mir leid, aber das ist etwas, was ich mir nicht aussuchen kann«, erkläre ich und sehe sie wieder an. »Ich liebe ihn. Das ist echt. Und ich habe lange versucht meine Gefühle für ihn zu unterdrücken, aber es geht nicht. Es geht einfach nicht …«

»Ich kann nichts an deinen Gefühlen ändern. Oder seinen. Ich mache mir nur Sorgen und will nicht, dass dir etwas passiert oder du irgendwann etwas bereust.«

272

»Ja, ich weiß«, sage ich. Mir kommen die Worte des Nox-Vaters namens Lukas wieder unter. »Stimmt es, dass du und sein Vater … dass ihr ein Paar wart?«

Sie verzieht gequält das Gesicht und nickt schwach. »Ja. Mehr oder weniger ein Paar. Ich war etwas sprunghaft mit den Männern zu der Zeit. Ich war so alt wie du und meine Eltern haben sich gerade scheiden lassen. Ich bin nicht stolz darauf, aber in der Zeit war mir irgendwie alles egal.«

Das ist etwas, was ich mir bei meiner Mutter nicht vorstellen kann. Aber in gewisser Weise tröstet mich der Gedanke, dass sie ebenfalls nicht perfekt war.

»Was hat er dir noch erzählt?«, fragt sie.

»Dass er dich … geschlagen hat.«

Sie nickt wieder und mir wird übel, weil ich gehofft habe, dass das vielleicht eine Lüge ist. »Er war eifersüchtig und hat sich ziemlich betrunken. Ich … ich habe gesagt, dass ich die Treppe runtergefallen bin. Irgendwie fühlte ich mich schuldig und habe mich geschämt, wollte nicht, dass meine Eltern erfahren, warum es überhaupt dazu gekommen ist. Wie gesagt, ich war in dieser Zeit nicht unbedingt die treuste Freundin. Eine Woche später hat er einen guten Freund von mir krankenhausreif geschlagen. Der hat ihn wiederum angezeigt und er ist im Jugendknast gelandet. Ich habe meinen Abiabschluss gemacht und bin nach Köln gezogen und habe dort studiert. Und er zog nach seinem nachgeholten Abschluss nach Berlin. Seitdem haben wir uns nicht mehr gesehen.«

Ich lasse die Geschichte sacken. Und natürlich verstehe ich sie. Ja, es kommt mir vor, als würde ich meine Mutter das erste Mal verstehen. Sie wollte mich beschützen. Sie hatte Angst.

»Ich verstehe, dass du denkst, dass sich die Geschichte wiederholen könnte. Aber Kai ist wirklich anders, Mama.«

Sie sieht mich lange an und streicht mir über die gesunde Wange. »Wie wär's, wenn wir nachhause fahren und du dich etwas hinlegst? Du bist leichenblass. Danach können wir immer noch reden.«

Als sie das sagt, spüre ich, wie müde und ausgelaugt ich mich fühle. Vermutlich ist es wirklich das Beste, mich auszuruhen. Das alles heute war einfach etwas ... zu viel.

»Okay.«

»Und sag bitte nie wieder, dass du nicht gut genug bist. Du bist toll, so wie du bist. Du musst auf keinen Fall perfekt sein oder mir alles recht machen.«

Ich lächle und nicke. Wir steigen ins Auto.

»Oh, und ich zeichne gerne Comics, das wollte ich auch noch gesagt haben.«

Sie lacht. »Die musst du mir einmal zeigen.«

KAPITEL 24

Nur »Ich liebe dich.«

Es ist noch dunkel draußen, als ich aufwache. Das erkenne ich an den nicht ganz geschlossenen Jalousien.

Ich ziehe mir meine Decke höher, obwohl es im Zimmer ziemlich warm ist. Dann will ich nach meinem Handy greifen, um die Uhrzeit zu checken – doch ich greife ins Leere. Seit ich am Nachmittag zum Nox-Haus aufgebrochen bin, habe ich nicht mehr auf mein Handy gesehen. Ich weiß ehrlich gesagt auch gar nicht, wo es steckt. Aber das erscheint mir im Moment gar nicht so wichtig. Also lasse ich es bleiben und drehe mich auf die andere Seite, nur um aufzustöhnen und mich auf den Rücken zu drehen. Die Wunde ist noch ziemlich empfindlich. Gott sei Dank muss ich heute (oder morgen) nicht bald aufstehen. Meine Mutter hat gesagt, sie würde morgen in der Schule anrufen und ihnen erklären, dass ich aufgrund eines Unfalls nicht am Unterricht teilnehmen könne. Oh, und dass sie ihre ‚neue' Handynummer bekanntgeben kann.

Ich kann nicht mehr einschlafen – zumindest nicht mehr richtig. Meine Gedanken sind zu laut und zu wirr. Ich denke an Kai – hauptsächlich an ihn. Aber mir kommen auch die schrecklichen Nachrichten über Mamas Vergangenheit mit Kais Vater unter. Und ich erinnere mich an einen Alptraum, den ich von Letzterem hatte. Von den finsteren Augen. Ich hatte solche Angst … Ob Kai und Viola auch solche Angst vor

275

ihm hatten? Mir wird übel und ich spüre, wie ich zu zittern beginne.

Mit weichen Knien erhebe ich mich und meine Übelkeit wird schlimmer. Ich torkle in mein Badezimmer und setze mich auf den kalten Fliesenboden.

Das Nächste, an das ich mich erinnere, ist eine aufgeregte Stimme, die durch das Zimmer hallt.

»Warum schläfst du auf dem Badezimmerboden?«, fragt meine Mutter aufgebracht, als ich ganz wach bin.

Das Tageslicht scheint durch das kleine Badfenster und erhellt den Raum.

»Hm«, sage ich nur und richte mich auf. »Warum bist du nicht bei der Arbeit?«

»Habe mir freigenommen«, murmelt sie und holt tief Luft. »Komm, ich möchte gern mit dir reden.«

»Nein«, seufze ich – einfach aus Gewohnheit – und folge ihr in mein Zimmer, setze mich auf das Bett.

»Wie geht's dir denn?«, fragt sie ungewohnt sanft.

»Ganz okay. Nur etwas Kopfweh. Und ich hab schlecht geträumt«, antworte ich ungewohnt ehrlich.

»Hör mal«, sagt sie und setzt sich neben mich, nimmt meine Hand in die ihren. Sie sind weich und warm und die Berührung fühlt sich gut an. Ich fühle mich geborgen. Manchmal vergesse ich, dass meine Mutter eben meine Mutter ist. Manchmal – und das war in den letzten Jahren sehr oft der Fall – habe ich sie nur für so etwas wie eine … Feindin gehalten. So, als könnte ich ihr nicht vertrauen und müsste *alles* daran setzen, ihr *alles* zu verheimlichen. Ich habe sie für einen schlechten Menschen gehalten, der alles hasst, was ich liebe. Aber trotz all der Differenzen, die wir in letzter Zeit hatten, ist sie dennoch meine Mutter. Eine Person, die sehr wichtig in meinem Leben ist. Der ich vieles verdanke.

276

»Du hast mir erzählt, dass du mit Freddy geschlafen hast.«

Ich entreiße mich der Berührung und erröte bestimmt.

»Willst du jetzt über Verhütung sprechen?«

Sie lacht trocken auf. »Nein, dafür ist es schon zu spät. Und ich gehe davon aus, dass ihr beide wisst, wie man ein Kondom verwendet.« Sie räuspert sich, als ich keine Miene verziehe. »Ich wollte dich fragen, was du genau damit gemeint hast, als du sagtest, er hätte dich fallengelassen.«

»Na, was denkst du denn?«, frage ich patzig. Dann schüttle ich den Kopf und versuche, nicht ganz in mein altes verschlossenes Muster zurückzufallen. »Ich habe mir mehr erhofft. Doch er hat mich danach ignoriert. Aber … eigentlich ist es meine Schuld, immerhin habe ich gewusst, dass Freddy immer nur seinen Spaß haben will. Ich dachte nur, vielleicht … wäre es mit mir anders.«

Sie beugt sich nach vor, um in mein gesenktes Gesicht zu blicken. »Nichts davon ist deine Schuld. Ein anständiger Junge macht das mit keinem Mädchen.«

»Sei nicht wütend auf ihn«, murmle ich. »Er hat sich mehrmals entschuldigt, seit er wieder hier ist.«

»Ja, weil er mich braucht«, murrt meine Mutter und ich lache auf. »Ja. Aber seine letzte Entschuldigung war, denke ich, ehrlich gemeint.«

Es ist eine Weile still.

»Das war mein erstes und einziges Mal. Mit Kai war nichts. Na ja, es wäre fast passiert.« Ich beiße mir kurz auf die Lippe, ohne aufzusehen. »Aber ich hab Bammel bekommen und hatte Angst, dass es wieder so wehtut. Und ich denke, dass ich auch gefürchtet habe, dass er mich danach vielleicht auch ignoriert.«

»Wie hat er reagiert?«, fragt sie.

»Also, ich denke ganz gut. Eigentlich hätte ich gar nichts gesagt, aber er hat es mir irgendwie angesehen, dass ich Schiss habe. Und dann hat er gemeint, dass wir ruhig warten können und dass er nichts machen würde, was ich nicht will.«

Sie lächelt schwach. »Das ist gut.« Dann seufzt sie und sieht zu Boden. »Das, was gestern passiert ist, war Körperverletzung. Du weißt, dass ich ihn am liebsten anzeigen würde.«

Mir weicht bei dem Gedanken jegliche Farbe aus dem Gesicht. Wenn sie das tut, würden nur noch mehr Gerüchte durch Sakura kursieren – und Viola und Kai nur noch mehr darunter leiden.

»Auf das kleine Schmerzensgeld kann ich echt verzichten – und auf den ganzen Prozess auch. Mir geht's gut, Mama. Ich will das nicht. Bitte.« Gleichzeitig notiere ich mir innerlich, ihr nie zu erzählen, welch große Angst ich vor diesem Mann eigentlich habe. Ich will es verharmlosen, aber es geht nicht. Das gestern hat mich im Nachhinein gesehen stärker mitgenommen als gedacht.

»Ich weiß, dass du das nicht willst.« Sie scheint zu überlegen. Dann steht sie auf und hat diesen Blick aufgesetzt, der mir verrät, dass sie länger darüber nachdenken muss. »Ich habe gestern Abend noch mit deinem Vater geredet. Und wir waren uns einig, dir für deine Lügen bezüglich der Schule zwei Wochen Hausarrest zu geben.«

Ich ärgere mich nicht und nicke nur. »Okay.«

»Und bitte, Seraphina, lüg uns nicht mehr an. Wir wollen dir nichts Böses. Das weißt du.«

Wieder nicke ich.

Sie verlässt das Zimmer und ich fühle mich etwas besser. Und meiner Mutter etwas näher. Vielleicht musste das sein. Vielleicht musste das Ganze eskalieren, um sich wieder zu normalisieren.

Ich ziehe mich um und putze mir die Zähne. Als ich mein Handy schließlich in meiner Jackentasche finde und meine

278

Nachrichten checke, bin ich enttäuscht. Keine einzige ist von Kai.

Dass er die Drohung meiner Mutter so ernst nehmen würde, hätte ich nicht gedacht. Zumindest ein kleines *Hi* hätte mich gefreut. Traurig lege ich das Handy weg und falte den Liebesbrief auf, der in der Hosentasche meiner Jeans steckt. Würde er so etwas nochmal schreiben? Oder haben sich seine Gefühle seitdem geändert?

Immerhin haben sich auch meine Gefühle seit Dezember deutlich verändert. Aber bei mir sind sie eher stärker geworden. Durch die ganze Aktion und meinem Drang herauszufinden, was mit ihm los war, habe ich ihn besser kennengelernt. Und noch mehr Dinge an ihm entdeckt, die mir so gefallen.

Ich mag ihn nicht nur – ich liebe ihn. Und ich hatte gar keine Möglichkeit, ihm das zu sagen.

Meine Hände gleiten wieder zum Handy und ich öffne den Chat mit Kai. Er war seit gestern Abend nicht mehr online.

Ich tippe und gehe auf Senden, ohne länger darüber nachzudenken. Dann schleudere ich mein Handy erschrocken weg – zum Glück landet es auf dem Teppich.

Ich liebe dich zu sagen, erschien mir immer so unbedeutend. Es sind schließlich nur Worte, die jeder zu jedem sagen kann. Aber jetzt, in diesem Moment, bedeuten mir diese Worte mehr als alles andere. Es fühlt sich … besonders an. So echt. Wie ein Versprechen. Und egal, wie die Entscheidung meiner Mutter ausfällt, ob sie sich immer noch querstellt oder nicht – ich will nur, dass er es weiß. Dass er weiß, dass ich ihn liebe.

Gut eine halbe Stunde sehe ich gar nicht auf mein Handy, aus Angst, wie seine Antwort lauten könnte. Oder ob er überhaupt antwortet. Es ist Mittag, als ich das erste Mal checke, ob eine

Antwort gekommen ist. Doch nein, nichts. Stattdessen haben sich Emma und Viola ausgiebig bei mir gemeldet, denen ich versichere, dass es mir gut geht – körperlich zumindest.

Noch eine Stunde vergeht und ich verliere langsam den Mut. Denn so, wie ich Kai kenne, hängt er auch während der Unterrichtszeit am Handy – und hat die Nachricht hundertprozentig gelesen. Doch was erwarte ich überhaupt für eine Antwort? Dass er schreibt, dass er mich auch liebt?

Schließlich sehe ich, dass er vor drei Minuten online war, und lege das Handy verzweifelt und voller Scham zur Seite. Klar. Ignorieren. Das können Typen vermutlich am besten.

Doch ich bin nicht wütend auf ihn, sondern ärgere mich über mich selbst. Das war das Dümmste, was ich machen konnte. Zuerst droht ihm meine Mutter damit, ihn anzuzeigen und ich schreibe ihm am nächsten Morgen, dass ich ihn liebe. Ich sehe ihn vor mir, wie er meine Nachricht liest und sie kopfschüttelnd löscht. Argh. Ich bin so blöd ...

Ich verkrieche mich im Bett und überlege, wie ich meine Mutter am besten überzeuge, noch die restliche Woche zuhause bleiben zu können. Doch da klopft es schon an meiner Tür. Da ich mir noch keine passende Ausrede überlegt habe, sage ich einfach nichts und stelle mich schlafen. Ich höre, wie die Tür aufgeht. Ich halte die Augen geschlossen. Wenn Mama mich schlafen sieht, geht sie eigentlich immer. Doch ich höre Schritte und mein Bett gibt am Fußende nach.

»Mama, ich will etwas schlafen«, seufze ich. Gleichzeitig atme ich einen vertrauten Duft ein, der mein Herz schneller schlagen lässt.

Sofort mache ich meine Augen auf und richte mich kerzengerade auf. »Kai.«

280

Er lächelt schwach und seine Finger streichen über meine gesunde Wange. »Hey.«

»Kai, es … es tut mir so leid«, sprudelt es aus mir heraus. »Ich hätte dich nie so behandeln dürfen. Das war alles meine Schuld. Du denkst, dass du nicht gut genug bist, aber eigentlich ist es genau andersherum. Ich hab dich nicht verdient. Und was meine Mutter zu dir gesagt hat, vergiss es einfach, ich werde nicht zulassen, dass sie…«

»Ich liebe dich auch«, haucht Kai, und unterbricht meine wirren Gedanken, die ich laut ausgesprochen habe. Ich blinzle ihn an. Seine Wangen sind leicht gerötet und er grinst unsicher.

»Wow«, murmle ich und spüre, wie sich eine Gänsehaut auf mir ausbreitet. Er liebt mich. Er hat gesagt, dass er mich auch liebt.

»Echt?«, frage ich und hätte mir am liebsten selbst eine gescheuert.

Doch Kai lacht nur und rückt näher zu mir. »Unglaublich. So sehr, dass ich mich traue, hier aufzukreuzen, obwohl deine Mutter mir gestern noch gedroht hat.«

Ich realisiere das Ganze und werde blass, sehe zur offenen Tür. »Sie hat dich reingelassen?«

Er nickt langsam. »Überraschenderweise. Sie hat nicht unbedingt begeistert gewirkt, aber sie hat mich ohne ein einziges Wort durchgelassen und mir den Weg zu deinem Zimmer beschrieben – den ich ja schon kannte.«

Ich kann nicht glauben, was ich da höre. »Bist du sicher, dass es nicht Martha war?«

Kai lächelt. »Ich weiß, wie deine Mutter aussieht.«

»Was hast du genau gesagt?«

»Nur, dass ich dich sehen muss. Dann hat sie mich von oben bis unten gemustert und mich schließlich durchgelassen.«

Schräg. Äußerst schräg.

281

»Aber jetzt bin ich hier«, sagt er und nimmt meine Hände, wirkt plötzlich ernst. »Und ich wollte dir sagen, dass mich deine Nachricht so glücklich gemacht hat. Und dass ich alles dafür tun will, dass das mit uns funktioniert.«

Ich spüre, wie ich von einem Ohr zum anderen strahle.

»Aber, Phina, was da gestern passiert ist ... ich will nicht, dass das nochmal passiert.«

»Wird es nicht«, sage ich und lächle. Doch Kai erwidert mein Lächeln nicht und mir wird leicht unwohl.

»Hör auf, mich so anzusehen«, murmle ich und verziehe das Gesicht. »Willst du mir jetzt etwa sagen, dass du mich beschützen willst und deshalb von mir fernbleiben musst? Vergiss es.«

»Phina, da sind noch mehr Dinge. Ich bin nicht so toll, wie du vielleicht denkst. Mein Leben war bisher nicht so herausragend und ich habe früher viele Dinge getan, auf die ich nicht unbedingt stolz bin ... Außerdem bin ich manchmal ein echtes Wrack, psychisch gesehen ...«

»Hör auf!«, sage ich und verschränke meine Finger mit seinen. »Hör auf damit. Ich bin nicht Barbie, die ihren perfekten Ken sucht. Ich sehe dich an und fühle mich geborgen und wohl. Du gibst mir das Gefühl, besonders zu sein, und das ist so schön. Ich verlange und erwarte doch nichts von dir. Ich will dich nur lieben, Kai. Mehr will ich nicht.«

Er seufzt, nimmt mein Gesicht in seine Hände und sieht mich lange an. Dann schüttelt er den Kopf und im nächsten Moment küsst er mich. So leidenschaftlich, dass mir momentan die Luft wegbleibt. Aber als ich endlich in diesen wunderbaren Kuss hineinfinde, fange ich an zu lächeln und kralle meine Hände in sein Haar. Plötzlich scheint alles unbedeutend. Alles außer dieser Kuss. Und ich fühle mich so stark wie schon lange nicht mehr.

»Versprich mir etwas«, sage ich, als ich kurz Luft hole.

»Was?«, flüstert er an meine Lippen.

»Dass du dich, was auch immer in der Zukunft passiert, an diesen Kuss erinnerst. Versprich mir das.«

Kai lächelt und nickt. »Kann ich auch diesen nehmen?«

Ich kichere in den Folgenden hinein. Wie kann sich so etwas nur so gut und richtig anfühlen? Und wie konnte ich nur so dumm sein und es fast zerstören? Nur, weil ich Schiss vor meiner Mutter habe.

Ein Klopfen unterbricht uns und wir schrecken auseinander wie zwei Kaninchen.

Meine Mutter lehnt an meinem Türrahmen und hat den Blick abgewendet, die Arme verschränkt.

»Sorry, ich … ich geh gleich«, murmelt Kai und fährt sich über das errötete Gesicht.

Sie winkt ab und sieht ihn nun direkt an, das Gesicht weiterhin eine emotionslose Starre. Den Blick kenne ich nur zu gut von ihr.

»Ich wollte dich fragen, ob du Vegetarier bist.«

Ich mustere Mama perplex, doch sie sieht weiterhin Kai an. Dieser braucht eine Weile, um zu antworten, wahrscheinlich, weil er mit so einer Frage nicht gerechnet hat. »Äh, nein, bin ich nicht.«

»Gut«, murmelt sie und sieht kurz auf den Boden. »Wir essen zu Abend Spagetti Bolognese. Wenn du willst, bist du eingeladen.«

Oh. Mein. Gott.

Hat sie das gerade wirklich gesagt?

Ich sehe zu Kai, der sich ein mildes Lächeln abringt und angespannt nickt. »Sehr gern.«

Auch Mama lächelt knapp und nickt. »Schön. In einer Stunde.«

Als sie weg ist, drehe ich mich langsam zu Kai, der immer noch auf den Punkt starrt, wo meine Mutter eben noch gestanden ist. Ein aufgeregtes Kribbeln breitet sich in meiner Bauchgegend aus, gleichzeitig kann ich nicht aufhören zu grinsen.

»Was war das jetzt?«, murmelt Kai und fährt sich mit den Handflächen über seine Jeans, zupft dann an seinem Shirt herum.

»Ich denke«, beginne ich und schlinge meine Arme um seinen Hals. »Sie will dich kennenlernen.«

Kais Wangen werden blass und er scheint sich darüber nicht so sehr zu freuen wie ich. Ich lege den Kopf schief und lockere meinen Griff um ihn. »Was ist los?«

Er schüttelt den Kopf. »Nur nervös.«

»Keine Sorge«, murmle ich in sein Haar und küsse die Stelle. »Ich bin da. So schlimm wird's nicht. Außerdem bist du toll.«

Kai nickt und bekommt wieder etwas Farbe. »Okay.«

284

KAPITEL 25

Nur du und ich

»Du hattest recht«, sagt Kai, während er sich die Sneakers in unserem Flur überstreift.

»Sagte ich doch«, murmle ich und sehe ihm zu, wie er sich aufrichtet und sich durch seine schwarzen Haare streicht. Seine Haltung ist schon etwas lockerer geworden und er scheint sich hier nicht mehr ganz so unwohl zu fühlen wie am Anfang.

»Ich hab irgendwie damit gerechnet, dass mich deine Mutter mit hundert Fragen löchern wird, aber sie hat sich eigentlich ziemlich zurückgehalten«, murmelt er und lässt die Schlüssel seines Motorrades in seinen Fingern klimpern.

»Das hat ja Lola übernommen«, seufze ich und mir wird heiß, wenn ich an ihre Fragen zurückdenke, die mehr als unangebracht waren.

Doch Kai lächelt nur und zuckt mit den Schultern. »Das fand ich irgendwie witzig.«

Ich schüttle den Kopf und schlinge meine Arme um seine Taille, drücke ihn an mich. Er erwidert die Umarmung sanft und küsst mich auf den Haaransatz. »Kommt du morgen wieder in die Schule?«

Ich nicke und drücke ihn noch etwas fester. »Willst du nicht noch etwas hierbleiben? Wir könnten einen Film gucken oder so.«

Kai lacht heiser. »Wollen wir mal die Gutmütigkeit deiner Mutter nicht überstrapazieren.«

285

Ich brumme zustimmend und löse mich von ihm. Kai streicht meine Locken zurück und nimmt mein Gesicht in seine Hände. »Gute Nacht, kleine Prinzessin.«

Bevor ich mich über den Kosenamen beschweren kann, drückt er seine Lippen auf meine und gibt mir einen unschuldigen Abschiedskuss.

»Das war das erste und letzte Mal, dass du mich so nennst«, sage ich, als ich wieder reden kann und bringe ihn zum Lachen.

»Schade. Hätte dir echt gut gestanden«, seufzt er gespielt und grinst mich frech an. Ich strecke ihm die Zunge raus.

Er umgreift die Türklinke. »Bis morgen, Phina.«

»Bis morgen, Kai.«

Als die Tür ins Schloss fällt, bleibe ich noch einen Moment stehen und betrachte sie verträumt. Das hier fühlt sich an wie ein Anfang. Ein Anfang von etwas Gutem und etwas Schönem.

»Am Donnerstag hast du einen Termin bei Doktor Hara«, höre ich Mama hinter mir sagen. Ich drehe mich erschrocken um und sehe, wie sie im Flur steht und etwas auf ihrem Handy tippt. »Sie wird dir die Pille verschreiben. Oder du sprichst mit ihr über eine Spiraleinsetzung, das überlasse ich ganz dir.«

Ich schlucke und spüre, wie mir die Schamesröte ins Gesicht steigt. »Mhm«, sage ich und grinse verhalten.

Sie sieht auf und nickt in Richtung Haustür. »Er scheint mir ganz anständig zu sein. Pass aber trotzdem auf dich auf, ja? Manchmal steckt hinter einer schönen Fassade eine böse Überraschung. Ich spreche aus Erfahrung.« Sie räuspert sich und steckt das Handy ein, verschränkt die Arme. »Und nur, weil ich ihm eine Chance gebe, heißt das noch lange nicht, dass ich denke, dass er der Richtige für dich ist.«

Ich nicke und senke den Blick, mein Magen beginnt sich erneut zu verkrampfen.

286

»Aber meiner Tochter die erste richtige Liebe zu verweigern, erscheint mir dann doch etwas zu hart«, sagt sie leise.

Ich lächle dankbar. Sie erwidert es kurz und wendet sich dann ab, geht zurück in die Küche.

Am nächsten Morgen bin ich so nervös wie schon lange nicht mehr. Ich stehe eine halbe Stunde früher auf und durchforste meinen Kleiderschrank nach dem perfekten Outfit. Schließlich liegen auf meinem Bett meine Lieblings-Baggyjeans und ein schlichtes Shirt mit dem Spruch in kleiner, kursiver Schrift *let life surprise you.*

Ich führe meine morgendliche Routine durch, doch statt zu frühstücken, bringe ich bloß ein halbes Glas Leitungswasser runter.

Lola ist so wie immer. Nervtötend redegewandt am frühen Morgen. Eigentlich hatte ich vor, sie zurechtzuweisen, aber es erscheint mir mittlerweile unnötig – weil es vermutlich diesen kleinen Anstoß gebraucht hat, damit Kai und ich zusammen sein können.

Mit jedem Schritt, dem ich dem Schultor näher komme, werde ich ein kleines Stück nervöser. Vor allem, da ich keinen Schimmer habe, was jetzt und heute passieren wird. Und immer wieder stelle ich mir dieselbe Frage: Sind Kai und ich jetzt ein Paar? Muss man überhaupt darüber reden und das zuerst festlegen?

Von alten Teeniefilmen und Romanen dachte ich immer, dass man nach einem verheißungsvollen Kuss oder zumindest spätestens nach den Worten *Ich liebe dich* offiziell als Paar gilt. Da muss man nicht mehr groß nachfragen, das wäre ziemlich seltsam. Aber in der Realität sieht das Ganze ganz anders aus. Ich hatte noch nie einen Freund, habe aber über Yua, Rachel und Tiana oft genug mitbekommen, wie das läuft. Es gibt neben der offiziellen Beziehung noch zig weitere Varianten, wobei mich ja Freundschaft plus am meisten verwirrt. Das lässt jeden Funken Romantik in mir sterben – obwohl ich ja nicht so der Typ für Romantik bin. Also das dachte ich zumindest. Denn seit ich erfahren habe, dass Kai mir einen Liebesbrief geschrieben hat, und ich vor Rührung fast dahingeschmolzen bin, bin ich mir da gar nicht mehr so sicher.

Ich setze meine Kopfhörer auf und schlendere zum Gebäude. Normalerweise bin ich immer eine der Ersten in der Klasse, weil Lola sich noch eine halbe Stunde mit ihren Freundinnen unterhalten will und Mama es auch immer besser findet, früh genug in der Schule zu sein.

Als ich meinen Spind öffne, spüre ich, wie mir meine Kopfhörer abgenommen werden. Erschrocken wirble ich herum und greife mir gleichzeitig ans Ohr.

»Echt jetzt? Du hörst Indie?«

Meine Gefühle spielen verrückt beim Anblick von Kai, der jetzt meine Kopfhörer wieder abnimmt und mich angrinst. Ich weiß nicht, ob ich über seine Frage entrüstet sein soll, mich freuen soll, dass er hier ist oder mir Sorgen machen soll, weil mein Herz gerade so stark schlägt wie ein Presslufthammer.

Also grinse ich schüchtern zurück und nehme die Kopfhörer wieder an mich. »Warum denn nicht? Ich mag das manchmal ganz gern.«

Kai zuckt mit den Schultern. »Ich auch, aber ich dachte nicht, dass dir das gefällt.«

»Na ja«, murmle ich und schlinge meine Arme um ihn – die Kopfhörer lege ich mir um den Hals. »Offenbar weißt du noch nicht alles über mich.«

»Das müssen wir ändern«, flüstert er. »Ich will alles über dich wissen. «

288

Ich nicke leicht. Bei der Nähe wird mir schwindelig und ich kann nicht aufhören zu grinsen – Kai macht den Eindruck, als würde es ihm genau so gehen.

»Hi«, sage ich leise und drücke mich etwas näher an ihn, sodass sich unsere Nasenspitzen fast berühren.

»Hi«, erwidert er und ich überwinde die letzten Zentimeter, die uns trennen. Zuerst gebe ich ihm einen kurzen Kuss, weil ich fürchte, ihm wäre es hier unangenehm. Doch als ich einen Rückzieher machen will, spüre ich eine Hand an meinem Nacken und wie sie mich zurück zu ihm zieht. Plötzlich befinden wir uns nicht mehr in der Schule – wir sind ganz weit weg von allem und jedem und küssen uns einfach. Ein süßes Glücksgefühl erfüllt meinen Körper und ich kann meine Mundwinkel, die immer wieder hochhüpfen, nicht mehr kontrollieren, was Kai eindeutig spüren muss – denn plötzlich fühle ich, dass auch er grinst.

»Na sieh mal einer an.«

Ich reiße mich von Kai los und sehe die Person an, die gesprochen hat. Noah hat sein typisches schiefes Lächeln aufgesetzt und streicht sich einmal durch die kinnlangen Haare.

»Hat ja lange genug gedauert.«

Kai gibt einen belustigten Laut von sich. »Tu nicht so, als ob du das kommen gesehen hättest.«

»Na ja«, brummt Noah. »So im Nachhinein gesehen, war's schon ziemlich auffällig.« Dann vergeht ihm das Grinsen und er deutet mit einem Kopfnicken auf mich. »Hübsches Pflaster.«

Automatisch greife ich mir an die Wange und spüre, wie mir bei der Erinnerung übel wird.

Kai legt seinen Arm um meine Schulter und scheint Noah im Stillen etwas mitzuteilen, der daraufhin ein »Sorry, Mann«, murmelt.

289

»Was tust du überhaupt schon so bald hier?«, frage ich Kai, als wir zu dritt die Treppe in das Erdgeschoss nehmen. Doch stattdessen antwortet mir Noah: »Wollte noch etwas für den Physiktest büffeln, den ich heute nachholen muss«, sagt er und sieht gleichzeitig einer hübschen Blondine nach, die neben ihrem muskelprotzigen Freund geht.

»Ah«, sage ich kurz angebunden und muss an Emma denken. Ob sie wirklich so mir nichts dir nichts über ihn hinweg ist? Der Gedanke wird von einer rosahaarigen Schönheit verschluckt, die nicht weit von uns entfernt beim Getränkeautomaten steht und in ihrem Geldbeutel nach Kleingeld sucht.

Ich will Kais Arm von meiner Schulter schieben, doch dieser wehrt sich gegen die Geste. Gleichzeitig dreht sich Lana um und zuckt bei unserem Anblick zusammen. Oh nein. Schon will ich einen erneuten Versuch starten, mich von Kai zu lösen, doch Lanas Gesicht hellt sich auf und sie begrüßt uns, als wäre nie etwas gewesen. Ich erwidere es verwirrt und Kai hebt die Hand zur Begrüßung.

»Yo, Lana, schon wieder pleite?«, sagt Noah und stellt sich zu ihr, während wir weitergehen. Diese verdreht die Augen und schüttelt den Kopf. »Kannst du wechseln?«

»Hast du mit ihr gesprochen?«, frage ich, als wir außer Hörweite sind.

»Ja, gestern. Ich hab ihr die ganze Sache mit uns erklärt – sie hat es ganz gut aufgenommen.«

»Das hast du schon mal gesagt«, murmle ich.

»Ich weiß«, seufzt Kai und löst sich von mir und bleibt stehen. Ich mache es ihm gleich und verschränke die Arme.

»Es ist hart und es tut mir leid für Lana, aber ich will ehrlich gesagt keine Rücksicht darauf nehmen. Ich will einfach mit meiner Freundin den Flur entlanglaufen, ohne mir Gedanken über andere machen zu müssen.«

Mein Herz macht einen Sprung. »Was?«

Kai runzelt die Stirn. Bevor er etwas sagen kann, öffne ich den Mund. »Freundin? Meinst du *feste* Freundin?«

Kais Stirnfalten vermehren sich. »Nicht?«

»D-Doch!«, sage ich schnell, bevor er etwas anderes in meine Nachfrage interpretieren kann. »Ich war nur nicht sicher, ob du das auch so siehst.«

Er fängt an zu lachen. »Nach dem Brief und der Drohung deiner Mum, die ich ignoriert habe, werde ich doch etwas mehr von dir wollen, denkst du nicht? Außerdem hast du mich im Krankenhaus ja selbst als deinen festen Freund bezeichnet.«

Ach ja, stimmt. Aber das war eigentlich im Eifer des Gefechts.

»Du hast recht«, sage ich und schmunzle in mich hinein. Kai und ich. Wow. Das fühlt sich echt gut an.

Die folgenden zwei Wochen vergehen schneller als gedacht – trotz meines Hausarrestes – und ich komme jedes Mal mit einem schönen, wohligen Gefühl im Bauch nachhause. Kai und ich telefonieren fast jeden Abend miteinander.

Während der ersten Woche fällt mir vermehrt auf, dass Viola in der letzten Hälfte der Mittagspause verschwindet – was sich in der zweiten Woche dann aufklärt, als ich sie mit Freddy knutschend in dessen Auto erwische. Dass ihre Pause nicht lange halten wird, hätte ich mir eigentlich denken können. Kai hingegen hat das nicht kommen sehen und versuchte erst gar nicht, seinen Missmut zu verstecken.

»Wenn ich sie auch nur einmal wegen ihm heulen sehe, wird ihm das leid tun«, knurrte er einmal, was mir wegen der

Ernsthaftigkeit in seiner Stimme eine Gänsehaut bereitete, ich aber in gewisser Weise auch ziemlich heiß fand.

Zum Glück ist seitdem nichts passiert. Viola wirkt ziemlich glücklich – nur die anderen Mädchen lassen ihre Eifersucht an ihr aus. Aber wofür hat sie da mich als Freundin? Ich habe jetzt fünf Feindinnen mehr, von denen ich nicht mal die Namen weiß, aber immerhin trauen sie sich jetzt nicht mehr, (zumindest wenn ich in der Nähe bin) schlecht über Viola zu reden.

Emma tut zwar so, als wäre ihr Noah mittlerweile egal, aber sie ist ja nicht umsonst meine beste Freundin – ich erkenne ihre heimlichen, schmachtenden Blicke in seine Richtung. Und ich sehe auch, wie sie kurz das Gesicht verzieht, wenn sie sieht, wie Noah mit einem Mädel aus der Nebenklasse flirtet. Ich hätte sie gern getröstet oder ihr gut zugeredet, aber ich kenne sie. Ihr wäre es nur unangenehm, wenn sie wüsste, dass ich es weiß. In dieser Hinsicht sind wir uns ziemlich ähnlich.

Gleichzeitig ist es ziemlich traurig zu sehen, wie Elias sich um sie bemüht, und Emma das alles nicht sieht und nicht zulässt, weil sie noch so sehr an Noah hängt.

Lana macht ihre Videos weiter und ich verfolge sie alle – und bin einer ihrer größten Fans geworden. Und im Gegensatz zu ihrer alten Schule ist sie in unserem Gymnasium zu einer kleinen Berühmtheit geworden. Sie hat auch ausreichend Verehrer – vor allem aus der Unterstufe. Ihr Spind quillt jede Woche vor lauter mit Buntstift verzierten Liebesbriefen über.

Wir reden mittlerweile wieder normal miteinander, ohne unangenehme Pausen oder peinliche, ausweichende Blicke. Dafür bin ich wirklich dankbar. Lana ist mir echt ans Herz gewachsen.

Es ist Mitte Mai, die Blätter sind größtenteils grün geworden und eine süße sommerliche Brise weht durch Sakura und bläst mir meine Locken aus dem Gesicht. Heute ist der erste Freitag nach meinem Hausarrest und ich fühle mich wie früher an Weihnachten. Denn heute werde ich bei Kai übernachten und platze beinahe vor Aufregung und freudiger Erwartung. In den letzten zwei Wochen haben Kai und ich außer ein paar längeren Küssen nichts weiter gewagt. Dafür waren meine Träume viel intensiver als sonst und ich bin jedes Mal mit einem sehnsüchtigen Gefühl aufgewacht, das mir verraten hat, dass ich mehr als bereit für einen weiteren Schritt bin.

Ich wollte es so unauffällig wie möglich machen, deshalb bin ich in einer Freistunde zum Drogeriemarkt gegangen und hab mir eine Packung Kondome gekauft. Zwar bin ich mir sicher, dass Kai auch welche zuhause hat, aber ich will einfach auf Nummer sicher gehen. Mittlerweile habe ich auch keine Angst mehr, dass es wieder so sein könnte wie damals bei Freddy.

»Du siehst den ganzen Tag schon so entspannt aus, an was denkst du?«, fragt Emma, als wir in der Mittagspause draußen im Hof sitzen und einen Fruchtsaft mit dem Strohhalm schlürfen.

»An Sex«, antworte ich ehrlich. Emma fängt an zu husten. Als sie fertig ist, sieht sie mich entrüstet an: »Das hast du jetzt nicht gesagt.«

Ich schmunzle und schweige.

Als Kai schließlich neben mir auftaucht, verschluckt sich Emma erneut und diesmal kann ich nicht anders, als leise loszulachen.

»Was ist?«, fragt Kai und ich mache nur eine wegwischende Handbewegung.

»Nicht wichtig. Was gibt's?«, frage ich und streiche ihm über den Arm. Doch Kais Gesicht bleibt düster – so wie den restlichen Tag auch schon. Ich kann mir keinen Reim daraus

293

machen, immerhin müsste er sich über heute genauso freuen wie ich auch. Bei genauerem Hinsehen fällt mir auf, wie müde er heute aussieht. Was macht ihm denn zu schaffen? Oder ist es noch von dem Mathetest, den wir heute hatten? Ich dachte, ihm ist es gut gegangen?

»Geh'n wir zu unserem Platz?«, fragt mich Kai, bevor ich ihn danach fragen kann. Meine Mundwinkel hüpfen nach oben. Unser Platz. Das hört sich so schön an.

»Klar«, sage ich und verabschiede mich von Emma, die ohnehin die restliche Viertelstunde der Mittagspause in der Bib verbringen wollte.

Unser Platz ist eigentlich ziemlich unspektakulär. Es sind die oberen Stufen der Feuertreppe, die in Richtung des Hallenbad-einganges zeigt. Wir sitzen im Schatten, hören dem leisen Blät-terrauschen zu, das alle zehn Sekunden von einem vorbeifah-renden Auto unterbrochen wird. Mit jedem Auto werde ich nervöser und spüre, wie Kai sich immer mehr neben mir anspannt. Am liebsten hätte ich ihn an mich gedrückt und gefragt, was ich tun kann, damit es ihm besser geht – aber ich weiß, dass es in solchen Momenten besser ist, abzuwarten.

»Du kannst heute nicht zu mir kommen«, beginnt er zöger-lich. Ich schlucke, als mir die Bedeutung seiner Worte klar wird. Mein Herz zieht sich zusammen und meine Schultern sacken vor Enttäuschung leicht nach vor. Sofort kommen mir dutzend Gründe in den Kopf, warum ich nicht kommen kann – oder er das nicht wollen könnte.

»Darf ich fragen, warum?«, bringe ich mühselig hervor. Leise und unsicher – genau das Gegenteil von dem, was ich wollte.

Kai seufzt und legt einen Arm um mich – sofort fühle ich mich besser und kuschle mich an seine Seite. Sein vertrauter warmer Duft hüllt mich ein und ich rücke noch etwas näher an ihn und dränge ihn damit an das Geländer, was ihm ein heiseres Lachen entlockt.

»Wir bekommen morgen Vormittag Besuch«, antwortet er mir und ich sehe überrascht zu ihm auf. Sein Blick ist auf einen fernen Punkt gerichtet.

»Ich kann morgen Früh ja schon heimfahren, wenn ...«, ich unterbreche den Satz, als mir klar wird, wessen Besuch Kai vermutlich so aufwühlt. »Oh«, sage ich dann nur. »Er.« Eine Gänsehaut breitet sich auf meinen Armen aus und mein Herz schlägt schneller. Die Narbe unter meinem Auge fängt an zu brennen. Die Nähte wurden bereits gezogen, aber die Narbe ist noch nicht verheilt – weshalb Cem und Finn beschlossen haben, mich fortan Ruffy zu nennen, was ich unter anderen Umständen vermutlich sogar witzig gefunden hätte.

»Er war nicht umsonst hier, vor zwei Wochen«, murmelt Kai und zeichnet mit seinem Daumen abwesend Kreise auf meinen Oberarm. »Gestern Abend hat er mit Oma telefoniert. Er wollte nicht sagen, worum es geht, weil er uns das persönlich mitteilen will.«

Ich nicke nur wie hypnotisiert. Sein Vater kommt wieder her. Hier her. Die damit verbundene Angst kriecht in mein Inneres und ich fühle mich zurückversetzt in die Albträume, die ich seither hatte.

»Er fährt direkt mit dem Auto, das heißt, dass er nüchtern herkommen muss«, fährt Kai fort und der Griff um mich wird etwas fester. »Es muss eine schlechte Nachricht sein. Oder irgendetwas, was ihn damals so aufgewühlt hat – er war schon lange nicht mehr so betrunken.«

Und in dem Moment fällt mir auf, dass meine Angst hier gerade keinen Platz hat. Kai braucht mich jetzt. Ich helfe ihm nicht, indem ich ihm zeige, wie sehr mich dieser Vorfall noch mitnimmt. Also räuspere ich mich und lockere mich etwas. »Hast du eine Ahnung, um was es gehen könnte?«, frage ich und wundere mich über meine feste Stimme.

Kai schweigt eine Weile. Dann holt er hörbar Luft. »Ja. Aber ich hoffe, dass ich mich irre.«

Ich sage nichts weiter und lehne meinen Kopf an seine Schulter. »Und du denkst, dass es besser wäre, wenn ich heute zuhause bleibe?«

Ich spüre, wie Kai kurz die Luft anhält. »Ich wäre, glaube ich, heute keine gute Gesellschaft. Außerdem denke ich nicht, dass du so heiß darauf bist, meinen Vater nochmal zu sehen.«

Ich richte mich auf, drehe mich zu ihm und nehme seine Hände. »Du machst dir Sorgen, dass du keine gute Gesellschaft wärst?«, frage ich mit belustigtem Unterton. Kai fährt sich über das blassgewordene Gesicht und lächelt mild. »Du freust dich seit einer Woche darauf – ich will, dass es schön wird. Es wäre trotzdem irgendwie unsere erste gemeinsame Nacht, ohne uns verstecken zu müssen.«

Ich drücke seine Hände sanft. »Es wird bestimmt schön. Wenn es nur das ist, weshalb du das Ganze heute absagen willst, dann tu es bitte nicht«, sage ich. »Ich habe außerdem schon alles geplant: Wir sehen uns die letzten Folgen von *Dragons Heart* auf Englisch an, du zeigst mir wie man *Fortnite* zockt, dann gehen wir um Mitternacht zu *KFC*, …«

Kai fängt an zu lachen. »Klingt ziemlich verlockend.«

»Schon, oder?«, lache ich mit und umarme ihn von der Seite, gebe ihm einen Kuss auf die Schläfe. »Und wir halten uns gegenseitig, genau so, bevor wir einschlafen.«

»Ja«, flüstert Kai. »Hört sich echt gut an.«

»Dann sehen wir uns heute Abend«, sage ich und sehe ihm in die Augen. Der letzte Funken Angst, den ich noch hatte, wird damit erstickt. Sie ist unbegründet. Immerhin ist Kai hier.

296

So etwas wird nicht mehr passieren. Das wird er nicht zulassen. Und ich auch nicht.

Kurz vor dem Läuten zur nächsten Stunde gehe ich noch auf's Klo und habe plötzlich Panik, dass ich meine Periode bekommen würde. Als sich das allerdings als Fehlalarm herausstellt, atme ich erleichtert auf. Das hätte mir jetzt noch gefehlt.

»Hast du ein Foto von ihm?«, schnattert das Kabine-links-Mädchen weiter, deren Gespräch mit dem Kabine-rechts-Mädchen ich vorher keine Beachtung geschenkt habe.

»Hm, ja, ich zeig's dir gleich. In echt sieht er aber noch besser aus.«

»Sie hat sich einfach eine Jahreskarte für's Hallenbad besorgt, damit sie ihn jede Woche stalken kann«, schaltet sich ein drittes Mädchen ein, das draußen vor den Waschbecken stehen muss, und kichert schrill. »So einen Crush hatte ich schon lange nicht mehr.«

»Ja, sorry! Das war, *bevor* er 'ne Freundin hatte!«, ruft das Mädchen in der rechten Kabine.

Ich weiß innerlich zwar, dass es da um jeden Jungen gehen könnte, der regelmäßig ins Hallenbad geht, aber irgendwie sagt mir mein Gefühl, dass es um Kai geht. Also bleibe ich sitzen und lausche weiter. Die Spülung der beiden Kabinen neben mir werden betätigt und ich höre, wie die Türen fast gleichzeitig aufgehen.

»Ist sie hübsch? Vielleicht hast du ja noch 'ne Chance«, sagt das Linke-Kabine-Mädchen. Ich versteife mich, als das andere Mädchen aufgrunzt. »Na ja, hübsch schon irgendwie, aber sie ist flach wie ein Brett. Und so winzig wie'n Schlumpf.« Die drei fangen an zu kichern. Ich will mir noch einreden, dass es da nicht um Kai und mich geht, sondern um jemand völlig anderen, doch da erhebt das zweite Mädchen schon wieder die Stimme. »Wie heißt sie denn?«

»Sie heißt Seraphinaaa!«, gackert die andere und spricht meinen Namen in einer so lächerlichen Form aus, dass meine Wangen anfangen zu glühen und gleichzeitig ein Kloß meine Kehle verengt. Dass sich jemand in meiner Hörweite über mich lustig macht, ist mir noch nicht oft passiert. Und es fühlt sich mies an. Ziemlich mies. Statt allerdings aufzuspringen und den Mädels meine Meinung zu geigen, wie ich es schon so oft getan habe, wenn sich jemand über Emmas Figur oder Violas Schüchternheit lustig gemacht hat, bleibe ich mit klopfendem Herzen sitzen und lausche weiter. Ich kann nicht. Ich habe keine Kraft dazu – außerdem fehlen mir die Worte.

Plötzlich höre ich, wie jemand seine Kabinentür am anderen Ende der Mädchentoilette aufreißt und sich Schritte zu den Waschbecken bewegen.

»Denkt ihr, ihr könntet euch erlauben, über irgendjemanden abzulästern?«, fragt eine mir allzu bekannte Stimme.

»Wie bitte?«, fragt das dritte Mädchen und eine andere räuspert sich.

»Ich mein ja nur«, sagt meine Klassenkameradin und lacht kurz auf. »Ihr wisst schon, dass sich die Hälfte der Schule über eure TikToks totlacht, oder? Du hüpfst immer rum, als müsstest du dringend pinkeln. Dich nennen sie hinter deinem Rücken Elefanten-Ellie, weil du, statt zu tanzen, nur trampelst und du ...«, Rachel kichert kurz dazwischen. »Warum streckst du deine Zunge immer so raus, bist du ein hechelnder Hund?«

Die drei geben entrüstete Laute von sich und man hört, wie sie das Mädchenklo verlassen.

298

Vorsichtig komme ich aus der Kabine und sehe in Rachels Spiegelbild, die mich überrascht mustert und dann augenblicklich errötet.

»Hast du das gehört?«, fragt sie leise und ich nicke leicht. »Das war nett, danke.«

Rachel blickt auf ihre Hände, während sie sich diese abtrocknet. »Hm, kein Problem. Wollte den dreien das eh schon sehr lange reinwürgen.«

»Wusste gar nicht, dass Kai noch eine heimliche Verehrerin hat«, sage ich, weil ich die unangenehme Stille zwischen uns nicht aushalte. Rachel grunzt. »Glaub mir, nicht nur eine. Irgendwie werden Typen immer interessanter, wenn sie eine Freundin haben.«

Ich werde neugierig, doch andererseits will ich es gar nicht wissen. Vielleicht ist es naiv von mir, aber ich habe nicht das Gefühl, mir Sorgen machen zu müssen.

Bevor ich noch was sagen kann, dreht sich Rachel um und verlässt den Raum. Seit sie mir gestanden hat, die Antwort für den Brief gefälscht und offenbar Gefühle für mich zu haben, haben wir nicht mehr miteinander gesprochen – was ja für unsere Verhältnisse nicht unbedingt ungewöhnlich ist. Immerhin konnten wir uns nie wirklich leiden.

Da ich irgendwie ahnte, dass Kais Freundeskreis zu bröckeln beginnen würde, wenn dieser erfährt, dass Rachel die Verantwortliche ist, habe ich ihm vorerst nichts erzählt.

Doch Rachels schlechtes Gewissen hat wohl gesiegt, denn sie hat ihm die Sache von selbst gebeichtet. Seitdem reden die beiden nichts mehr miteinander. Kai hat nur einmal mit mir darüber gesprochen und gemeint, dass er ihr im Moment nicht in die Augen sehen kann.

Ich verstehe ihn, würde mir aber trotzdem wünschen, dass sich das Ganze bald wieder normalisiert. Ja, Rachel hat Scheiße gebaut, aber wer weiß, wie ich selbst reagiert hätte ...

KAPITEL 26

Nur unsere Träume

Es ist ein Wunder, wie wohl ich mich schon hier fühle, obwohl ich erst dreimal hier war. Auch mit seinen Großeltern werde ich langsam warm – wobei es mir etwas unangenehm ist, als sich die Nox-Oma ein paar Mal bei mir entschuldigt für das, was vor zwei Wochen passiert ist. Ich winke immer wieder ab und versichere ihr, dass es mir gut geht und ich das Geschehene als Unfall betrachte. Um vom Thema abzukommen, überreiche ich ihr einen kleinen Setzling meines Vaters in einem hübschen Topf als Dankeschön für das Reparieren meiner Halskette. Viola hat mir einmal erzählt, wie gern ihre Oma gärtnert und ich dachte, es wäre eine ganz nette Idee.

»Da war doch nicht viel dabei«, sagt sie daraufhin und freut sich über den Aloe-Vera-Setzling. »Du bist ein liebes Mädchen.«

Wie geplant, verbringen wir den späten Nachmittag damit, uns die letzten zwei Folgen von *Dragons Heart* auf Englisch anzusehen, da viele Dialoge im Originalton scheinbar besser sein sollen als in der deutschen Synchronisation. Allerdings muss ich mir somit den Tod meines Lieblingscharakters Theo noch einmal ansehen – und zu meinem Pech steigen mir dabei erneut Tränen in die Augen, was mir so peinlich ist, dass ich versuche, Kai davon zu überzeugen, eine schreckliche Blütenstauballergie zu haben.

301

»Erstens, du bist eine miese Lügnerin«, sagt Kai daraufhin trocken. »Und zweitens würde ich bei Kikis Tod wahrscheinlich auch heulen, also mach dir nichts draus.«

»Ach ja?«, frage ich überrascht. Kai nickt knapp. »Klar. Sie erinnert mich etwas an dich, weißt du?«

Mir wird unwillkürlich warm und ich grinse ihn von der Seite an, während die Serie weiterläuft. Kai dreht den Kopf zu mir und fängt bei meinem Anblick an, zu lachen. »Was?«

Ich erwidere nichts und komme seinem Gesicht näher, küsse ihn und klappe gleichzeitig den Laptop zu. Er wirkt etwas überrascht, macht aber sofort mit und wir verschmelzen in diesem schönen Gefühl, wie schon so oft die letzten Tage. Ehe ich mich versehe, liegen wir ineinander verschlungen unter seiner Decke, meine Hand unter seinem Shirt auf seinem Rücken und seine an meiner Hüfte. Ich knabbere an seinen schönen weichen Lippen und weiß jetzt schon, dass sie danach wieder rot und geschwollen sein werden – genau wie meine eigenen. Ein leises Seufzen verlässt meine Lippen, als seine Hand von meiner Hüfte nach hinten wandert. Gerade will ich den ersten Schritt machen und ihm sein Shirt über den Kopf ziehen, da klopft es plötzlich an der Tür. Wir küssen uns trotzdem weiter, als wäre es nur ein lästiges Hintergrundgeräusch, doch mein Mut hat mich dadurch verlassen, weiter zu gehen.

»Kai, hallo?«, ruft Viola vom Flur aus und klopft noch einmal an. Sie klingt ziemlich gestresst.

Kai lässt seufzend von mir ab. »Was?«

»Kann ich reinkommen? Oma hat mein Kleid in deinen Schrank gehängt, glaube ich.«

»Komm rein«, sagt Kai und zieht mich an seine Brust, bevor ich einen Rückzieher machen kann – so wie sonst in der Schule. Wir sind zwar ein offizielles Paar, doch mir ist es trotzdem unangenehm, vor Viola mit Kai herumzuturteln. Und ich weiß, dass es auch ihr unangenehm ist, auch wenn sie es nie zeigt.

»Äh, seid ihr nackt oder so?«, murmelt sie, als sie die Tür einen Spalt aufgezogen hat.

»Nein!«, sage ich sogleich und erröte bestimmt. Kai schnaubt auf. »Wärst du zehn Minuten später gekommen …«

Doch ich gebe ihm einen Klaps, bevor er weiterreden kann und er reibt sich grinsend den Oberarm.

Viola betritt das Zimmer und ich ziehe überrascht die Brauen hoch. Kai bemerkt meinen Blick und rollt sich auf den Rücken. Dann wirkt auch er verblüfft.

Viola öffnet, ohne zu zögern, Kais Kleiderschrank und durchwühlt die obere Ablagefläche, die außer dunklen Blautönen nicht unbedingt viel Farbe aufweist.

»Was ist mit deinen Haaren?«, fragt Kai und gleichzeitig sage ich: »Wow, du hast dich aber hübsch geschminkt«

Viola dreht sich mit einem schwarzen Stoff in der Hand zu uns, ihre perfekt gelockte Mähne wirbelt dabei herum, und sie presst die Lippen aufeinander. »Ja«, sagt sie nur und verschwindet schnellen Schrittes wieder aus seinem Zimmer.

Kai wirkt plötzlich angespannt und macht Anstalten, aufzustehen. Ich lege eine Hand auf seine Brust und er lässt sich wieder sinken.

»Lass jetzt ja nicht den großen Bruder raushängen«, sage ich und er verdreht die Augen. »Mach ich nicht. Ich bin nur neugierig.«

»Wahrscheinlich hat sie ein Date«, spreche ich meine Vermutung aus und Kai fährt sich über das Gesicht. Dass Viola sich regelmäßig mit Freddy trifft, hat er immer noch nicht verarbeitet – obwohl sie sich deutlich wohl bei ihm zu fühlen scheint. Mir kommt sogar vor, dass sie in den zwei Wochen etwas selbstbewusster geworden ist. Zumindest steckt sie nicht mehr den Kopf ein, wenn wir durch den Schulflur wandern – und sie lächelt so oft.

Kais gequälter Gesichtsausdruck zeigt mir, dass die Stimmung für mehr endgültig vorbei ist. Also richte ich mich hoch und sehe auf die Uhr. Gleichzeitig fängt mein Magen an zu knurren.

»Ich hab 'ne Idee«, sagt Kai und umfängt mich von hinten. Ich lehne mich an ihn und schließe lächelnd die Augen. »Hm?«

»Wir haben Pizzateig zuhause. Lust auf ein bisschen Kochunterricht?«

Ich fange an zu lachen. »Von mir aus, aber nur, weil du es bist.«

Wir backen also unsere Pizza, was einfacher ist als vorerst gedacht und wobei ich nicht unbedingt viel lerne (außer, dass Kai offenbar ein übertriebenes Faible für Käse auf der Pizza hat). Dann zocken wir auf seinem PC *Minecraft* und wie ausgemacht *Fortnite*, worin ich echt kein Naturtalent bin und Kai eine Menge Geduld mit mir hat. Aber so ist er eben. Und dafür liebe ich ihn.

Es ist kurz vor elf Uhr abends, als wir unsere Jacken überziehen und zu *KFC* spazieren. Dort holen wir uns mittlere Pommes plus Eistee und lassen uns auf unseren Platz auf der Feuertreppe der Schule nieder. Bei Nacht hat das Ganze gleich eine ganz andere Wirkung. Die vorbeifahrenden Autos sind nur leuchtend orange bis weiße Punkte, die sich auf der nassen Straße widerspiegeln und im Gegensatz zum Tag ist das Geräusch der Reifen auf dem nassen Asphalt fast beruhigend. Außerdem liebe ich diesen nächtlichen Geruch von Regen.

»Ich hab das früher immer mit einem Freund gemacht«, murmelt Kai neben mir. »In Berlin. Hat irgendwie was.«

Ich sehe ihn an. Es überrascht mich, dass er Berlin erwähnt – das ist bei ihm genau so ein Tabuthema wie für Viola.

»Willst du mal wieder zurück? In eine Großstadt wie Berlin?«, frage ich also vorsichtig und stecke mir zwei Pommes in den Mund.

»Ich weiß nicht«, sagt Kai leise und betrachtet seine Hände, die er auf seinen Knien abgestützt hat. »Hat alles seine Vor- und Nachteile. Kommt drauf an, was ich nach der Schule machen will.«

Bei dem Gedanken zieht sich mir kurz das Herz zusammen. Wir haben zwar noch zwei Jahre vor uns, doch mir wird unwohl, daran zu denken, dass wir uns womöglich nicht ewig so nahe sein können. Wenn ich tatsächlich meinen Traum durchsetze und an einer Fachhochschule Gamedesign studiere, werde ich in die nächstgelegene Stadt ziehen müssen.

»Hast du schon einen Plan, was du machen willst?«, frage ich deshalb und habe irgendwie die Hoffnung, dass er wegen seiner Vorliebe für Videospiele ebenfalls so etwas in die Richtung machen will. Er beißt sich auf die Unterlippe. Es wirkt nicht so, als würde er überlegen, sondern als würde er bloß abwägen, ob er es mir erzählen sollte.

»Ja, aber ich denke nicht, dass das eine gute Idee wäre«, sagt er schlussendlich leise.

»Warum?«, frage ich und lege den Kopf schief. »Du hast gute Noten. Dir stehen bestimmt viele Möglichkeiten offen.«

»Darum geht's nicht. Weißt du …«, beginnt er und streicht sich sein Haar nach hinten. »Ich würde irgendwie gern zur Polizei.«

Irritiert höre ich einen Moment auf zu kauen. »Und? Was ist da das Problem?« Gleichzeitig stelle ich ihn mir in Uniform vor und ein kleines Lächeln legt sich auf meine Lippen.

»Ich denke nicht, dass jemand, der mit dreizehn beim Ladendiebstahl erwischt wurde und mit fünfzehn zugedröhnt in die Schule gekommen ist und danach suspendiert wurde, ein Polizist werden sollte.«

Das Geständnis trifft mich unvorbereitet, vor allem, da es so plötzlich und monoton über seine Lippen kommt.

»Fuck«, sage ich also, ohne nachzudenken.

»Ich habe viel unnötige Scheiße gebaut und wünschte, ich könnte es rückgängig machen. Doch ich habe irgendwie keinen Sinn im Leben gesehen. Als wir hergezogen sind, wollte ich mich allerdings unbedingt ändern.« Sein Blick wandert zu mir und wird weich, ich meine sogar, ein kleines Lächeln auf seinen Lippen zu sehen.

»Warum?«, hauche ich und sehe ihn gespannt an, fühle, dass eine prickelnde Spannung zwischen uns entsteht. Das passiert immer, wenn er mich so ansieht – so, als wäre ich etwas Besonderes. Mein Unterbauch kribbelt und mein Herzklopfen beschleunigt sich innerhalb einer Sekunde.

»Wegen dir. Ich habe dich gesehen und mich verliebt. Plötzlich gab es da wieder einen Sinn. Und du hast mir das Gefühl gegeben, dass ich … dass ich es wert bin.«

Meine Lippen zittern leicht vor Rührung.»Das ist schön.«

Er nickt.»Ja, das ist es.«

Nie hätte ich gedacht, dass Worte und Blicke genau so intim sein könnten wie ein Kuss.

»Und was ist mit dir?«, fragt Kai, als der Moment endet und ich mich an seine Schulter lehne.

»Was meinst du?«

»Na, was willst du nach der Schule machen?«

Ich erzählte ihm von meinem Plan und er hebt überrascht die Augenbrauen.»Das ist cool. Würde zu dir passen. Außerdem zeichnest du gut, das ist bestimmt hilfreich.«

306

Ich sehe ihn perplex an.»Was?« Ich könnte mich nicht daran erinnern, dass er je eine meiner Zeichnungen gesehen hätte.

Kai greift sich in den Nacken.»Sei mir nicht böse, ich hab mal nach Mathe deinen Notizblock eingepackt und ihn durchgeblättert, weil ich dachte, da stehen die Lösungen für einige Aufgaben drinnen. Und da habe ich ziemlich coole Skizzen gefunden.«

Unwillkürlich steigt mir ein Lachen in die Kehle.»Und, hast du die Lösungen gefunden?«

Kai stimmt ein und schüttelt den Kopf.»Leider nicht.«

»Ich zeichne gerne in meiner Freizeit. Es sind eher so ... Comicskizzen. Manchmal sogar im Mangastil«, fange ich an und merke, wie leicht ich ihm das anvertrauen kann, ohne – wie sonst – zu fürchten, ausgelacht zu werden.»Ich würde wahnsinnig gern mal einen eigenen Manga zeichnen. Aber mir fehlen immer die Ideen für eine gute Story. Es kommen immer nur so Minigeschichten raus.«

»Wenn du willst, kann ich dir helfen. Ich kenne mich mit dem Plotten ein bisschen aus«, sagt Kai und ich spüre förmlich, wie meine Augen zu leuchten beginnen. Also nicke ich und bringe Kai erneut zum Lachen.

»Hast du auch so einen Traum? Also ich meine etwas, was du in deinem Leben unbedingt mal machen willst?«, kommt es mir über die Lippen.

Er nickt.»Eher ein Wunsch. Aber lach nicht.«

Ich runzle die Stirn.»Werde ich nicht. Was für ein Wunsch?«

»Ich bin im Sommer nie irgendwo ins Ausland gefahren, so wie die anderen in meinem Alter. Ich würde wahnsinnig gern mal in den Süden fahren und dort ans Meer. Also, generell ans Meer und im Meer schwimmen ...«

Meine Augen werden groß. »Du warst noch nie in Italien oder Spanien? Was ist mit Kroatien?«

Er schüttelt den Kopf.

»Und an der Nordsee?«

Er zuckt mit den Schultern. »Hat sich nie ergeben.«

»Okay, Kai, das werden wir ändern.«

Kai verdreht belustigt die Augen. »Fliegst du mich in die Toskana? Phina, ich hab kein Geld. Und meinen Großeltern will ich auch nicht …«

Ich unterbreche ihn rasch. »Meiner Mutter und ihrer Schwester gehört ein kleines Ferienhaus in Amsterdam. Es ist nicht unbedingt eine Villa, eher nur so eine kleine Strandhütte und es hält sich dort auch überwiegend Tante Bi auf – aber sie hat sicher nichts dagegen, wenn wir in den Sommerferien mal zwei oder drei Nächte dort schlafen.«

Kai sieht etwas überfordert aus und wirkt, als würde er mir nicht ganz glauben oder denken, ich mache nur Witze. »Das wäre echt zu viel verlangt.«

»Das ist schon in Ordnung. Und der Strand ist nicht weit weg, nur ein paar Gehminuten. Ist zwar ein Felsenstrand, aber dafür ist das Wasser viel klarer. Wenn du unbedingt einen Sandstrand willst, den gibt's auch, da müssten wir aber mit dem Bus fahren. Oder wir bestellen uns ein Uber, ist vermutlich praktischer.«

»Phina?«

»Hm?«

Er lächelt schwach. »Danke.«

»Ist doch keine große Sache«, murmle ich. Plötzlich spüre ich etwas Nasses auf meinem Gesicht und zucke zusammen. Ich wische mir über die Stelle und wieder trifft mich ein kalter Tropfen. »Oh nein.«

»Was?«, fragt Kai.

308

»Es fängt an zu regnen.«

Ehe wir uns versehen, stehen wir klatschnass unter einer Bushaltestelle, um den höllischen Regenguss abzuwarten. Ich beginne zu zittern und streiche mir die nassen Haare aus dem Gesicht.

»Laut der Wetterapp hört es erst in einer Stunde auf zu regnen«, murmelt Kai und steckt das Handy wieder ein.

»Fuck«, seufze ich und bereue es, nicht meine Lederjacke, sondern nur diesen einfachen Pulli angezogen zu haben. »Wir sollten laufen. Es sind ja nur zehn Minuten oder so von hier aus.«

Kai nickt zustimmend. Dann nimmt er meine Hand und grinst mich mit diesem süßen, frechen Blick an. »Bereit?«

»Oh Gott«, lache ich und gebe einen quiekenden Laut von mir, als er lossprintet und mich mit sich zieht. Wir laufen und lachen und ich bekomme übles Seitenstechen, das ich allerdings ignoriere. Der Regen klatscht erbarmungslos auf uns herab und meine einfachen Sneakers halten vielen Pfützen nicht stand, weshalb meine Socken langsam nass werden.

Als wir endlich vor der Haustür stehen, sind wir beide außer Atem und sehen aus, als hätten wir zur Gänze im Fluss gebadet. Kai holt die Schlüssel hervor und streicht sich das nasse Haar aus der Stirn. »Das sollten wir mal wieder machen.«

»Du bist verrückt«, lache ich und wir betreten das Haus. Wir ziehen die Schuhe und die nassen Socken aus, bevor wir die Treppen hochsteigen und in sein Zimmer schleichen. Er holt ein paar Handtücher aus dem Bad und reicht mir ein größeres.

»Ich kann mich im Bad umziehen, wenn du willst«, bietet mir Kai an, nachdem er mir und sich selbst trockene Sachen rausgesucht hat.

Ich schüttle den Kopf. »Quatsch«, sage ich und versuche, so locker wie möglich zu klingen, knöpfe meine Jeans auf. Da ich spüre, wie meine Wangen heiß werden, versuche ich, den Kopf gesenkt zu halten, obwohl meine Augen immer wieder neugierig hochwandern, als ich höre, wie Kai beginnt, seinen nassen Hoodie auszuziehen. Das Muskelspiel seines schönen Rückens lässt meine Kehle trocken werden und ich verharre in meiner Bewegung – so lange, bis Kai sich umdreht, nur noch seine Boxershorts trägt und meinem Blick begegnet. Ich hätte hochschrecken und so tun sollen, als hätte ich ihn nicht die ganze Zeit angeglotzt – aber ich kann nicht. Also schlucke ich nur und stehe unbeholfen, ohne Hose und mit einem triefnassen Pullover vor ihm und sehe ihm in seine blauen Augen, die mich kurz von oben bis unten mustern. Obwohl wir sicher zwei Meter voneinander entfernt stehen, kann ich förmlich die Hitze spüren, die plötzlich von seinem Körper ausgeht. Sie wärmt auch meinen Körper und lässt meine nackte Haut kribbeln.

»Soll ich dir helfen?«, fragt Kai und seine Stimme hört sich genau so heiser an wie meine, worauf ich ein leises »Ja« murmele. Er kommt näher und mir wird mit jedem Schritt heißer. Als uns nur noch einige Zentimeter trennen, kann ich sehen, wie dunkel seine Augen werden – und wie sehr mir dieser Ausdruck darin gefällt. Vorsichtig hebt er seine Arme und berührt den Saum meines Pullis. Langsam streift er ihn mir über den Kopf und er landet irgendwo hinter mir auf dem Boden. Als sein Blick über meinen Oberkörper wandert, weiß ich, dass mein weißes Tanktop, das ich noch anhabe und mir wie eine zweite Haut am Körper klebt, mehr preisgibt, als es sollte. Vor allem, da ich keinen BH darunter trage.

Als Kai mir wieder in die Augen sieht, weiß ich, was er denkt. Und auch er scheint zu wissen, was ich denke. Plötzlich gehe ich einen Schritt nach vor und streiche mit meinen Finger-

310

spitzen über seine Arme. Ich bekomme kaum Luft, es ist, als würde mein hämmerndes Herz mir das Atmen erschweren. Seine Hände umgreifen vorsichtig meine Taille und ich halte kurz die Luft an, weil mich die Berührung aus dem Konzept bringt. Meine Haut fängt an zu kribbeln, nicht nur dort, wo er mich berührt, und eine Hitzewelle breitet sich in mir aus.

»Alles okay?«, flüstert Kai und erst jetzt merke ich, dass zwischen unseren Lippen nur noch ein Blatt Papier Platz hätte. Ich schließe die Augen und rücke noch etwas näher an ihn heran, bis mein erhitzter Körper seinen berührt. »Du solltest die Tür abschließen«, flüstere ich zurück und meine Lippen flattern dabei über seine wie Schmetterlingsflügel.

Nachdem er mit einer schnellen Handbewegung den Schlüssel gedreht hat, sinken wir küssend auf sein Bett. Er scheint genau zu wissen, wo und wie er mich berühren muss. Es fühlt sich gut an – so gut, dass mir einmal ein ziemlicher lauter Seufzer entkommt, als er bei der empfindlichsten Stelle angekommen ist. Erschrocken schnappe ich nach Luft und presse die Lippen aneinander, schaue zur Tür.

Kai lacht leise neben mir auf, fährt mit seiner Hand wieder hoch und spielt mit dem Saum meiner Unterhose unter meinem Bauch. »Keine Sorge.«

Ich sehe ihn fragend an. Im gedimmten Licht sieht er einfach wahnsinnig gut aus und ich vergesse kurz, weshalb ich das Ganze abgebrochen habe.

»Uns hört niemand«, flüstert er und küsst mich auf die Stelle hinter meinem Ohr, fährt mit seinen Lippen meinen Hals hinab und verharrt am Schlüsselbein. »Die beiden sind ohne ihr Hörgerät fast taub.«

»Und Viola?«, hauche ich und mir wird sofort unwohl, wenn ich daran denke, dass sie nebenan im Zimmer hockt und jeden kleinen Atemzug hören könnte.

311

»Ist noch unterwegs«, murmelt Kai abwesend. »Ihre Schuhe standen nicht in der Garderobe.«

Ich habe keine Möglichkeit, noch etwas zu sagen, denn da küsst er mich und ich versinke wieder in dieses berauschende Gefühl, das er mir beschert. Alle Zweifel und Ängste verschwinden mit all seinen sanften Küssen und Berührungen.

Plötzlich hält er inne und löst sich von meinen Lippen – wir sind beide nackt, das Zimmer ist gedimmt und ich werde aus dieser Blase geholt. Er sieht mich an und ich ihn. Ich kann seine Frage in seinen Augen ablesen und nicke rasch, aber er spricht sie trotzdem laut aus: »Willst du?«

»Ja«, hauche ich und spüre, wie ich grinse. »Du?«

Auch er nickt. Als er sich zur Schublade dreht, um ein Kondom zu holen, fühle ich mich dann doch leicht nervös. Doch als ich ihn spüre, kann ich kaum fassen, dass ich damals in meinem Zimmer solche Angst davor hatte. Es fühlt sich so schön an – richtig. Und ich verschwende keinen Gedanken mehr an irgendetwas anderes und lasse mich fallen.

»Ist dir jetzt warm?«, fragt Kai hinter mir und drückt mir einen Kuss auf die Wange. Mein Dauergrinsen wird nochmal breiter und ich nicke rasch. Ich liebe dieses Gefühl, in seinen Armen zu liegen, seine warme nackte Haut an meiner zu spüren, seine schöne Stimme an meinem Ohr… Doch eine Frage brennt mir noch auf der Zunge – auch wenn ich mich definitiv schon wohler fühle und während dem Sex auch gar nicht daran gedacht habe.

»Kai?«

»Ja?«

»Findest du eigentlich … na ja«, es ist schwerer, es auszusprechen als gedacht. »Meine Brüste …«

»Was ist damit?«, fragt er und küsst meine Schulter.

312

Ich seufze und spüre, wie die Hitze in meine Wangen schlägt. »Du kannst es ruhig zugeben, ich weiß es ja selber ...«

Kai dreht mich mit einer sanften Handbewegung auf den Rücken. Ich ziehe mir reflexartig die Decke höher, bis sie mein Kinn berührt.

»Willst du, dass ich sage, dass du kleine Brüste hast?«

Feuer. Meine Wangen brennen. Ich nicke zaghaft und sehe an die Decke. Autsch. Das tat weh.

Kai lacht leise auf. Ich sehe ihn verwirrt an.

»Phina, das ist doch nichts Schlechtes.«

Wie bitte?

»Klar ist es was Schlechtes«, flüstere ich.

»Nein, warum? Ich finde sie toll. Sie passen zu dir.«

Verwirrt runzle ich die Stirn. Kai seufzt auf und streicht mir über die Wange. »Ganz ehrlich? Ich habe nie darüber nachgedacht. Für mich passen sie genau so, wie sie sind. Und wenn sie größer oder kleiner wären, würde das für mich auch keinen Unterschied machen. Ich würde dich immer noch genau so ansehen wie jetzt.«

Meine Mundwinkel zucken nach oben. Denn ich glaube ihm. Es ist, als hätte ich genau das gebraucht.

Kai neben mir ist schon längst eingeschlafen, das höre ich an den langen Atemzügen und dem kleinen Zucken, das hin und wieder durch seinen Körper jagt. Er liegt auf dem Bauch, den Kopf auf dem angewinkelten Arm gelegt und sieht aus wie ein Engel. Ich beobachte ihn eine Weile – bis ich meine volle Blase nicht mehr ignorieren kann und leise aus dem Bett schlüpfe. Mit meiner Handytaschenlampe suche ich nach einem Shirt und greife dann nach einem Pullover, den er mir herausgelegt hatte – bevor wir im Bett gelandet sind. Von der Erinnerung wird mir immer noch ganz warm.

Der Pulli reicht mir bis zur Mitte meiner Oberschenkel und bevor ich die Tür aufschließe, bete ich, dass seine Großeltern tief und fest schlafen.

Ich wandere den Flur entlang und verschwinde im Badezimmer. Als ich fertig bin, sehe ich, dass das Licht angemacht wurde. Ich versteife mich und verharre in meiner Bewegung. Oh nein.

Die Türklinke wird nach unten gedrückt und ich höre ein Seufzen am anderen Ende der Tür. Doch es klingt weder nach Nora noch nach dem Opa der beiden.

»Viola?«, frage ich deshalb und ziehe mir den Pulli noch etwas weiter nach unten, bevor ich aufsperre und hinaus luge. Violas Wangen sind gerötet und sie streicht sich immer wieder über die Haare, die aussehen, als wäre sie gerade erst aufgestanden. Sie trägt noch ihre Übergangsjacke und scheint gerade eben nachhause gekommen zu sein.

»Hi«, erwidert sie und sieht mich nicht an. Zuerst denke ich, ihr ist mein Anblick peinlich, doch dann erinnere ich mich wieder, mit wem sie so lange unterwegs war.

»Und?«, frage ich deshalb nur und trete beiseite, gebe den Weg zum Badezimmer frei. Violas Mundwinkel zucken leicht hoch und ihre Wangen werden noch röter. »War schön.«

»Merkt man«, lache ich leise und freue mich ernsthaft für sie. Als sie mich ansieht, sehe ich ein kleines Funkeln in ihren Augen, das aber verschwindet, als sie mich von oben bis unten mustert. »Du offensichtlich auch.« Ich merke ihr an, dass sie freundlich klingen will, doch um ihr das ganz abzukaufen, kenne ich sie zu gut.

»Sorry«, murmelt sie, als sie meinen verlegenen Blick bemerkt. »Ich freue mich natürlich, dass ihr glücklich seid.«

Ich stupse sie an. »Dito.«

KAPITEL 27

Nur eine Einladung

Als ich aufwache, bin ich allein. Und verwirrt. Denn es dauert lange, bis ich begreife, wo ich mich befinde. Wo ist er? Warum lässt er mich allein im Bett liegen? Und vor allem – wie hat er es angestellt, dass ich nicht aufwache? Normalerweise habe ich einen so leichten Schlaf, dass ich von allem und jedem aufwache.

Ich richte mich auf und strecke mich. Mein Blick fällt auf die offene Kondompackung auf seinem Nachtkästchen und ich fange automatisch an zu grinsen. Ich spüre wieder seine Hände auf meinem Körper, spüre seine Küsse, die sich wie eine Linie über meinen Oberkörper ziehen. Ich sehe seinen fiebrigen Blick, mit dem er mich betrachtete, als er mich im schwachen Mondlicht auszog. Ich höre sein unterdrücktes Stöhnen, als er schließlich in mich eindrang, höre seine raue Stimme, wie sie meinen Namen immer wieder flüsterte, während wir uns im Takt bewegten. Ob er das bei mir auch so heiß fand, als ich in mein Kissen stöhnte oder an seine Lippen flüsterte, wie gut sich das alles anfühlt? Vielleicht.

Es war so anders als mein erstes Mal mit Freddy, in so vieler Hinsicht. In gewisser Weise wünsche ich mir, ich könnte mein erstes Mal ausradieren und so tun, als wäre Kai mein erstes Mal gewesen. Andererseits wäre es vielleicht gar nicht so schön gewesen, wenn ich vorher diese Erfahrung nicht gemacht hätte.

315

Plötzlich geht die Tür langsam auf. Kai lugt in den Raum, und als er sieht, dass ich wach bin, grinst er und kommt rein. »Schon wach?«

Ich verdrehe die Augen bei seinem spöttischen Ton und strecke ihm die Zunge raus. Als er durchs Zimmer läuft und die Vorhänge aufschiebt, ziehe ich mir die Decke jammernd vor das Gesicht.

Er sagt nichts und ich höre, dass er in meine Richtung kommt. Als er mir die Decke aus dem Gesicht schiebt, und ich seinen besorgten Gesichtsausdruck sehe, den er mit einem milden Lächeln versucht zu verstecken, dreht sich mir der Magen um. Ach ja – beinahe hätte ich vergessen, wer heute noch zu Besuch kommt.

Ich ziehe Kai in eine Umarmung und atme seinen beruhigenden Geruch ein. Er erwidert sie und seufzt leicht auf. »Du bist noch so schön warm.«

Ein leises Lachen entkommt mir und ich will ihn ins Bett ziehen, doch er leistet Widerstand. »Kann nicht. Er kommt in zehn Minuten.«

Ich lasse meine Arme sinken und schlucke. Eigentlich weiß ich, dass es das Beste für ihn und für mich wäre, wenn ich jetzt sofort meine Sachen packe und verschwinde. Andererseits habe ich das Gefühl, dass Kai das gar nicht will – sonst hätte er mich schon viel früher geweckt. Und ich will es auch nicht – zumindest habe ich nicht diesen ängstlichen Drang zu verschwinden. Ich will bei ihm bleiben – wer weiß, wie es ihm nach diesen wichtigen Nachrichten geht.

»Soll ich hierbleiben?«, spreche ich also aus und Kai senkt den Blick kurz und scheint nachzudenken. Als er seinen Kopf hebt und mich mit diesen schönen dunkelblauen Augen betrachtet, kann ich einen kleinen Funken darin erkennen – als hätte ich mit meiner Frage genau ins Schwarze getroffen.

316

»Ich will dich auf keinen Fall dazu drängen. Aber ja, wenn es okay für dich ist, würde es mich freuen, wenn du noch etwas bleibst.«

»Klar«, sage ich und lächle ihn an.

Wir entscheiden uns dazu, dass ich in seinem Zimmer bleibe. Immerhin ist das trotz allem eine Familienangelegenheit.

Als ich höre, dass er klingelt, spüre ich trotz allem, wie meine Beine bleischwer werden. Ich stehe gerade im Badezimmer und putze mir die Zähne. Kai, der nach dem Klingeln ziemlich blass geworden ist, drückt mir noch einen abwesenden Kuss auf die Wange, bevor er nach unten geht.

Als ich fertig bin und das Bad verlasse, dröhnt *seine* Stimme vom Erdgeschoss zu mir hinauf und ich bekomme eine Gänsehaut. Diesmal hören sich die Wörter fest und sicher an – das heißt wohl, dass er diesmal wirklich nüchtern ist.

»Ich denke, es wäre besser, wenn ihr euch setzt.«

Ich höre ein Schnauben – Kai. Und ein tiefes Seufzen – Viola. Doch zwei Sekunden später knarzen mehrere Stuhlbeine über den Boden.

Etwas wird auf den Tisch geworfen – es hört sich an wie ein Stapel Papiere.

»Ein Brief?«, höre ich Viola fragen.

»Sieht aus, als hätte die Adresse ein Kind hingekritzelt«, murmelt Kai.

»Macht ihn auf«, sagt ihr Vater. Wieder erschaudere ich. Mir ist gar nicht aufgefallen, dass ich mich in Richtung der Treppe bewegt habe und nun vor der Schwelle nach unten verharre. Ich weiß, dass man das nicht macht. Aber ich kann nicht anders. Ich muss zuhören.

Papier raschelt. Es folgt eine gefühlte Ewigkeit, in der ich nur ein gelegentliches trockenes Hüsteln der Oma höre.

317

»Was soll der Scheiß?«, sagt Kai dann endlich. Seine Stimme hört sich zunächst dünn an. Als er keine Antwort bekommt, höre ich Stuhlknarzen. »Was soll das?«, fragt er noch einmal, diesmal eindeutig verzweifelter.

»Ist das wahr?«, fragt Viola und ihre Stimme bricht beim letzten Wort.

»Vermutlich«, sagt der Vater der beiden und seufzt einmal auf. »Es sind nur zwei Tickets.«

»Kai!«, höre ich Nora plötzlich rufen.

»Nein!«, kommt es von Kai, der offenbar um Fassung kämpft. Ich zucke. Ich will zu ihm. Stattdessen reiße ich mich zusammen und hoffe, dass er hochkommt, als ich Schritte höre. Doch er kommt nicht hoch, sondern die Schritte bewegen sich auf die Garage zu. Im Hintergrund höre ich einen herzzerreißenden Schluchzer – Viola.

Ich kann mich nicht mehr länger halten und stürme nach unten – obwohl ich noch meinen Pyjama trage. Die Tür zur Küche steht offen und ich wage einen kurzen Blick rein, als ich die letzte Stufe erreicht habe. Nora sitzt neben Viola und hält sie im Arm, der Opa steht etwas unbeholfen daneben und der Vater der beiden sitzt gegenüber von ihnen, die Ellbogen am Tisch abgestützt und fährt sich gerade über das Gesicht.

Ich steuere die entgegengesetzte Richtung an und sehe gerade noch, wie Kai hinter der sich schließenden Garagentür verschwindet. Ich bin barfuß, doch das ist mir egal – selbst, als sich die beißende Kälte des Betonbodens um meine Füße legt.

Kai hat sich seine Jacke übergezogen und schiebt gerade sein Motorrad in Richtung des geöffneten Tores.

»Kai?«, frage ich und mein Herz gefriert, als er mich ansieht. Regungslos. Kalt. Emotionslos. Ich hasse diesen Blick.

318

»Was?«, fragt er und bewegt dabei fast keinen Gesichtsmuskel. Gleichzeitig dreht er sich wieder um und schiebt das Motorrad raus.

»Was hast du vor?«

»Ich muss hier weg«, sagt er und schaut mich kein zweites Mal an.

»Und was bringt das?«, frage ich weiter und setze mich in Bewegung, stelle mich ihm in den Weg. »Rede mit mir. Mach jetzt bitte nichts Dummes.«

Er sieht mich zwar an, aber es ist, als würde er durch mich hindurchsehen. Es macht mir Angst.

»Ich will jetzt hier weg. Geh bitte zur Seite«, sagt er monoton.

»Nein. Du bist aufgewühlt. Du fährst jetzt nicht mit dem Motorrad.«

»Phina«, sagt er und beugt sich etwas vor – die Kälte seiner Augen lässt meine Finger beben. »Spiel dich nicht so auf.«

»Was?«, hauche ich verwirrt. »Aufspielen?«

»Nur, weil wir miteinander geschlafen haben, musst du dich nicht in Familienangelegenheiten einmischen.« Er setzt den Helm auf und seine Worte fühlen sich an wie eine harte Ohrfeige.

»Ich …«, beginne ich und hasse mich dafür, wie weinerlich meine Stimme dabei klingt. »Ich wollte für dich da sein.«

»Dann lass es.« Damit startet er den Motor und umrundet mich. Und ich starte keinen zweiten Versuch, ihn davon abzuhalten. Stattdessen spüre ich, wie Galle meine Kehle hochkriecht. Das muss ein schlechter Traum sein. Was hat er da gerade gesagt?

Als ich das ganze Gespräch nochmal Revue passieren lasse, beginne ich erneut zu zittern. Ich drehe mich um und statt Kälte, fährt eine unendlich heiße Wut durch mich hindurch.

319

Was bildet der sich ein? Ich hasse es, wenn er so ist! Wieso sagt er sowas?!

Eigentlich wollte ich nach oben gehen, meine Sachen packen und so schnell wie möglich von hier verschwinden. Doch die offene Tür zur Küche lenkt mich ein weiteres Mal ab. Diesmal gehe ich nicht vorbei, sondern betrete sie und mache eine hilflose Geste nach draußen. »Er ist so ein Idiot«, sage ich, als mich Nora aus traurigen Augen ansieht und etwas von Viola ablässt. »Er ist einfach weggefahren. Ich hab Angst, dass er...« weiter komme ich nicht, denn da bricht meine Stimme ab. Gott sei Dank nimmt Nora meinen verzweifelten Hilferuf wahr und steht auf – ihre Augen nun besorgt aufgerissen. »In welche Richtung ist er gefahren?«

Während ich in die Richtung deute, fällt mein Blick auf den Küchentisch. Da liegen Flugzeugtickets. Halb darunter erhasche ich einen Blick auf ein Stück Papier.

Sophia Mayer-Nox.

Trauerfeier.

Oh nein ...

EPILOG

Unfall: 17-jähriger Motorradfahrer in Lebensgefahr.
Ein tragischer Motorradunfall hat sich heute Vormittag ereignet. Der 17-Jährige kam zwischen Sakura und Göttingen aus bisher unbekannten Gründen von der Fahrbahn ab und stürzte knapp 15 Meter über die steile Böschung in den angrenzenden Wald. Eine nachkommende Autofahrerin setzte den Notruf ab und der schwer verletzte Motorradfahrer konnte mit dem Rettungshubschrauber ins Landeskrankenhaus Göttingen geflogen werden. Der junge Mann schwebt derzeit in Lebensgefahr ...

Manchmal wollen wir etwas sagen und können nicht – aus Angst. Angst vor den eigenen Gefühlen, Angst davor, alles zu zerstören, Angst vor Entscheidungen.

Dem Mädchen im kalten Regen geht es genau so. Sie liest diese schreckliche Nachricht nun zum hundertsten Mal auf ihrem Handy und es ist, als wollte sie der Artikel verspotten. Sie weiß von dem Unglück. Sie weiß, was passiert ist und was mit *ihm* passiert ist.

Sie weiß auch, dass es ihm mittlerweile besser geht. Sie weiß, dass er schon drei Tage im Krankenhaus liegt und wahrscheinlich auf sie wartet. Sie hat seine Nachrichten an sie gelesen, die dutzenden Entschuldigungen gesehen und doch steht sie da auf dem Parkplatz, in diesem eiskalten Regen, den sie eigentlich hasst.

Sie kann nicht zu ihm gehen.

321

Sie hat Angst davor. Sie kann nicht klar denken. Nicht jetzt. Nicht heute. Vielleicht irgendwann. Oder vielleicht gar nicht. Sie hat einfach zu große Angst davor. Vor ihren Gefühlen. Sie würde alles zerstören. Oder sich zerstören lassen.

Fortsetzung folgt ...

DANKSAGUNG

Erst einmal ein großes Dankeschön an dich! Danke, dass du meine Geschichte gelesen hast. Du weißt gar nicht, wie viel mir das bedeutet – und ich hoffe, ich konnte deine Erwartungen erfüllen und du hast die Story und die Charaktere genau so ins Herz geschlossen wie ich.

Dann möchte ich natürlich meinen Testlesern Danke sagen! Danke an Nadja, Lara, Sara, Johanna, Verena und natürlich danke an meine Eltern (Mama, die bei meinen Geschichten immer noch gleich eine zweite Runde einlegt und Papa, der eigentlich keine Liebesromane liest und es trotzdem ‚voi supa' fand)! Ihr wart mir alle eine riesige Unterstützung und habt die Geschichte bestimmt ums Zehnfache besser gemacht. Außerdem hat mich jeder von euch ein Stückchen mehr motiviert und meine Zweifel, die ich anfangs hatte, ausradiert. Ihr seid die Besten!

Ach, und natürlich danke an meine Schwester Michelle, die mich bei den Grafikelementen unterstützt hat, mich unbewusst inspiriert hat und wegen der ich eigentlich überhaupt auf diese japanangehauchte Kleinstadt Sakura kam.

Für das Ende möchte ich mich natürlich entschuldigen, Cliffhanger mag, denke ich, keiner so gern.

Mein anfänglicher Plan war es auch, bei einem Einzelband zu bleiben, doch ich habe schon nach wenigen Kapiteln gemerkt, dass es einfach viel zu viel zu erzählen gibt. Es hört sich zwar seltsam an, aber auch ich habe die Figuren erst während des Schreibens so richtig kennengelernt. Da kann ich noch so viel plotten – manchmal machen sich die Charaktere einfach während des Schreibprozesses selbstständig. Phina und Kai haben eindeutig nach einem Band 2 verlangt. Und den bekommen sie auch.

Das war's erstmal von meiner Seite. Falls du noch Fragen, Ideen, Feedback, etc. hast oder mich einfach so erreichen willst, kannst du mir gerne auf Instagram oder TikTok unter

jproell_writer

schreiben! Außerdem findest du dort weitere Infos zum Roman und wirst über die Fortsetzung informiert. Ich hoffe, wir lesen uns bald wieder. ♥

TRIGGERWARNUNG

(Achtung Spoiler!)

Panikattacke
Selbstverletzendes Verhalten
Alkoholsucht/-missbrauch
Gewalt/Blut
Unfall